NF文庫
ノンフィクション

悲劇の提督 伊藤整一

戦艦「大和」に殉じた至誠の人

星 亮一

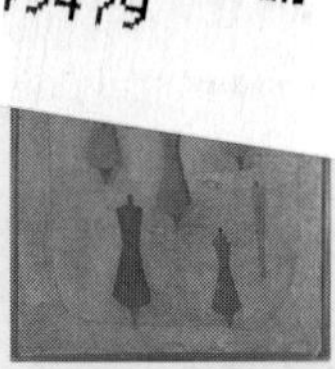

潮書房光人社

悲劇の提督 伊藤整一——目次

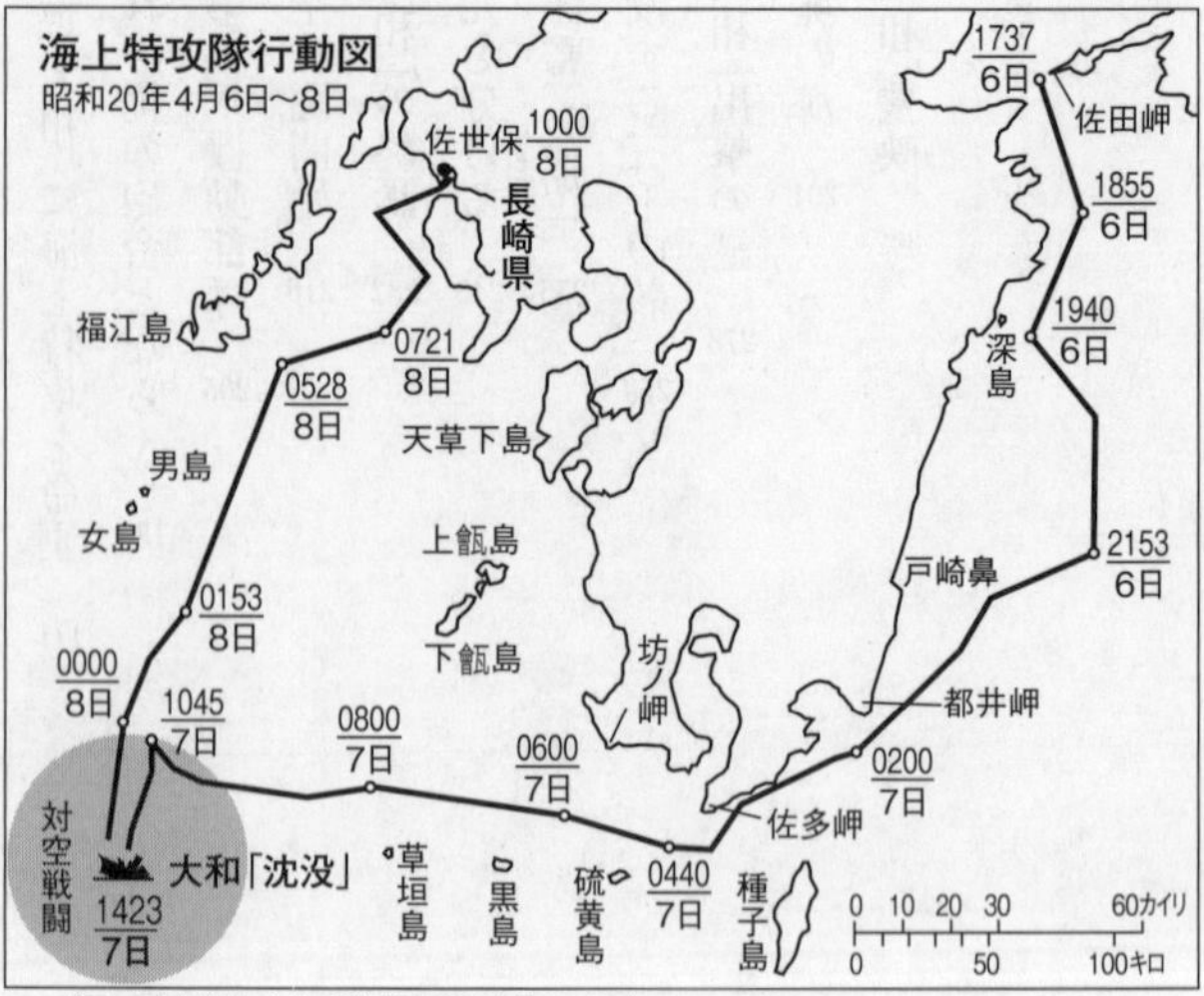

──「天一號作戦海上特攻隊戦闘詳報」等より作成

悲劇の提督 伊藤整一

戦艦「大和」に殉じた至誠の人

プロローグ　伊藤提督の良心

戦争はなぜ起こるのか。私はNHKスペシャル「我々はなぜ戦争をしたのか」を見ながら太平洋戦争を考え続けていた。

この番組は、ベトナム戦争を指揮した、かつての敵同士が平成九年（一九九七年）にハノイで行なった対話をまとめたものだった。アメリカとベトナム両者の戦争観の違いや、アメリカの小国に対する奢《おご》りなどが明らかになり、当時の米国防長官マクナマラ氏が、

「この対話が事前にあれば、戦争は起こらなかった」

と語ったのが印象的だった。

戦艦「大和《やまと》」の悲劇は、不幸な太平洋戦争をシンボライズするような出来事であった。昭和十九年（一九四四年）の秋ごろから、日本は極めて劣勢に追い込まれ、特攻がほとんど唯一の作戦になっていた。

これは世界の戦史でも例がない特殊な作戦であり、多くの若者が特攻機に乗り組み、敵艦に体当たりしていった。

昭和二十年四月六日、世界最大の戦艦「大和」にも特攻の命令が下った。菊水《きくすい》一号作戦である。二度と日本に帰ることのない出撃である。巷間《こうかん》伝えられる、片道の燃料しか積まなかったというのは、どうやら違うようだが、仮に往復分の燃料を積んだところで、特攻である限り、帰ることは不可能であった。

「大和」以下の艦艇を率いて出撃する第二艦隊司令長官、海軍中将伊藤整一《いとうせいいち》は、もとより死を覚悟でこの戦争に臨んでいた。伊藤はかつて米国駐在武官を務めたこともあって、日米戦争の回避に努力をした。だが日本政府は、アメリカに石油を絶たれた以上、戦うしかないと判断したのだ。軍人・伊藤としては、この政府の意向に従うほかはなかった。アジアの解放という理念も胸にはあったかも知れない。しかし彼は、この期に及んで「大和」を特攻として使うことに、疑念を覚えた。

戦闘機の掩護《えんご》なしで沖縄に向かえという。それがどんな結果を招くか、火を見るより明らかだった。乗組員三三〇〇名余り、随行する艦艇を加えると七〇〇〇の部下がいる。人数が多いからというのではない。特攻機がつぎつぎと撃墜されている現在、艦艇による特攻にどれほどの意味があるのか。伊藤は出撃を拒んだ。

だが、その伊藤も、「一億特攻の魁《さきがけ》となってもらいたい」という、軍令部の命令には逆らえなかった。伊藤自身、心ならずも特攻を認め、それを推進する立場にあった。海軍の最高幹部のひとりとして、相次ぐ敗戦の責任をとらねばならぬことはもちろんであった。死ねということか。それなら何をかいわんやだ。

伊藤は黙ってうなずいた。

長男の叡《あきら》も父と同じ道を選んで海軍兵学校に進み、飛行科を専攻し、戦闘機乗りとして九州の出水《いずみ》基地にいた。所属は特攻機の直掩《ちょくえん》隊である。しかし、いずれは特攻として出撃するに違いない。親として胸中は複雑であったが、それは長男が選んだ道であり、黙って見送るしかないと覚悟を決めていた。

伊藤が最後に示した判断は、「大和」と軽巡洋艦「矢矧《やはぎ》」に乗り組む少尉候補生の退艦命令であった。有為な若者を残し、彼らに日本の再建を託したい。伊藤はそう決断したのである。

もはや日本は行き着くところまで来てしまった。かくなる上は、ひとりでもふたりでも、若者を生きながらえさせ、未来につなぐことだ。伊藤は、そう決めたのだった。

日本の軍部は、もはや勝利の道がないことを知りながら、なぜ特攻という名で多くの兵士を死地に送り込んだのか。

改めて戦艦「大和」に関する著作や記録を読み直してみて、私は深く考えさせられた。無謀と分かっていながら、生きることを放棄する特攻の発想は、どこから来たのか。それは何に起因するのか。どういう思想構造なのか。

あの頃、ジャーナリズムを含め、特攻を礼賛した社会風潮もあるが、そうした部分も踏まえながら伊藤整一提督と、その身近にいた「大和」艦長・有賀《あるが》幸作《こうさく》、副電測士・吉田満《みつる》らを通して、日本人の心のなかにある戦艦「大和」の最期に迫ることにした。「大和」はなぜ沈んだのか。いまなぜ「大和」なのか。

この本のメインテーマは、そこにある。

落日の連合艦隊

(一)

昭和十九年(一九四四年)十二月、伊藤整一中将は第二艦隊の司令長官に就任した。

旗艦は戦艦「大和」である。

「大和」は瀬戸内海に面した広島県の呉《くれ》海軍工廠《こうしょう》でドックに入っていた。

久しぶりに見る青い海である。

長く東京・霞ケ関の軍令部にいた伊藤にとって、海の匂いは、はるかに遠い子供の頃を思い出させた。

幼少のおりは、九州有明《ありあけ》の海で、よく泳いだものだった。

「大和」は第四ドックに入っていて、トラック島で受けた魚雷による損傷の修理と、対空装備の強化のため、機銃の増設工事を行なっていた。

工廠には徴用工、動員学徒、女子挺身隊などさまざまな人々がいて、ごったがえしていた。

その光景が伊藤には珍しかった。

伊藤はどちらかというと、人事、管理型の人間と見られてきた。太平洋戦争の勃発からこの三年間、軍令部次長という、いまでいえばデスクワークの職務にあり、それ以前には、海軍省の人事局長を務めたこともあった。

海軍軍人というと、艦艇や航空機に乗って勇ましく戦っていると思いがちだが、必ずしもそうではない。伊藤のようにデスクワークの長い人も多かった。なかには技術に関する専門職や法務、経理などの人もいた。

出身は福岡県三池郡黒崎開《くろさきびらき》村（現・みやま市高田《たかた》町）で、生まれは明治二十三年（一八九〇年）七月二十六日、父梅太郎、母ユキの長男で、二人の弟と三人の妹がいた。

生家は有明海に近い農家で、隣村の高等小学校から柳川《やながわ》の県立中学校、伝習館に進んだ。伝習館は旧柳川藩の藩黌《はんこう》の流れをくむ名門校で、村から三里の道を毎日、歩いて通った。

海軍兵学校を選んだのは、多分に学費が官費でまかなわれるためであった。

入学は明治四十一年九月で、第三十九期である。

卒業は明治四十四年七月、百四十八名中、席次（ハンモックナンバー）は十五番であった。優秀な方であったろう。

大正七年（一九一八年）に海軍水雷学校を卒業し、その後、海軍大学校、米国駐在、軽巡洋艦「木曾」の艦長、海軍省人事局の第一課長、重巡洋艦「最上《もがみ》」「愛宕《あたご》」艦長、戦艦「榛《はる》名《な》」艦長、この間、第五艦隊参謀、さらに第二艦隊参謀長、海軍省人事局長、第八戦隊司令官、連合艦隊参謀長を経て、日米開戦の直前に、軍令部次長に就いた。

第二艦隊司令長官・伊藤整一中将。旗艦「大和」艦首錨甲板にて撮影

伊藤は大正十一年秋、三十二歳のとき、海軍大学校を最優秀の成績で卒業、軍刀を下賜され、「ほおう」と一躍、周囲の注目を集めるようになった。

第一線の艦隊勤務は重巡洋艦「最上」艦長が五ヵ月、「愛宕」艦長が七ヵ月、戦艦「榛名」艦長が十一ヵ月で、特務鑑を入れても艦長の経験は二年半であった。

参謀職は第五艦隊参謀二年半、第二艦隊参謀長一年、連合艦隊参謀長半年の四年、あとは海軍兵学校の教官が二年半、海軍省人事局が四年半、外国駐在武官としてアメリカが二年、中国・満州が一年半、そして軍令部次長が三年半であった。

この経歴を見る限り、人事、教育、情報、国際関係畑の人間といえた。

全員が艦艇や航空機に乗っていては、教育訓練、予算の獲得や管理、情報収集、技術開発は出来ないのである。

どんな社会にも閥や引きがある。

伊藤はアメリカ駐在武官を務め、戦死した山本五十六《いそろく》・元連合艦隊司令長官や山口多聞《たもん》少将（戦死後、中将）と同じ国際派の人物で、アメリカでは名門エール大学に学んでいた。連合艦隊司令長官に就くということはなかったであろうが、均整のとれた判断力の持ち主ということで、山本が軍令部総長の永野修身《おさみ》大将に推薦し、軍令部次長に大抜擢された。

永野は米国駐在武官の大先輩であり、かつ伊藤が海軍兵学校の教官兼生徒隊監事を務めていたときの校長であった。

ただし一言、断わっておかなければならないのは、山本は一貫して飛行機を重視したが、伊藤は戦艦にも使い道があると考えていた。伊藤の最後のポジションが「大和」に座乗することであったのは、その意味では本望であったかも知れない。

人柄は温厚で、ガミガミいうのではなく、部下の意見をとことん聞き、それから自分の考えを述べる人であった。

面白味に欠けるといえば、いえなくもなかった。ただ親しくなると冗談もいい、洒落《しゃれ》っ気もあった。伊達《だて》に米国駐在武官を務めたわけではない。

家庭は最初の妻を亡くし、柳川に近い福岡県三潴《みづま》郡青木村（現・城島《じょうじま》町）出身の森ちとせと再婚した。

十一歳下のかわいらしい女房であった。ちとせとの間に長男と三人の娘が生まれた。

伊藤は、たまの休日には、よく子供の面倒を見て、家庭では平凡な夫であった。

趣味は畑仕事、子供のころの思い出を大切にしていた。

(二)

海軍は、軍隊に関係する行政事項を受け持つ軍政と、用兵を担当する軍令に分かれていた。

前者が海軍省、後者が軍令部である。

軍令部は陸軍の参謀本部に相当するもので、用兵に関する事項、すなわち軍の指揮や統率全般にわたることを業務とした。

現在の自衛隊は、背広を着た内局が大幅に権限を握っているが、明治憲法下の旧陸海軍の場合は制服組しかおらず、シビリアンコントロールはなかった。

軍令部の最大の特徴は、「統帥権の独立」の名のもとに、内閣とはまったく関係なく、天皇に対してのみ責任を持つということだった。陸軍では参謀総長が同じ立場にあった。

現代の感覚では理解しにくい、陸軍省と参謀本部、海軍省と軍令部という組織は、やまたの大蛇《おろち》のごとく勝手に走り出す危険もあり、ときには、ぎくしゃくとした関係になることもあった。

だから、ひとりの人間が海軍大臣と軍令部総長を兼ねた方がいい、という声もあり、東条内閣では伊藤の上司、嶋田繁太郎《しげたろう》大将が兼務した。その東条も首相と陸軍大臣と参謀総長を兼務していた。権力が集中しすぎて、これはやはり邪道だったという人が多い。

いずれにせよ、どこのポジションでも次長というのは、調整能力と忍耐が必要だった。

「軍令畑の仕事には、第一線部隊との意志疎通、部内のとりまとめ、海軍省あるいは陸軍参謀本部とのかけ引きなど、独特の手綱さばきを要する面が多い。しかも軍隊という社会は、かつてその部署に在勤し、あるいは何回か重複して勤務した経験から生まれる熟練や『顔』が、大きくものをいうところであり、さらに同じ経験を持つもの同士の仲間意識が、仕事の成否を左右するところであった。その点、軍令部という特殊な部署に、いきなり高いポストで入ってきた新人は、戦局が困難さを加えるにつれて、筆舌につくし難い心労を重ねなければならなかった」

「大和」から奇跡的に生還した副電測士・吉田満は、『提督伊藤整一の生涯』（文藝春秋）のなかで、こう述べている。

海軍省と軍令部の微妙な対立もあった。

また現場からは、「赤レンガの奴らには実戦の苦労は分かるまい」と、先入観で見られがちであった。赤レンガというのは、海軍省と軍令部の建物を指した。

伊藤に第二艦隊司令長官の辞令が出たときも、そういった声があった。

なぜいま伊藤なのかと、人事を疑問視する向きもあった。

消極的で決断が鈍いという批評もあった。

伊藤はある時期から、

「この戦争がどう終結するか、検討してくれ」

と、部下に命じていた。それが、意欲がないと取られた部分かも知れなかった。

本土決戦派にとって、これは聞き捨てならない発言であり、彼らが伊藤の追い出し工作を謀《はか》ったと見た人もいた。これも、うなずける面を持っていた。

ともあれ人事には、あれこれの噂が付きものである。伊藤の場合も例外ではなかった。

誰が「大和」の艦長になるのか、によって判断するという声もあった。

新任の艦長は海兵四十五期の有賀《あるが》幸作大佐だった。有賀は第四駆逐隊司令として抜群の戦績をあげ、その勇猛果敢な戦いぶりには定評があった。

「それならば、まあ」

と、海軍内部は一様にうなずいたのだ。

率直にいうと、空母もない連合艦隊は、もはや期待される存在ではなかった。動きまわるにも燃料が不足していた。

残された仕事は、日本海軍のシンボルである戦艦「大和」をどう使うか。

それだけだという人もいた。

しかし伊藤の内面を知る人は、違った見方をしていた。

伊藤はこのまま黙ってはいまい。何らかの具体的な行動に出ると期待した。

結局のところ、軍令部の作戦のもとに展開した戦争は敗退を続けた。戦死者は三〇万人にものぼり、連合艦隊は壊滅した。伊藤ならば、そのけじめを、きちっと付けてくれるに違いない。そう考える人もいた。

人にいわれるまでもなく、伊藤は戦争の終結を模索していた。

山本五十六や山口多聞が健在であれば、必ずや具体的な行動を起こしていたであろう。しかし戦争に疑念を抱くことは、本土決戦を叫ぶ海軍部内においては、まったくの少数派であり、それは軟弱と見られた。

戦争を遂行する上で不可欠の物資は、とうに枯渇したと叫んでも、彼らは精神力で戦うと神がかりになっていた。

石油、鉄、石炭、アルミ、ニッケル、ボーキサイト、ゴムなどの原材料が底をつき、エンジニアも戦場に駆り出された。かくて工業技術力も著しく低下し、本土決戦に必要な航空機、小型潜航艇、はては小銃に至るまで確保は困難になっていたのだ。

搭乗員、整備員の質の低下もひどい。特攻といっても実際は効果が低く、本土決戦など不可であることは、もはや明白であった。

もう南方から物資が入らなくなっていた。

これも作戦の失敗が大きな原因になっていた。

日本海軍は艦隊決戦を重視するあまり、海上護衛という概念が貧困だった。海上補給路《シーレーン》を守り固め、輸送船団を護衛するという任務を軽んじていたのだ。そのため昭和十七年（一九四二）八月、米国のガダルカナル上陸以来、敵潜水艦によって、南方からの船舶が大量に撃沈され、被害は月一〇万トンを超え始めた。

Ｂ29による本土爆撃も苛烈となり、工業生産力も、もうとめどなく落ちている。

特攻で反撃を試みても、米軍は強力なレーダーで、こちらの動きを事前にキャッチしており、敵戦闘機の待ち伏せに遭うのだ。それを突破し、辛うじて敵の艦隊に肉迫しても、こんどは凄まじい対空砲火が待ちうけている。飛行機が一定の距離（五〇メートル以内）に近づくと、砲弾が自動的に炸裂するＶＴ信管。米軍が開発した新兵器である。これが猛威をふるって、特攻機はつぎつぎに撃ち落とされた。

最後の「大和」艦長となった有賀幸作大佐

にもかかわらず、大和魂で戦うとは何事か。搭乗員はそう簡単に養成できないのだ。

頭脳明晰、合理性を追求する伊藤である。
先が見えないはずはない。
どう行動をとるか。
伊藤は戦艦「大和」に座乗して日々、呻吟《しんぎん》していた。

巨星、密林に墜つ

(一)

話は開戦時にさかのぼる。

昭和十六年(一九四一年)十二月八日に始まった太平洋戦争は、当初、日本の連戦連勝であった。

軍令部総長の官舎は、東京・日比谷公園の南西の一画にあり、伊藤整一ら軍令部の幕僚は、ここによく集まって祝杯をあげたものだった。

ここはかつての貴族院議長公舎で、建物は古いが二階には大広間があり、眺めもよく、重厚な調度品も置かれ、なかなかの雰囲気だった。

総長はこの官舎には住んでいなかったので、伊藤らはもっぱら会合に使った。重要な会談をするのには、うってつけの場所だった。

伊藤は公園でのそぞろ歩きを好んだ。

日比谷公園の樹木を見て、季節の移り変わりを感じた。落ち葉を踏み締めて歩く晩秋は、どこか哀感があってとりわけ好きだった。

これは多分に、駐米武官時代の余暇の過ごし方の影響が、残っているためでもあった。アメリカには公園が多く、人々はよく緑のなかで休日を楽しんでいた。

緒戦のころ、ここの官舎から眺める公園の緑は、いつもあざやかに映ったが、三年たったいまはその余裕もなかった。

それだけ日本は追い込まれていた。

残念なことだが、昭和十七年六月五日のミッドウェー海戦がすべての転機となった。「赤城《あかぎ》」「加賀《かが》」「飛龍《ひりゅう》」「蒼龍《そうりゅう》」の主要空母四隻が沈み、日本海軍のホープといわれ、伊藤も大いに期待していた、海兵で一期後輩の山口多聞少将を失った頃から、連合艦隊の凋落《ちょうらく》が始まった。

同年八月、米第一海兵師団一万一〇〇〇がガダルカナル島を占領。ラバウルの第八艦隊がガダルカナルに急行し、第一次ソロモン海戦となった。陸海で激闘が続いたが、陸軍の一木《いちき》支隊、川口支隊はついに壊滅。陸軍はさらに第二師団約一万を投入したが、ガダルカナル島を取り戻すことはできなかった。

翌十八年四月五日。連合艦隊の山本五十六司令長官は、南太平洋の戦況を打開するべく、「い号作戦」を発起した。山本はトラック泊地からラバウルに進出して、直接この作戦の指揮をとった。だが同月十八日、山本は戦死してしまった。前線へ飛行機で視察におもむく途

ラバウルで零戦隊を見送る山本五十六長官(右から２人目)

中、ブーゲンビル島の上空で、敵戦闘機の待ち伏せに遭ったのである。

伊藤は山本長官の戦死の報に接するや、海軍省の中沢佑《たすく》人事局長を帯同して、ただちに長官の遺骨があるトラック島に飛んだ。

長官の遺骨は戦艦「武蔵《むさし》」の司令長官室に安置されていた。

遺骨のかたわらには、二番機に乗って、海に不時着水し、奇跡的に助かった連合艦隊参謀長の宇垣纏《うがきまとめ》が、顔じゅう包帯を巻かれて座っていた。

長官は一番機に乗っていた。

「すまぬ」

宇垣がわびた。

宇垣は海兵で伊藤の一期下であった。

「なぜこんなことに」

伊藤は山本長官の遺骨に手を合わせ、嗚咽《おえつ》した。

山口多聞が死に、山本長官が逝《い》った。

伊藤はとてつもないことが起こったと、そのとき感じた。日本海軍のシンボルが消えたのだ。

「暗号が解読されているはずはないのに、信じられぬ」

宇垣がうめいた。

山本長官戦死の模様を、宇垣は『戦藻録《せんそうろく》』（日記）にくわしく書き綴っている。

ブーゲンビル島の西側にかかるに及び、高度を七、八百に下げ、ジャングルの平地上を一直線に航過する時、機長紙片《しへん》を手渡し来る。

「〇七四五バラレ着予定」

腕時計を見るにまさに〇七三〇にして、あと十五分と覚えたり。

このとき、機は不意に一番機にならい急降下を開始し、五〇メートルの高度に降《くだ》れり。

何ごと？

一同、心に感じたるところ、通路にありし機長に、

「いかがしたのか」

と、尋ねたるに、

「間違いでしょう」

と、答えたり。

かくいうことが、大なる間違いにて迂闊《うかつ》の至りしなり。

すなわち上空戦闘機は、これより先、敵戦闘機の一群二四機が、南航の途中より引き返し来るを発見し、降下、中攻隊《ちゅうこう》に警告せんとする時、一番機も敵を認め、なんらの余裕なく急降下、ジャングルすれすれに降りたるものなること、後より判明す。

機がジャングルすれすれに高度を下げたる時、すでに敵機と我が護衛機との空中戦は展

開され、数において四倍の敵は容赦なく大物たる中攻機に迫る。

これに対して機は急速九〇度以上の大回避を行なう。機長は上空を凝視し、敵機の突っ込まんとするを見るや、主操縦者の肩をつつきて、左右を指示せり。

一番機は右に、二番機は左に分離し、その距離を増せり。

二回ほど回避の後、一番機はいかがかと、右側を眺むるに、何たることぞ。

約四〇〇〇メートルの距離に、ジャングルすれすれに黒煙と火を吹きたる一番機が、速力も落ちて南下しつつあらんとは、

しまった！

の、考えのほかなく、斜《なな》め後ろ通路に立ちありし、室井航空参謀の肩を引き寄せて、

「長官機を見よ」

と、指示せり。

之彼（此彼）の永遠の別離とは、これなり。

この間、わずかに二十秒ぐらい。敵の来襲に機はまた反転して長官機を見失う。

伊藤は宇垣から大要このような話を聞いて、あふれる涙を押さえきれず、咽《むせ》び泣いた。

（二）

伊藤は約一ヵ月、トラック島に滞在し、ラバウル基地にも足を運んだ。そして山本長官の

冥福を祈り、前線の将兵を励ました。しかし巨星は墜《お》ちて、全軍寂《せき》として声なく、はっきりと前途に暗い影がただようのを、どうすることも出来なかった。

伊藤はこのとき、戦場とはどんなものなのかを、改めて認識した。

彼が捉えたラバウルは、波の立たない静かな入り江であった。空も海も真っ青で、日本には見られない、強烈な風景だった。白い砂浜にはヤシの木がつらなり、マングローブの林が広がっていた。

しかし入り江のあちこちには、米軍の爆撃で吹き飛ばされた飛行機の残骸が見られ、ここはまぎれもなく戦場であった。

飛行場は山の赤茶けた台地に位置し、第十一航空艦隊の飛行機が並んでいた。

この周辺には五つの飛行場がある。だが、それらの飛行場すべてを合わせても、可動機はせいぜい一〇〇機にすぎなかった。

第一機動艦隊の将兵の宿舎は、入り江の近辺に、点々と並んでいた。司令部の幕僚や搭乗員たちの宿舎は、洋風の趣のある大きなものだった。けれども下士官や水兵の宿舎は粗末なバラックで、その周辺にはいくつもの墓標があった。

戦死者たちの墓標には、真新しいものが多かった。

それでも町には日本風の喫茶店や、その道の女がいる慰安所もあった。

町のはずれには「花吹山」と名付けられた活火山がそびえ、ときおり噴火しては、火山灰を振りまいた。だがラバウルでは、毎日スコールがあり、その火山灰を奇麗に洗い流してくれるのだった。

ラバウルでの山本五十六は、胸中何か期するものがあるごとく、航空隊の出撃を必ずじかに見送っていた。山本長官はその際、いつも純白の第二種軍装に身を固めていた。そして、帽子を右手で高くかかげ、心を込めて打ち振ったという。搭乗員たちは、目に涙を浮かべて、在《あ》りし日の長官を語った。

伊藤はどうしても、長官戦没の地の、ブーゲンビル島に行きたいと考えた。彼は危険を承知の上でラバウルを飛び立ち、ブーゲンビル島のブイン飛行場におもむいた。

この飛行場の姿は、まさに惨憺《さんたん》たるものであった。米軍の爆撃を浴びた航空機が、滑走路の随所に無残な形で放置されていた。

飛行場のまわりは、昼なお暗きジャングルである。マラリア蚊が跳梁《ちょうりょう》し、毒蛇や鰐《わに》が横行している。こんな、とても人が住めない密林の只中で、日本海軍の男たちは戦っていたのだ。

伊藤は深く溜息をついた。

山本長官は、昭和十八年（一九四三年）四月十八日の朝、このブーゲンビル島の上空を飛行した。そのまま直進すれば、あとわずか五、六分ほどで、島の南端のバラレ基地に到着するはずだった。しかし天命なるかな、このとき、アメリカの戦闘機が襲来したのだ。ロッキードP38の編隊に、待ち伏せを食らったのである。

伊藤は、東京の軍令部から南溟《なんめい》の戦地に乗り込み、己れの目で現場を確認した。南十字星のもとにある島々の、鮮烈でワイルドなジャングル。

熱帯の密林は戦火を超えて、ただひたすら、ギラギラと生い茂《お》っていた。まことに恐るべき生命力ではあった。

この密林のなかで、今後、日本海軍はどのように戦っていくべきか。伊藤の目には、南溟の戦域を維持するのが至難の業《わざ》に思えた。

山本五十六長官は、現実的でクールな視点から、戦争という名の、非現実的でホットなものを、見さだめようとしていた。

それが真珠湾攻撃であり、ミッドウェーの海戦だった。しかし、そうした大作戦を指揮する人物はもういない。伊藤は改めて山本五十六という人間の存在をかみしめた。どうしたらいいのか。伊藤は苦悶した。

東京にいては、うかがい知ることの出来ない厳しさを胸に刻んで、伊藤は帰国した。

山本長官は、日本海軍のなかで、どのような存在だったのか。

当時、第二航空戦隊の航空参謀としてトラック島にいた奥宮正武《おくみやまさたけ》少佐の述懐が、皆の声を代表している。

「そのすぐれた識見から、米英との戦争には絶対に反対し、それがいれられなくなると、国家の将来を知りながらも、こんどは国家の運命を双肩に担《にな》って立たなければならなかった大将の心事は、私ごときが筆紙に尽くすことは、とうていできないことである。それにしても、大正十三年、霞ヶ浦航空隊副長として、海軍航空に関係して以来、ちょうど二十年。いちばんまずい飛行機に乗せろ、といって航空隊の幹部をてこずらせていた大将は、自らが育てた飛行機と運命をともにしたことを、せめてもの慰めとしているかもしれない。私はトラックで、大将旗の降ろされた旗艦『武蔵』のマストを悲しく見守りながら、そう考えていた」

奥宮はそう振り返った。奥宮はその後、マリアナ沖海戦にも参加し、大本営海軍参謀、海軍中佐で終戦を迎えた。戦後は航空自衛隊に入隊。統合幕僚会議事務局や防衛研修所などで国際問題を担当し、退職時は空将だった。現在は、PHP研究所の研究顧問として活動を続けているが、いまなお山本長官の死に話が及ぶと、目頭をうるませ、

「長官がご存命であれば、もっと早く終戦処理をされていたはずだ」

と、しばし絶句するのである。

山本長官の死は、日本の運命を左右する一大痛恨事であった。

マリアナ沖海戦

(一)

いつまでも悲しみに暮れているわけにはいかない。山本長官の死を無駄にすまいと、日本海軍はその後任に古賀峯一《みねいち》大将を任命し、態勢の立て直しを急いだ。

しかし昭和十九年(一九四四)二月、強力な米軍は中部太平洋を攻めのぼって、マーシャル群島に上陸。日本の守備隊は全滅した。トラック島からパラオ(西カロリン諸島)に後退した古賀長官ら連合艦隊司令部は、さらにダバオ(フィリピン)へ移ることになり、二機の飛行艇に分乗、脱出をはかった。だが、悪天候のため古賀長官機が遭難し、二番機も海面に不時着して、参謀長の福留繁中将らがセブ島の抗日ゲリラにつかまるという事件を引き起こした。

後任の連合艦隊司令長官には豊田副武《そえむ》大将が就任した。

これより前、三月一日には、小沢治三郎《じさぶろう》中将が第一機動艦隊司令長官に命じられていた。

同年六月、軍令部は山本・古賀の弔い合戦として、マリアナ諸島の米機動部隊を殲滅《せんめつ》する作戦に出た。

第一機動艦隊は「大鳳《たいほう》」「翔鶴《しょうかく》」「瑞鶴《ずいかく》」「隼鷹《じゅんよう》」「飛鷹《ひよう》」「龍鳳《りゅうほう》」「千歳《ちとせ》」「千代田」「瑞鳳《ずいほう》」の九隻の空母を擁し、それに戦艦七、重巡洋艦一一、軽巡洋艦三、駆逐艦三二、補給艦艇一一、計七三隻の艦艇を持ち、艦載機は四三九機を保有していた。

この海域には、スプルーアンス大将の指揮するアメリカ第五艦隊が展開していた。その戦力は「レキシントン」「ホーネット」「ヨークタウン」「バンカーヒル」「ワスプ」「エンタープライズ」「エセックス」などの空母を中心に、艦艇が九〇隻以上。艦載機は少なくとも九〇〇機と見込まれた。

ミッドウェーの惨敗の恥を雪《そそ》ぐ好機到来である。

これに勝てば、一気に戦局を転換できる。勝って戦争終結のきっかけにしたい。

このときも伊藤は現地に飛んでいる。

随行したのは大本営海軍参謀の源田実中佐である。二人はマリアナ、パラオ、ダバオ、スラバヤを経由してシンガポールに向かい、シンガポール南方のリンガ泊地（スマトラ）の第一機動艦隊司令部で、幕僚たちと意見交換を行なった。

源田は搭乗員の腕が落ちていると懸念し、無理は禁物だと語り、いつになく慎重だった。

リンガ泊地というのは、シンガポールから南の方角八〇カイリ（約一五〇キロ）にあり、南北約四〇カイリ、東西約三〇カイリの広い海面である。

西はスマトラ本島に、東、北は小島群に囲まれ、南の水路はスマトラ島にそってパレンバン、ジャワ方面に通じていた。

パレンバンには重油があり、シンガポールには航空基地があったので、燃料の補給や航空隊の訓練にも最適だった。

「ここは油もあるし、絶好の隠れ家だよ」

第一機動艦隊司令長官の小沢治三郎中将は、生真面目《きまじめ》な顔でいった。

小沢長官は伊藤よりも三つほど年齢が上で、海兵では二期先輩である。

宮崎県の生まれで、県立宮崎中学に進んだが、校外で大喧嘩して退学になり、東京の成城中学に転入した。そこから鹿児島の第七高等学校造士館《ぞうしかん》に入学したが、海兵の方がいいと江《え》田島《たじま》にやってきた。山本艦長とは違うタイプの存在であった。

小沢長官はアウトレンジ（敵の射程外）戦法をとると説明した。

アウトレンジ戦法というのは、遠距離から敵機動部隊に攻撃隊を発進させるものであった。零戦や天山艦攻、彗星艦爆など、日本の航空機は軽量なので、三〇〇カイリ（約五六〇キロ）以上飛べる。これに対し、敵の航空機は装甲も厚く、燃料タンクは防弾板でおおわれているので、重量があり、せいぜい二〇〇カイリ（約三七〇キロ）しか飛べない。

つまり、こちらは遠距離から敵に槍を突きつけるというやり方であった。

もちろん問題もあった。敵機動部隊は刻々移動しており、索敵が不十分だと、所在を捉えられない。また敵は強力なレーダーを持っているので、途中で攻撃隊が戦闘機の待ち伏せに遭い、撃墜される危険もあった。

もうひとつの心配は搭乗員の練度であった。

真珠湾攻撃の頃に比べたら、月とスッポンの違いがあった。

ベテランの搭乗員の多くが戦死し、空母に不慣れなパイロットが大半を占めていた。発着艦の経験が浅い、技量未熟の搭乗員を抱えて、艦隊幹部は頭を痛めた。

作戦会議の席上、源田参謀は、

「航続力の限度付近の戦闘は、避けた方がいいでしょう」

と難色を示した。

「攻撃隊が、最大の戦闘能力を発揮するのは、発進して三十分ないし一時間経過したときです。それ以下の時間では、搭乗員はその日の天候や視界、風速、風向にまだなじまない。すなわち、ウォーミングアップが不足しています。反対に、二時間も三時間も飛んだ後では、疲れてどうしようもない。搭乗員は見張りで神経をすりへらし、いざ攻撃のさい、もうクタクタになっている。そのうえ作戦距離が長遠では、攻撃を果たしたあと、味方空母へ帰投するのが大変です。被弾機が力つきて、海上に不時着した場合など、どうすればよいのか。搭乗員は、駆逐艦が救助にきてくれることを切望しています。しかし戦域が目いっぱい広くては、駆逐艦の救助活動も思うにまかせず、搭乗員を見殺しにするほかありません。これでは、作戦の総合的な効果が薄くなります。

第一機動艦隊司令長官・小沢治三郎中将

それゆえ、敵とこちらの距離は、一五〇カイリ（約二八〇キロ）から二五〇カイリ（約四六〇キロ）が望ましい。本官はそう考えます」

理路整然と、源田参謀は説いた。

伊藤が懸念したのも、実はそのことであった。アウトレンジ作戦は多分に賭けの部分を含んでおり、ひとつ間違えば惨敗の危険がある。そこで、慎重を期すよう意見を述べ、東京に戻った。

伊藤はひどく疲れていたが、報告書の作成で一日も休めなかった。

（二）

小沢機動艦隊は、リンガ泊地から前進基地タウイタウイに移動した。ここはボルネオの油の産地タラカンに近い。燃料の補給には適していたが、パイロットたちの発着艦の訓練が十分に行なえず、これが作戦に齟齬《そご》をきたす。

六月十三日、小沢機動艦隊がタウイタウイの泊地から、フィリピン群島のギマラス泊地に向かう旨の電報が軍令部に入った。

ちょうど、このとき、マリアナ諸島第二の島、サイパン島に対する米軍の空襲が始まり、南部の飛行場は壊滅した。マリアナ沖海戦に暗雲がただよった。

「次長、これは上陸作戦の始まりです。サイパンを取られては、本土空襲も激しくなり、戦局に重大な支障を来すことになる」

海軍省の人事局長から軍令部第一（作戦）部長に就いた中沢佑《たすく》少将が憂色を深め、伊藤を見た。

サイパンには、二万五〇〇〇人もの民間人が在留しているのだ。

軍令部作戦室には幹部が詰め、緊張した面持ちで情勢の推移を見守った。

六月十五日朝、猛烈な艦砲射撃の後、米海兵隊がサイパン島に上陸した。

ここには中部太平洋方面の艦隊司令部があり、真珠湾攻撃とミッドウェー海戦を指揮した南雲忠一《なぐもちゅういち》中将がいた。

なんとしてもマリアナ沖海戦に勝って、サイパンを防ぎ抜かねばならぬ。

伊藤はいても立ってもいられぬ心境だった。

六月十八日、サイパンの西方に敵機動部隊の存在を確認した小沢機動艦隊は、七〇〇カイリ（約一三〇〇キロ）の洋上を決戦場とし、ジグザグ・コースで突き進んだ。

十九日午前六時三十分、索敵機から敵機動部隊を発見したとの警戒警報が入った。続いて午前八時、「攻撃隊発進」の電報が飛び込んできた。

「いよいよ、小沢対スプルーアンスの戦いか」

作戦室に緊張がみなぎった。スプルーアンスは敵機動部隊の司令長官である。

問題は彼我の距離であった。

あとで分かったのだが、敵の空母群までの距離は、小沢本隊から実に三八〇カイリ（約七〇〇キロ）もあった。

攻撃隊の機数や戦闘の模様は資料によって異なり、正確は期しがたいが、第一次攻撃隊は中本道次郎大尉が指揮する第三航空戦隊の六四機と、垂井明少佐の率いる第一航空戦隊の一二八機、石見丈三少佐指揮の四九機の、合わせて二四一機。真珠湾攻撃を思い出させる堂々たる編成だった。

しかし第一次攻撃隊は待ち受けたF6F戦闘機に襲われた。米機動部隊に肉迫した艦攻・艦爆はVT信管による対空砲火にはばまれ、実に一四〇機以上が火を噴いて海に落ちた。米軍は「マリアナ沖の七面鳥撃ち」と称して、快哉《かいさい》を叫んだ。第二次攻撃隊の八三機も、未熟な航法のため大半が目標を捕捉できず、サイパンのロタ島に不時着したり、グアム島へ着陸寸前に撃墜されたりして、バラバラになってしまった。

この間、東京の軍令部はいらだっていた。現地マリアナ沖の戦況が、どうもよく伝わってこないのである。

「変だぞ、これは。何かあるぞ」

などと騒いでいるうちに、

「空母『大鳳』が潜水艦にやられたのかも知れない。先刻、アメリカ潜水艦の潜望鏡を認むと打電してきている」

といい出す者がいた。皆、真っ青になった。

そして、そのまま連絡が途絶えてしまった。

「これは負けだな」

皆が顔を見合わせた。

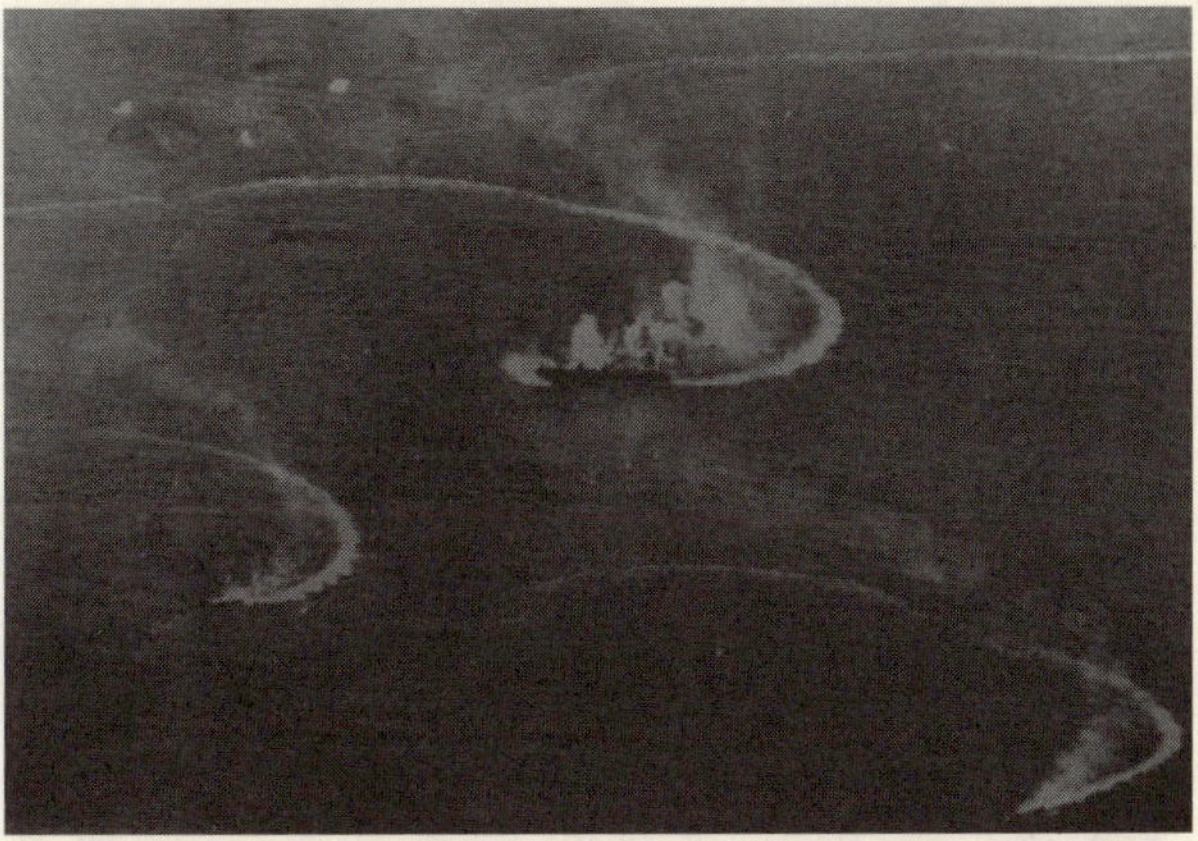

マリアナ沖海戦で対空戦闘中の小沢機動艦隊。中央の大型艦が空母「瑞鶴」

そのころ、小沢長官が乗る旗艦「大鳳」と「翔鶴」の二隻の空母は、まさしく米潜水艦の雷撃を浴び、沈没していたのである。

結局この日、小沢機動艦隊は、空母に加えて、確認されただけでも一九三機を失うという惨憺たる敗北を喫した。

これだけの犠牲を出しながら、米軍に与えた損害はきわめて軽微だった。

源田の危惧が的中したのだ。

伊藤は無言で窓の外に目をやった。

立ち上がれないほどのショックであった。

日本海軍の機動部隊の消滅——といってもよかった。

翌二十日、小沢長官は態勢を立て直し、残った空母から敵空母に向かって攻撃隊を発進させた。そこに、敵機の編隊が襲来した。

小沢長官は残余の戦闘機で迎撃したが、米

軍機は空母「千代田」と「瑞鶴」を炎上させ、「飛鷹」を撃沈した。

日本海軍も遅ればせながらレーダーを開発、装備していたが、この戦闘では、もともとアウトレンジ作戦に無理があった。加えて、敵潜水艦への警戒を怠り、手痛い仕打ちを受けてしまったのだ。

（いったい、なんたることか）

伊藤は数日間、あまりのぶざまさに、茫然自失の態であった。

アウトレンジ戦法の失敗だった。

またこの海戦は、日米の工業力と戦力の差が、歴然と表われた戦いであった。

VT信管の登場で、日本海軍の航空隊は米艦隊に近づくことができなかった。そのVT信管が、一体、何であるか。それが分かるまで時間がかかり、犠牲者を増やしていったのは悔やまれた。

米軍パイロットの腕は確実に上がっており、零戦無敵の神話も崩壊した。

問題はいろいろあるが、なかでも旗艦「大鳳」沈没の衝撃は、言葉にいい表わせないほど大きいものだった。

もう、これでは駄目だという思いが、伊藤の脳裏をかすめた。

「大鳳」はミッドウェー敗戦の反省のもとに建造された新鋭空母であった。

その特徴は艦体の防御にあった。五〇〇キロの爆弾にも耐えうる甲板、重巡洋艦なみの分厚い特殊鋼材を貼り合わせた外板など、すべての面で強力なものであった。

しかし、六月十九日、伏兵の潜水艦が放った一発の魚雷で沈んだ。

本来、「大鳳」は魚雷を一発食らった程度で、沈まないはずであった。

ところが、意外な弱点があった。

防火設備の不備である。

魚雷が命中したのは前部のガソリンタンクの外板だった。そこからガソリンが漏れ出し、気化して格納庫に充満した。これを排出する応急作業の最中に、引火して爆発した。

この日、第二航空戦隊の参謀・奥宮正武少佐が乗る空母「隼鷹」は、孤独な戦いを続けていた。

無傷ではなかったが、「隼鷹」はまだ生きながらえていた。

「敵攻撃機、見ゆ」

「配置につけッ」

「敵は編隊、高度五〇〇〇、近寄るッ」

「両舷機、前進全速！」

「面舵《おもかじ》！　いっぱい！」

急降下爆撃機が爆弾を投じ、雷撃機が海面をはうようにして迫った。

機銃や高角砲が火を噴き、戦艦「長門《ながと》」が四〇センチ砲を水平にして砲撃を加え、敵雷撃機二機を吹き飛ばした。

皆、死にもの狂いであった。

煙突付近に直撃弾二発、至近弾六発を受け、艦橋の後方にいた将兵、数十名が死傷し、遺体が散乱した。それでも「隼鷹」は波飛沫《なみしぶき》をあげて全速で走っていた。

奇跡であった。

飛行甲板も無事であり、帰艦する味方の戦闘機を収容し、火事場のような騒ぎを続けていた。燃料が切れて着艦できない飛行機は近くにジャブンジャブンと着水し、駆逐艦が危険をおかして搭乗員の救助にあたった。

何人かは救助できず、取り残された。その搭乗員の心を思うと、胸が痛んだ。

戦争とは修羅場であった。この日、多くの兵が傷つき、悶え苦しみ、南海の海で死んでいった。

午後になって天候が崩れ、ようやく敵機が去った。

何隻かの空母が真っ黒い煙をあげて、のたうち回っている。

奥宮は艦橋を下りて飛行甲板に向かった。

いたるところに弾痕があった。何人かの遺体もころがっていた。奥宮は遺体をかき分けて生存者を捜したが、見つけることは出来なかった。見るも無残な遺体の前で、奥宮は慟哭《どうこく》した。いつ勝てる日が来るのか。いや勝たねばならない。奥宮は唇をかんだ。

南雲忠一の自決

(一)

マリアナ沖海戦も大惨敗であった。「隼鷹《じゅんよう》」「瑞鶴《ずいかく》」「龍鳳《りゅうほう》」「瑞鳳《ずいほう》」「千歳《ちとせ》」「千代田」の、六隻の空母が辛うじて生き残り、帰国の途につくことが出来たが、もはや南海の島々の制海・制空権は失われ、日本は、マリアナ諸島の拠点サイパン島を放棄した。

サイパンの二万五〇〇〇人の一般市民と三万数千の軍隊は、皆、連合艦隊の来援を信じ、上陸した米軍と死闘を繰り広げていた。ここを守っていたのは斎藤義次《よしつぐ》中将以下、陸軍の約三万と、南雲忠一《なぐもちゅういち》中将以下、六〇〇〇の中部太平洋方面艦隊である。

艦隊といっても、ろくな艦艇も飛行機もなく、陸上から海を見つめるしかない無残な海軍であった。

ハワイ攻撃のときの機動部隊長官・南雲中将を、このような島に送るのは、いくらなんでも、ひどすぎる話であった。

海軍には知性があるといわれたが、失敗した者には残酷だった。

死んでくれ、ということだった。

南雲は海兵三十六期、伊藤の三期上であった。

ミッドウェー海戦の惨敗はこの人に責任があると、海軍部内では南雲長官を白い目で見た。

しかし、ハワイ攻撃を成功させたのは、南雲中将ではないか。それはそれで、きちんと評価すべきだと、伊藤は思っていた。

山本五十六がもっとも恐れていたのは、アメリカの工業力、技術開発の爆発的なパワーだった。

山本の意図はハワイを奇襲攻撃し、アメリカの太平洋艦隊を壊滅させて、機動部隊の進出を阻止し、その間に南方を固め、早期に戦争を終結させることであった。石油タンクや艦船の修理施設、海軍工廠《こうしょう》なども爆破しなければならなかった。だが、山本長官の命令には、それが明示されていなかった。

山口多聞《たもん》少将や源田実中佐や淵田美津雄中佐は、真珠湾への第二次攻撃を主張したが、南雲長官は敵の反攻を恐れ、それを認めなかった。真珠湾に敵の空母の姿はなく、いつアメリカの攻撃隊が発進してくるか分からず、不安だったからである。

あのとき山本長官は苦笑しながら、

「泥棒もやはり帰りがこわい」

と喝破《かっぱ》した。

アメリカ側では、「真珠湾奇襲は詰めが甘かった。日本海軍が再攻撃しなかったのは、戦略的に大きな誤りである」と、クールに分析していた。

伊藤もアメリカ側と同じ意見だった。相手の工業施設を破壊した方が、戦艦を叩く以上の効果がある。そんな考えを持っていた。しかし、この伊藤のような発想は、海軍全体に浸透していなかった。

それはともかく、ハワイ攻撃を指揮した南雲忠一提督という、海軍の大先輩を南海の孤島サイパンに置き去りにするのは、実に気の毒なことであった。

もうひとつ、サイパンには深刻な問題があった。

在留邦人の避難が遅れ、一般市民が戦闘に巻きこまれたのである。

この島には製糖工場や水産会社などがあり、ガラパンやチランカノアなどの町に日本人が多数居住していた。

中部太平洋方面艦隊
長官・南雲忠一中将

東条総理・兼陸相は「サイパンの守りは固い」と奏上したが、それはあまりにも希望的な観測だった。米軍が六月十五日に上陸するや、日本の守備隊はたちまち苦戦に陥った。

十九日から二十日にかけて、マリアナ沖で、小沢の機動部隊は壊滅的な打撃を受けた。

サイパンの守備隊はひたすら救援を待ったが、もはや機動部隊の影も形もない。守備隊は洞窟や草むらに伏して抵抗を続けた。しかし機銃掃射、艦砲射撃、火炎放射器と、米軍の皆殺し作戦は苛烈を極め、吹き飛んだり、焼けただれたりした日本兵の遺体が、いたるところに散乱した。

恐るべき兵器ナパーム弾が使われたのは、このときである。

ゴーと凄い炎が噴き、一瞬の間に、すべてが焼き尽くされた。

援軍のない戦争は悲惨であった。食糧も弾薬も医薬品も切れ、あとは突撃しかなかった。

日本陸海軍はバンザイ突撃を繰り返し、一ヵ月たらずの間にサイパン北端の洞窟に追いつめられた。

七月五日。南雲長官から軍令部に、最後の電報が送られてきた。

「聖寿《せいじゅ》の万歳と皇軍の弥栄《いやさか》を期待しつつ、諸子とともに玉砕す」

聖寿とは天皇、弥栄はますます栄えることを意味する。

伊藤は目をおおった。

伊藤の胸は張り裂けるように痛んだ。

サイパンには飛行場があり、ここを米軍に奪われれば、たちまち拡張されてB29がここから発進し、日本本土を空襲することは間違いなかった。

御前会議で昭和天皇は、

「どうしてサイパン島を奪回できぬのか」

と、何度も御下問されたが、いかんともしがたく、伊藤は身を固くして聞き入るしかなかった。

海軍省教育局長の高木惣吉《そうきち》少将は、サイパンに行く南雲中将を壮行したひとりだった。

高木は海兵四十三期でフランス駐在武官、海軍大臣秘書官などを務めた。終戦処理をもくろむ米内《よない》光政《みつまさ》や井上成美《しげよし》に通じた人物で、ひそかに東条首相と東条派の嶋田海相の引退を画策していた。嶋田が、

「前線基地のひとつやふたつ取られても、何も驚くことはない」

と、高飛車にいったのを聞き込んで、

「嶋田は上には当たりがいいが、下にはワンマンぶりを表わす」

と憤慨し、憲兵隊に狙われながらも一時期、病気を名目に休職し、独自の動きをしていた。

その日、高木と兵学校同期の矢野英雄少将が、南雲長官を補佐する中部太平洋方面艦隊の参謀長として出征するので、壮行会を開き、そこに南雲長官も顔を出したのだった。

「今度という今度は、白木の箱か男爵だな」

そのとき南雲長官は、笑いにまぎらわせて決別の意を述べたというが、高木は南雲に対する扱いはひどいと痛く同情し、憤慨もした。

「哀れむべし中将も、不適任の配置続きで酷使されたすえに、男爵どころか、戦死大将で軽く片付けられてしまった」

と、高木が伊藤に嘆いたことがあった。嶋田が東条のいいなりになっている、という声は前からあった。

「あいつは東条の腰巾着《こしぎんちゃく》だ」

と、あからさまに罵《ののし》る人もいた。

嶋田は海軍大臣、伊藤は軍令部次長なので、組織も立場も違うが、腰巾着の大臣が片方にいる限り、次長である伊藤の立場も推して知るべしであった。

伊藤の心境をよく知っていたのは、第一（作戦）部長の中沢佑《たすく》少将である。

サイパンの惨状を理解しているのか、いないのか、よく分からない上層部のもとで、

「中沢君、私もつらいよ」

伊藤は、ときおり、ぽつりといった。

（二）

サイパン島の最後も無残なものだった。

南雲長官は小さな洞窟のなかで、最期を迎えようとしていた。

長官の周囲にはたった二、三十人の兵士がいるだけで、片隅には赤子を抱いた女性もいた。

南雲長官が「サイパン島守備兵に与える訓示」を読み上げると、兵士たちは、

「バンザイ、バンザイ」

と叫んで次々に自決し、最後に長官も自決した。一般市民がサイパンの北端に追いつめられ、女性は断崖から身を投げて自殺したのもこのときである。

それは地獄の光景だった。

硫黄島、沖縄の戦いの前哨戦がサイパンで行なわれた。

思い起こせば昭和十六年（一九四一年）十一月二十三日、単冠湾《ひとかっぷ》に浮かぶ旗艦「赤城」の艦上に、南雲長官がいた。

「我が機動部隊は、敵太平洋艦隊をハワイに急襲し、これを撃滅し、米海軍の死命を制するものである。皇国の興廃はこの一戦にある」

長官は歴史に残る訓示をし、怒濤《どとう》の太平洋をハワイに迫った。その三年後に、このような形で最期を迎えるとは、人の運命は分からないものだ。

伊藤はこの日、ひとり部屋にこもって黙考した。

南雲長官がどのような姿で死んでいったかは、知るよしもなかったが、察しはついていた。

軍令部次長として、自分は一体、何をすべきなのか。

この戦争を終結させる手はないのか。

伊藤はそれから数日間、眠られぬ夜を過ごしている。

伊藤は青白い顔で、海軍省の廊下を歩いていた。ついに意を決して、軍令部総長に談判した。

「戦局はきわめて憂慮されます」

伊藤はそういって嶋田の顔を見た。

嶋田は海軍大臣も兼務しており、軍令部と海軍省の両方を行ったり来たりしていた。

現在、日本海軍の所有する空母は「瑞鶴」「瑞鳳」「千歳」「千代田」「隼鷹」などに過ぎない。完成間近の空母もあったが、開戦時に比べればその数は半減していた。戦艦「大和」「武蔵」は残っていたが、航空機万能の時代である。いまとなっては無用の長物であった。空母と一緒に出て、空母を援護する役目はあろうが、燃料も枯渇しており、巨大戦艦の使い道は厳しいものがあった。

「うん、聞くところによると、近衛さんをかつぎ、和平への大転換をする動きがあるというのだが、どうかねえ」

嶋田は短くいって、後は黙った。

嶋田は山本五十六と海兵の同期で、山本は、

「嶋ハンはおめでたいんだ」

と、よくいっていた。

いま何が問題かを把握する感覚が、鈍いといいたかったのだろう。

この人に大転換は無理だ。伊藤はそう思った。

数日後、七月十八日に、敗戦が続く東条内閣は総辞職に追い込まれた。

後継首相は小磯国昭《こいそくにあき》だった。

誰もなり手がいない。米内光政に要請があったが、彼は、いまは私ではないと断わった。

それでは陸軍でということになり、南方軍総司令官の寺内寿一《てらうちひさいち》大将、支那派遣軍総司令官の畑俊六《はたしゅんろく》大将が候補に上がったが、二人とも戦地におり、比較的閑職にあった小磯国昭が選

ばれた。

小磯は朝鮮軍司令官で予備役となり、朝鮮総督の地位にあった。

米内は断わりきれず、副総理格で海軍大臣に就いた。

軍令部総長には及川古志郎《こしろう》大将が選ばれた。海軍次官には、日米開戦に反対した井上成美《しげよし》中将が海軍兵学校の校長から連れてこられた。

高木惣吉は海軍省教育局長に就いた。

米内が中心になって和平工作もありえるのか。

伊藤は少し安らぎを覚えた。

米内海相と井上次官のハラは、間違いなく戦争の終結だった。

米内は天皇に、正直にありのままを伝えようとした。

御前会議では石油に関して、「油はこんなにございます」と、前軍令部総長はいつも嘘の報告をしていた。米内は「本当の事をご報告するんだ」といって、正直に石油の枯渇を申し上げた。

これが実は終戦工作の第一歩だった。

新内閣の第一回の最高戦争指導会議が開かれたのは、昭和十九年（一九四四）八月十九日である。

昭和天皇ご臨席のもと、構成員は小磯国昭首相、米内光政海相、重光葵《しげみつまもる》外相、杉山元《はじめ》陸相、梅津美治郎《よしじろう》参謀総長、及川古志郎軍令部総長で、ほかに陸軍の秦《はた》彦三郎参謀次長と軍令部次長の伊藤が列席した。

この会議で「世界情勢判断」と、今後とるべき「戦争指導の大綱」が決められた。世界情勢判断ではドイツの敗北濃厚としながらも、「一億鉄石となってあくまで戦争を遂行する」ことを確認した。

伊藤は発言を許されず、じっと聞くしかなかったが、大いに期待したのは、「帝国は徹底せる外交施策によって戦局の好転を期す」という一項であった。

これは対ソ連、対重慶工作を進めるというもので、終戦処理に向けての伏線が秘められていた。

この日の会議は長く、伊藤は緊張で、体は綿のように疲れた。

終わって及川軍令部総長は「戦いも外交交渉も命がけになるな」と一言もらしたが、米内海相は、厳しい顔で黙ったままだった。

中沢佑第一部長がいまや遅しと待っていて、

「ソ連はどうでしょうか」

とソ連に頼る外交政策に疑問を投げかけた。

「うん。ソ連はしたたかだからなぁ」

伊藤がいうと、「そうです」と中沢は厳しい表情をした。

伊藤は満州国の駐在武官を務めたことで、ソ連のことは熟知しており、ソ連は満州の利権を求めて南下してくる可能性が大いにあると踏んでいた。軍令部作戦課は、早速、ソ連に仲介を依頼する案の検討に入ったが、予想どおり、ソ連は日本の特使派遣を拒否し、このルートは早々に消えた。

そうなると、残された道は重慶工作である。

日本政府は、満州の保持以外は、すべて中国側の条件をのむと譲歩して、国民政府と交渉を始めた。だが、中国側も日本の敗戦は必至と見て、これを拒否。日本は国民政府からも見放された。

これは当然といえば当然の帰結だった。

日本はもう、かつての軍事大国ではない。

資源を押さえられ、工業生産は低下する一方なのだ。

「中沢君、それにしても人生というのは、不思議なものだ」

伊藤がいった。

軍令部第一部長・中沢佑少将

「それはまた、どうしてですか」

「うん、スプルーアンス提督のことだよ」

「そうですねぇ」

中沢もうなずいた。

米国機動部隊の提督として、この戦争の指揮をとっているレイモンド・スプルーアンスは、伊藤が米国駐在武官のおり、アメリカ海軍の情報課員で、何度も顔を合わせていた。

日本海軍はそのスプルーアンスと何度も戦い、敗戦を喫してきた。敵の提督を思い浮かべるなど不謹慎ではあったが、一度、会って話し合いたいものだと思った。

伊藤は最高戦争指導会議の構成員ではない。それに列席するだけであり、具体的な行動をとれる立場にはない。だが、米海軍首脳部は決して鬼畜米英ではない。立派な紳士もそろっている。まっすぐぶつかれば、打開の道はありはしないか。

伊藤はそんなことを思ったりした。

すべての面で、もたつく小磯内閣は、急激に支持を失っていた。当時はガソリンが切れて、バスは木炭を焚いて走った。エンコするのはしょっちゅうで、そのたびに乗客はバスを降りて押さなければならなかった。

それになぞらえて、小磯内閣は「木炭バス内閣」とからかわれ、権威は日に日に失われていった。

そうしたなかで、大本営陸海軍部は、最後の絶対防衛圏を定めた。

若手将校が台頭し、フィリピンを捷《しょう》一号、台湾・沖縄を捷二号、九州・四国・本州・小笠原を捷三号、北海道を捷四号と決め、陸海軍がここを死守すると発表した。海軍省も軍令部も、若手将校に占領されたも同然で、最後は本土決戦だと息巻いていた。

どこから、そんなことがいえるのか。

伊藤の内面は苦悩に満ちていた。

たとえば戦争に不可欠な航空機の生産である。すでに消耗に追いつかなくなっていた。昭和十九年（一九四四年）十月における海軍の一ヵ月間の消耗数は、戦闘機が七五〇機、艦爆・艦攻が五五〇機、陸上爆撃機一〇〇機、陸上攻撃機八〇機で、総計一四八〇機であった。

これに対して肝心の生産状況は、戦闘機については零戦が予定の六〇〇機に対して約一八〇機、紫電改が一二〇機に対して約一〇〇機で、月間消耗数をはるかに下回った。

また、艦上爆撃機は彗星《すいせい》と九九式艦爆と合わせて約一五〇機、天山《てんざん》艦攻は約九〇機の生産で、これも下回っていた。

そのほか、陸上爆撃機銀河《ぎんが》は約五〇機の生産であり、目標の半分であった。

航空燃料もほぼ底をついていた。

昭和十九年度上半期における南方から運ばれる石油の総量は、年度当初計画の一二〇万キロリットルに対して約八〇％であった。それが、下半期に入ってからは、敵潜水艦に輸送船が沈められ、ほとんど輸送できず、十九年度の内地還送油は、けっきょく一〇六万キロリットルにとどまる見通しで、当初計画の約三分の一であった。

この結果、昭和二十年は石油がまったく入らなくなり、このままで行くと、八月でなくなるものと予測された。

ともあれ、飛行機の生産が戦争遂行の鍵であった。

もちろん搭乗員の教育訓練も重要であったが、肝心の飛行機がなければ延びきった防衛線を守ることはむずかしい。

さらに燃料の不足ときては致命的な事態になる。

「あとは松根油《しょうこんゆ》だそうです」

中沢第一部長が自嘲気味にいった。

松の油で飛行機が飛ぶのか。

伊藤はこうした悲惨な情況を伝える書類に目を通し、どうしたらいいのか、苦悶する日々であった。

このころ伊藤は米内海相に会う機会があった。

(三)

「あぁ、うぅ」

と、言葉に詰まり、目をつむってしまう米内光政の心の内は、どのようなものだったのか。

陸軍には終戦工作に乗る気配はまったくなく、米内は完全に暗礁に乗り上げていたのである。

一部からは米内、井上の暗殺計画の噂さえ出ていた。

皆、疑心暗鬼にとりつかれ、悪口をいい合った。陸軍は海軍がだらしないから負けるのだといい、海軍は冗談じゃないと反発した。

米内は寡黙になるしかなかった。

米内と井上が問答をくり返したのも、この頃である。

「おい、ゆずるよ」

「何をですか」

「大臣をさ」

「誰にですか」

「お前にゆずるよ」

「とんでもない。なぜ、そんなことをいうんですか」

「おれはくたびれた」

「陛下のご信任で小磯さんとともに内閣を組織した人が、くたびれたとのことで、辞めるという手がありますか。わたくしは絶対に引き受けません」（『米内光政』実松譲著、光人社）

腹心の井上次官だから、米内もこうした愚痴をこぼすことが出来たのだろう。

米内は一体、どう思っていたのか。

昭和二十年（一九四五年）十一月十七日、米内光政は、米海軍少将R・A・オフスティ、第五艦隊司令官・海軍大将J・H・タワーズ、海軍大佐T・J・ヘッディング、予備海軍少佐W・ワイルズの各氏から質問を受け、戦争について、ほぼ次のように証言している。

問　さて戦争の基本計画について、おうかがいしたい。

戦争計画は妥当なものであったかどうか。はたして日本国家の能力は、十分なもので

答　あったかどうかについて、ご意見はどうですか。
問　あの戦争計画は、当時の情勢や、我が国の戦争能力の実際にかんがみるとき、決して適当な計画ではなかったと、今日まで信じています。
答　あの計画は、はじめから、あまり手を広げすぎた、身のほど知らずの計画だと考えたわけですか。
答　くわしいことは実は知りません。かりに当時、私が首相だったとしたら、この戦争をはじめなかったでしょう。
問　戦争初期において、日本の脅威はどこでしたか。
答　アメリカの戦力でした。いったん開戦となれば、南方からの資源、油を輸入しなければならない。アメリカ軍がフィリピンを占領したとき、南方からの補給路をたたれ、日本の資源は最後の宣告を受けました。
問　この戦争は海軍か、陸軍か、どちらの戦争だったと思いますか。
答　海軍の戦争だったと信じます。
問　この戦争は成功裏に終結は難しいという徴候が現われたのは、いつ、どんな状況のときであったか。ご意見を承りたい。
答　戦争のターニング・ポイントは、そもそも開戦時にさかのぼるべきでした。私は当初から、この戦争は成算がないものと、感じておりました。ミッドウェーの敗戦か、またはガダルカナルの撤退を転機といいたいのです。もはや挽回の余地はまったくないものと見当をつけていました。その後もサイパンの失陥あり、レイテの敗北が起こりました。
そこで私は万事、終わりだと感じていました。

（『現代史資料太平洋戦争5』「陸海軍人尋問記録」、みすず書房）

この一問一答を読むと、米内海軍大臣は日本の敗戦をとうに予測し、日々、疑問と苦悩に、さいなまれていたことになる。

しからば海軍大臣として、戦争終結に向かって、何か具体的に取り組んだのか。

米内はこのことについて、

「戦争終結の最初のチャンスは、開戦早々の時期、次はサイパン陥落の時期でした。しかし、日本海軍が終戦を提議しても終戦にもっていけたでしょうか。相手があるわけですから。それにある時期がくるまで、終戦などできるものではないように思われます」

と述べたが、戦争とは始まってしまえば、勝つか、負けるか、決着がつくまで戦うしかないというもののようであった。

負けることが分かっている戦争を遂行しなければならない。そのどうにもならない絶望感と挫折感、多くの兵を死なせてしまった罪悪感とやるせなさ。あらゆることが交錯し、米内はついに言葉を失い、「あぁ、うぅ」になったに違いなかった。伊藤にはそれがよく分かった。

米内の心境を裏付ける資料が、アメリカにある。

戦後、ルーズベルト大統領は米国戦略爆撃調査団を設置し、あらゆる角度から日本を調査した。

これは文官、士官、下士官八百五十人からなる大規模な組織であった。調査団は昭和二十年九月に東京に本部を置いたほか、名古屋、大阪、広島、長崎に支部を置き、太平洋の島々、アジア大陸にも移動班を置いた。

こうして、戦時日本の軍事と各作戦と戦闘について調査し、戦時経済や戦時生産のかなりの部分について、正確なデータを入手した。

日本海軍については極めて好意的な分析が行なわれ、

「若干の民間人や海軍グループの大部分は米国という国柄、その工業、技術における潜在力、さらにいったん奮起した場合の敵愾心《てきがいしん》の強さについて熟知していた。これらの人々は、結局は交渉によるほかは、戦争の結末をつけようがなく、また、だらだらと長期戦に引き込まれて、しかも敗北を冒すかもしれない戦争計画に不同意を表明していた」

と、まとめていた。

その海軍グループこそは米内や山本五十六、山口多聞だった。

伊藤もその範疇《はんちゅう》のひとりだった。

その日本海軍が、なぜ戦争に踏み切ったか。

それは米国の対日資産凍結、対日石油の全面禁輸によって、減少する石油補給に重大な関心をいだかざるをえず、次第に急進的な意見に傾いていったと分析した。

その意味で調査団の報告は、一方的に自国に偏ったものではなかった。

自国の経済封鎖が、日本を戦争に踏み切らせたと認めていた。

具体的な戦闘については、次のように記述されている。

日本軍は石油の確保のために、陸軍はマレー、スマトラ、ビルマの征服作戦に入り、海軍は真珠湾のほかに、フィリピン、ボルネオ、セレベス、ジャワ、北部ニューギニア、ビスマルク諸島、ギルバート諸島、ウェーク島への作戦を展開した。

日本軍は当初、太平洋方面において、連合軍よりもはるかに優勢で、パイロットは平均して五〇〇から六〇〇時間の飛行時間を持ち、中国大陸で実戦の経験もあった。加えて飛行機の性能もよかった。

日本軍は、たちまち太平洋の各地を占領した。

しかし、弱点があった。戦線を拡大したため骨のおれる補給問題をかかえ、防備も手薄になり、無力で脆弱《ぜいじゃく》な陣地がいくつも出来た。さらに米国は日本海軍の暗号を解読したため、正確、かつ詳細な日本海軍の情報を入手するに至った。

珊瑚海海戦、ミッドウェー海戦において、米軍は事前に情報をキャッチし、ミッドウェーでは日本海軍の「赤城」「加賀」「飛龍《ひりゅう》」「蒼龍《そうりゅう》」の四隻の空母を撃沈した。これは情報戦の勝利であった。日本海軍は空母機動部隊の弱体化によって苦境にたった。

マリアナ沖海戦では、米海軍機動部隊の総指揮官スプルーアンス提督は、空母、戦艦、巡洋艦、その五九隻からなる日本の大部隊がサイパン沖に進撃中という情報を得て、マリアナ沖の七面鳥撃ちと呼ばれる大勝利を得た。

このように報告書には書かれていた。

日本の地理的環境の分析も行なわれていた。

日本は昔から海洋国家であった。

近代工業にとって不可欠の石油は、海外よりしか入手できなかった。

石炭すら大陸からの海上輸送を必要とした。

開戦時、日本は約六二〇万総トンの船舶を保有していたが、日本は第一次大戦で英国がドイツの潜水艦に苦しめられたにがい経験を、いっこうに学んでいなかった。このため初期には船舶護衛を主とする司令部、機構は日本海軍に存在しなかった。

アメリカ海軍は日本軍の真珠湾攻撃後、六時間以内に、日本の船舶に対して即刻、潜水艦作戦と航空作戦を開始した。昭和十八年（一九四三年）十一月、船舶の喪失が約二五〇万総トンに達したとき、日本はあわてて護衛兵力の強化に乗り出したが、最初の保有量の八〇％は、すでに沈められていた。

外地にある船舶の修理施設も貧弱で、トラック島やラバウルには修理設備がなかった。燃料貯蔵施設もなかった。またアメリカのレーダーと水中聴音機のすばらしい進歩によって、日本の船舶は窮地に追い込まれた。

昭和十九年二月十六、十七日の両日、米空母機動部隊はトラック島を空爆し、五万二〇〇〇トンの油槽船を含む計一八万六〇〇〇トンの船舶を沈めた。これで日本海軍の燃料補給は致命的に減少した。この年三月三十日のパラオ空襲では、のべ九万五〇〇〇トンの船舶を沈め、その内の半分は油槽船だった。八月になると、日本は五〇〇万トンの船舶を失い、日本の商船隊は壊滅した。

アメリカの報告書は淡々と事実を記載していた。

米内の証言と、この報告書は、いくつかのところで一致していた。

昭和十九年の半ばで、日本は絶体絶命の危機に立たされていたのである。

このころ、日本にはもうひとつ別の動きがあることを伊藤は知っていた。

それは、高松宮や賀陽宮《かや》、東久邇宮《ひがしくに》、伏見宮らの皇族グループと近衛文麿《ふみまろ》、細川護貞《もりさだ》、岡田啓介、若槻礼次郎、平沼騏一郎《きいちろう》らの終戦への動きだった。

「もはや無条件降伏しかない」と近衛公は考えていた。

細川護貞が日記に、そのことを記載している。

九月四日

近衛公が賀陽宮殿下（陸軍中将）に拝謁したところ、殿下はパレンバンの石油がほとんど来ないこと、パレンバンに機雷が設置されていること、タンカーの沈没がはなはだしいこと、油はあと三ヵ月分を残すだけであること、東京近郊には三〇〇機しか飛行機がないことなどをいわれ、これ以上、戦争を継続することは、我が国体を傷つけるのみで、なんら益がないので、重臣たちは転換に努力すべきだと語った。

九月三十日

午前十時、近衛公を荻外荘《てきがい》に訪問、重臣会合の模様を聴いた。

岡田、若槻、平沼三氏とももはや武力勝利の望みがない。外交的解決によれば、無条件降伏以外に途《みち》がないので、ここは出来るかぎり抗戦し、国際情勢の変化を待って、転換の策にでることが話し合われた。

十月十一日

わが全産業は資材の関係で、今年いっぱいで作業を中止せざるをえないところに立ち至った。その後は崩壊の危険がある。たとえばボーキサイトは、一〇万トン現地より積み出しても、途中、潜水艦の害に遭い、到着するのは、わずかに三万トンである。

（『細川日記』細川護貞著、中央公論社）

危機感が確実に広がっていた。しかし残念ながら、それは一部の人に止《とど》まっており、各界各層に広がることはなかった。

伊藤は軍令部第一部長の中沢佑少将と一緒に、この動きに重大な関心を寄せ、一喜一憂していた。伊藤は中沢を、もっとも信頼していた。

中沢もアメリカで勉強したひとりであった。

少佐時代に米国の名門スタンフォード大学に留学、米国の力とヤンキー魂を熟知していた。「アメリカ人は多民族国家なので、団結心が希薄だと思っていましたが、国を守るということになると、万事、世界一をモットーに、覇権的精神が高揚してきます。資源は豊富、とうてい日本とは比較になりません」と、はっきりいう男であった。

開戦前に海軍大学校で行なった日米戦争のシミュレーションで、中沢は、「日米戦争は二年以内に終了しなければ、日本の勝算はない」と結論を出していた。

その理由として、中沢は次のことを挙げていた。

「当初は順調に推移するが、日米の軍需物資の差があまりにもありすぎるため、日本は被弾した艦艇の修理が精一杯で、新造艦艇は米国に及ばなくなる。兵力も漸減していく。南方に資源があるといっても、日本はそれを海上輸送して内地に持ち帰り、加工しなければならない。南方に工業力がない以上、そのロスは大きすぎる」

卓越した理論であった。

このシミュレーションをもとに、山本五十六・連合艦隊司令長官が、「一年や一年半なら戦ってみせる」といったのだった。

もう二年は過ぎていた。

伊藤と中沢は何でも率直に話し合った。

「今年中に終戦が成立しないと、完膚《かんぷ》なきまでに叩かれます。国家の存立が危うい」

中沢がいった。

「そのとおりだ」

伊藤はつぶやいた。

「重臣がたに期待しても、いいのでしょうか」

「うん、米内さんは、何か考えておられるのだろうが、なかなか読めないし、近衛公とどうつながっているのかも分からない」

伊藤は期待しつつも、現状を変える力がどこで、どう生まれるのか、判断がつかなかった。その理由は、軍の内部は玉砕するまで戦うという特攻精神にみちあふれており、よほどのことがないかぎり、終戦工作は困難であると思われたからである。しかし聞くところによると、陸軍の若手将校のなかには、「いまの軍は、国家のことはまったく考えていない」と憤慨し、国家の将来を憂える者も出はじめたという。また過日、

「わが海軍は無力化した。すみやかに和平すべし」

という張り紙が海軍省の廊下に張られていて、皆を驚かせた。

しかし、すべては逆へ逆へと動いたのだった。主戦派はかえって結束を強め、徹底抗戦の声を高めていた。

クラークフィールド飛行場

㈠

伊藤はこの年、昭和十九年（一九四四年）の十月初旬、フィリピンに飛んでいる。絶対防衛圏のフィリピンに米軍が迫り、捷《しょう》一号作戦が発令されるや、その作戦指導を命じられたのである。

はたして、フィリピンを守り切れるのか。ここから逆転のチャンスはあるのか。第一線の指揮官たちは、この事態にどう対処しようとしているのか。さまざまな思いを胸に、伊藤は中沢佑《たすく》第一部長とマニラに向かった。

相手は連合軍の西南太平洋方面司令官、マッカーサー将軍である。マッカーサーは緒戦でフィリピンを追われた屈辱を晴らさんとしていた。

加えてフィリピンには莫大な利権があり、いっそう奪回に意欲を燃やしていた。陸軍は満州から剛腕の山下奉文《ともゆき》大将をマニラの第十四方面軍司令官に任命。山下大将も数日後に、東京からマニラに向かうはずであった。

現地から請われている飛行機の補充がきかず、それが最大の問題だった。

これをどう打開するか。伊藤と中沢の使命はそこにあったが、ほかに前線の本音をさぐる意味あいもあった。

終戦工作の糸口はないか。

心のなかには、そんな思いも幾分あった。

機内の伊藤は、窓の外に目をやっていた。

いつ敵の戦闘機が襲ってくるかも知れない。飛行機は雲海に入って飛び続け、雲を抜けると、一気に海面すれすれに下りて飛んだ。

搭乗員の緊張が痛いほど伝わってくる飛行であった。

「勝てるチャンスは過去に一、二度あったでしょうが、ここまで来ては、どうにもなりません」

中沢がポツリといった。

「うん。そこまで来たかなぁ」

伊藤がつぶやいた。

二人は、マニラ郊外のクラークフィールド基地にいる第二十六航空戦隊司令官・有馬《ありま》正文《まさふみ》少将に会うのを楽しみにしていた。

有馬少将は折り目正しい武人で、ここに赴任する前は海軍航空本部教育部長であった。英国に留学したこともあり、イギリス海軍の紳士的なスピリットを大事にする男であった。

教育部長の前は、南雲中将の率いる第三艦隊に所属、空母「翔鶴《しょうかく》」の艦長を務めていた。

昭和十七年（一九四二年）十月二十六日の南太平洋海戦に、「翔鶴」は姉妹空母「瑞鶴《ずいかく》」とともに参戦して、敵空母「ホーネット」と駆逐艦「ポーター」を撃沈し、空母「エンタープライズ」を中破させた。これは南雲長官の勝ち戦であった。

このときの戦闘も激しいものがあり、有馬の乗る「翔鶴」も戦闘機二〇機を失い、飛行隊長・村田重治少佐が壮絶な最期を遂げた。

この戦いで、有馬の行動が話題になった。

戦闘中、有馬は飛行甲板に立って飛行隊の帰艦を待ち、戦死した乗組員を水葬するときは、艦の速度をゆるめて同じところを何度も回り、ひとりずつ遺体を海中に投じた。

「こうすれば、同じところに葬られることになる」

有馬はそういって敬礼した。

軍人としては、優しすぎはしまいか。周囲の人々は、そう思ったほどである。

この話を聞いた伊藤は、有馬を海軍兵学校の校長にしたいと考えた。軍人は優しさがなければ、無益な殺傷をし、結局は国を滅ぼすことになる。こういう人間を死なせたくはないと伊藤は思った。

飛行機は必死の飛行の末、マニラ郊外のクラークフィールド飛行場に滑りこんだ。

第二十六航空戦隊司令官・有馬正文少将

有馬は滑走路のはしで待っていた。

「元気でがんばっております」

と、有馬は背筋をのばして伊藤に敬礼し、それから中沢に向かって、

「おおう、来てくれたか」

と、端正な顔をほころばせ、中沢の背中を叩いた。

中沢と有馬はともに海兵四十三期、同期の桜であった。

いずれも年齢は五十に近い。

苦労のせいか、頭に白いものが混じっていた。

「伊藤次長、お疲れでしょう。さぁ」

有馬は手を上げて車を呼び寄せた。


マニラの街は、意外なほど賑わっていた。

物資も豊富で、東京とは大違いである。

しかし、すでにサイパン、テニヤン、グアムなどマリアナ諸島が奪われ、九月中旬にはパラオ諸島の南端ペリリュー島も占領されていた。

フィリピンの住民も、それに気づかぬはずはない。

日本の軍人に対する目も、どこか白々しいものが感じられた。

山下大将を迎える第十四方面軍の兵力は九個師団、三個旅団のおよそ二三万人で、このう

ち約一〇万人は、セブ島に司令部を置く第三十五軍に属し、レイテ島、ビザヤ諸島、ミンダナオ島、ホロ島などを守り、約一三万人はルソン島にいた。ここには海軍部隊も約六万五〇〇〇人いた。

伊藤らは飛行場に隣接するマバラカットの町で、有馬と夕食をともにした。

「もはや必殺の精神しかない」

有馬がいった。

有馬の第二十六航空戦隊は九月下旬、ルソン島東方に敵空母群を発見するや、戦闘機わずか一五機で「挺身攻撃隊」を編成して出撃。これに五発の命中弾を見舞って炎上させ、グラマン戦闘機三機を撃墜する戦果をあげていた。五機が未帰還となったが、有馬は勇気をもって、敵の機動部隊に突っ込むしかないと語った。

「やればできるんだ。しかし、残念ながら飛行機が足りない。優秀なパイロットは戦死し、技量もひどく落ちてしまった。米国の青年は自動車を運転するので、飛行機の操縦を仕込むのはワケないが、こちらは難しい。だから未帰還機が多くなる。とにかく飛行機と優秀な搭乗員を回してくれ」

有馬は悲痛な声でいった。

「ご苦労をかけている」

中沢がねぎらい、

「素直にいって大勢はきわめて不利である。日本の国体を護持するため、決断せねばならぬときが来るかも知れぬ」

といって有馬を見つめた。

するとと有馬は、きっとした表情になり、

「君は東京にいるから、我われ前線の者がどんな気持ちで戦っているか、分からぬかも知れぬ。私はただの一度たりとも、日本が負けるなどとは考えたことがない」

と、強く反駁《はんばく》した。

「何も、そのようなことを、私はいっていない」

中沢は打ち消した。すると有馬は、

「いったい、航空戦隊の派遣はあるのか」

と、厳しく迫った。

「どうにも手配がつかぬ」

「ならば、死ねということか」

有馬の顔は蒼白となり、口から出た言葉は、予期せぬものであった。

「いずれ私が、先頭を切って突っ込んでゆく」

有馬はそういって、一気に酒をあおった。

特攻ということか。伊藤は驚いて有馬を見つめた。その顔は真剣そのものだった。

伊藤は言葉を失った。

「しかし特攻をやるべきではない。敵艦船に近づく前に皆、やられているのだ」

中沢が見かねていった。

例のVT信管のことである。ただし依然として、日本海軍には、それがVT信管という認識がなかった。

「ここでは部下たちが出撃のたびに死んでいくんだ。部下を殺している俺の気持ちが分かるか」

有馬はうめき、身を震わせた。

中沢はただうなずいて、黙り込んだ。

「有馬君、自重してくれ」

伊藤もそういうのが、精一杯だった。

自分は何ひとつできないという無力感が、伊藤と中沢を襲った。

この夜、中沢と有馬は涙を流しながら、「同期の桜」を歌った。伊藤は黙って二人を見つめた。

中沢にとって、それが有馬との別れとなった。

(二)

伊藤と中沢が帰国すると、台湾沖の航空戦が始まっていた。十月十五日、有馬は自ら一番機に乗り組んで、敵の機動部隊に突入し、戦死したことが分かった。

一説によると、指揮官が皆、出撃を後込《しりご》みしたため、有馬が激昂《げきこう》して、「おれがゆく」と出撃したともいわれる。だが、それは一時の興奮のなせるワザではなく、考え抜いた末の決断に違いなかった。

彼らを助ける飛行機は、もうないのだ。

有馬の死で、伊藤も中沢もはっきり、

「日本は敗れた」

と、実感した。

米内海相にも、このことを報告すると、

「つらいなぁ。もうそこまで来たか」

といって、目をつむった。

しかし具合の悪いことに、台湾沖の戦いで敵空母を一一隻轟沈という、とてつもない発表があり、東京では提灯行列をする騒ぎになって、終戦工作などどこかに吹き飛んでしまった。

間もなくこれはまったくの誤報と分かったが、取り消すタイミングを失い、大勝利の祝賀会は各地に広がった。

もはや、何をかいわんやであった。

十日ほどたった夜、中沢が思いつめた表情で伊藤のもとを訪れ、こういった。

「速やかに和平工作を進めてください。もはや私がやるべきことはありません」

「うん、私も同じだ」

伊藤がうなずくと、

「どうか、死に場所を与えてください」

中沢は目を真っ赤にしていった。

そして深々と頭を下げ、退室したが、背中がすっかりやせ細っていて、苦悩の色がにじみ出ていた。伊藤は呆然と中沢を見送った。自分の非力を感じ、身を切られる思いだった。

このころか、あるいは少し前だったろうか、第一航空艦隊司令長官として赴任する大西瀧《たき》治《じ》郎《ろう》中将が軍令部に顔を出した。

軍令部総長の及川古志郎大将は伊藤のほかに中沢も加え、日比谷公園の総長官舎で、大西の話を聞いた。

「ご承知のとおり、最近の敵空母隊はレーダーを完備し、我が攻撃隊を事前に捕捉、戦闘機を配置して阻止し始めた。このため爆撃は非常に困難になっている。これを打破するには、必死必殺の体当たりしかない、これをご了解いただきたい」

大西は、ずばりといった。

「それは」

及川が口ごもった。

「効果があるものでしょうか」

中沢が遠慮がちに聞いた。

「あるなしではない。必殺の精神です」

大西は胸を張った。

「それは邪道ではないか」

伊藤が声を震わせていった。

「では他に方法があるとでも」

大西がいい返した。

「ううむ、しかし、それはあくまで本人の自由意思によらねばならない。決して命令ではない」

結局、及川は申し出を承認した。

伊藤は無言であった。再度、反論しようとしたが、軍令部総長が大西に押し切られた以上、致し方ない。これで自分自身も結果として、特攻に荷担したことになる。

伊藤はこの日、殺伐とした気持ちに襲われた。気持ちを静めるために、日比谷公園を歩き、何度も空を見上げた。

来るところまで来てしまったという絶望感と、大西を止めることができなかった己れの無力さにさいなまれ、肩を落として、トボトボと歩いた。

こんなことでいいはずがない。

いずれ自分も責任をとらなければなるまい。伊藤の心は暗く沈んだ。

数日後、伊藤の全身を悪寒《おかん》が襲った。軍医は、

「これは赤痢です」

と、いった。

マニラでアメーバ赤痢に感染したのである。

伊藤はどっと疲れを覚え、海軍軍医学校付属病院に入院した。

伊藤は一ヵ月ほど休んだ。退院してからも、しばらく東京・杉並区大宮の自宅で静養した。

長女の純子《すみこ》は春に嫁に行き、次女の淑子《ひでこ》は高等女学校の高学年なので、勤労動員に駆り出されていた。三女の貞子《さだこ》は十三歳になったばかりで、父と一緒に野良仕事をした。

六〇〇坪の広い敷地に二階建ての家と二〇〇坪の畑があった。畑には柿、桃、イチゴ、ジャガ芋、トマト、アスパラガスから綿まで栽培されており、屋敷の周辺は一面、野原で非常に牧歌的なものであった。

伊藤にとって、それは三十年ぶりの休日だった。

いずれ自分も死に場所を与えられるであろう。そのときは潔く死ぬまでだ。

貞子の顔を見ながら、伊藤はそんなことも考えていた。

神風特攻隊

(一)

伊藤が療養している間に、戦局は一段と悪くなっていた。

米軍は連日、沖縄、奄美《あまみ》大島、南大東島《みなみだいとうじま》、宮古島、さらには九州方面に爆撃を加え、日本側の被害は増大していた。

台湾にいた豊田連合艦隊司令長官が捷《しょう》一号、捷二号作戦を発動させ、九州の鹿屋《かのや》基地からは海軍航空隊が発進した。十月十五日、マニラの有馬少将が出撃したのも、実はこの作戦だった。

十月十九日。フィリピンのクラーク基地群のひとつ、マバラカット基地に特攻の生みの親、大西瀧治郎中将が向かっていた。

暗くならないうちに、翌日の攻撃準備をしようと、基地では整備員たちが右往左往していた。

マッカーサー大将の大軍がそのころ、レイテ島に接近していた。

「〇八〇〇、レイテ湾内に空母四、戦艦七、巡洋艦・駆逐艦計二一、輸送船一八、停泊中」

「一二三〇、輸送船の大船団認む」

索敵機から続々、無電が入っていた。

二日前には敵空母から発進した艦載機一〇〇機が襲来し、零戦が迎撃して四機を撃墜したが、いいようにやられ、兵舎二棟が炎上した。

前日はひどい暴風雨で、敵機の襲来はなかったが、この日、朝から索敵機を出すと、雲霞《うんか》のごとき大船団であることが分かった。

三〇〇隻以上の艦艇と、四〇〇隻もの輸送船が確認されていた。

太平洋戦史上、未曾有《みぞう》の大兵力である。

日本陸軍は、台湾沖での大戦果、空母一一隻撃沈を信じ、米機動部隊は壊滅したと判断していた。その割に敵機の来襲が多いのはどうしたことかと不思議に思っていた。それはまったく誤報であり、マッカーサー大将は、巡洋艦「ナッシュビル」に乗って総指揮をとり、おりからの台風を衝いて、フィリピンへの上陸作戦を敢行しようとしていた。

「上陸軍は一〇万どころじゃないな。二〇万は下るまい」

破れかかった古い天幕ばりの指揮所で、第一航空艦隊先任参謀の猪口力平中佐が敵兵力を分析した。

「飛行機さえあれば、敵を殲滅《せんめつ》できるのに、ここにあるのはたった三〇機。これでは、どうにもならんなぁ」

かたわらで第二〇航空隊副長・玉井浅一中佐が、空爆で黒焦げになった飛行機の残骸に目をやった。

「どうもやられっぱなしだな」

猪口中佐がいった。

そのとき、こちらに向かって、黄色い旗を立てた自動車が、するすると音もなく滑り込んできた。

「誰だろう」

猪口が立ち上がった。

黄色い旗は将官の標識である。

五〇メートルほど先で、車は止まり、のっそり降りてきたのは、東京から来たばかりの大西瀧次郎中将だった。

前触れもなく何だろうと、猪口は思い、急いで出迎えた。

「おお、やっとるな」

大西はいい、指揮所の椅子に腰を降ろして、作業風景を眺めていたが、

「少し、相談があってな。どうだね、ちょっと宿舎《いぶすき》に帰ろうか」

と、猪口や玉井、航空戦隊参謀の吉岡忠一中佐、指宿、横山の両飛行隊長らを誘った。

マバラカットは、つまらない小さな町だが、木はよく茂っていて緑が多く、どの家も広い

庭を持っていた。

町の一角に二、三軒、洋風造りの家があり、将校たちは、それを借り上げて住んでいた。二〇一航空隊本部も、そこにあり、庭にはドラム缶を天切りにしたものを二個ならべた風呂があった。

大西らは二階の小部屋でテーブルを囲んだ。

「敵の大艦隊が集まっているようだな。これを目がけて栗田艦隊がレイテに突入する。『大和』や『武蔵』も突っ込むんだ。小沢中将の機動部隊も間もなく日本を出るはずだ。これが最後の決戦だ。ぜひとも成功させなければいかん。そのためには、敵の空母を叩かねばならぬ」

大西はそういって、皆の顔をながめた。

連合艦隊は、米軍のフィリピン奪還を阻止すべく、総勢三九隻の第一遊撃部隊を編成、二手に分かれてレイテ湾を目指すことにしていた。戦艦「大和」「武蔵」「長門」を擁する栗田健男《たけお》中将の率いる第二艦隊が、ブルネイ（ボルネオ）湾から出撃して、レイテ湾の米輸送船団を叩くことになっていた。なけなしの空母「瑞鶴《ずいかく》」「瑞鳳《ずいほう》」「千歳《ちとせ》」「千代田」をもつ小沢機動部隊も出動、囮《おとり》となって敵機動部隊を引き付け、その間に栗田艦隊をレイテ湾に突入させる起死回生の作戦だった。

日本には石油はないが、ブルネイに来れば給油が可能だった。フィリピンを失うことは、すべてを失うことであり、文字どおり、最後の最後の賭けでもあった。

栗田健男中将の率いる第二遊撃部隊と、志摩清英中将の指揮する第二遊撃部隊、小沢治三郎中将麾下《きか》の機動部隊は、現在保有する日本海軍の兵力のすべてであった。

第一遊撃部隊は、戦艦「大和」「武蔵」「長門」、重巡洋艦「愛宕《あたご》」「高雄《たかお》」「鳥海《ちょうかい》」「摩耶《まや》」「妙高《みょうこう》」「羽黒《はぐろ》」などの第一部隊、戦艦「金剛」「榛名《はるな》」、重巡洋艦「熊野」「鈴谷《すずや》」「利根《とね》」「筑摩《ちくま》」の第二部隊、戦艦「山城《やましろ》」「扶桑《ふそう》」、重巡洋艦「最上《もがみ》」などの第三部隊で編成されていた。第二遊撃部隊は水雷戦隊が中心である。

ただし空母はなく、敵機に襲われれば、壊滅の危険があった。

これを補うのが小沢機動部隊である。

しかし搭載する飛行機の数は微々たるもので、零戦四〇機、艦上爆撃機二八機、艦上攻撃機六機と艦偵二機の七六機をかき集めたに過ぎなかった。しかも故障が多く、何機戦闘に参加できるか、分からないというお粗末さである。

とても機動部隊といえる代物ではなかった。

この戦いに勝てば、有利に和平交渉が進められる。米内海相には、そんな思惑もあったが、勝利の確率は極めて低かった。

「やぶれかぶれの作戦だよ」

米内は伊藤に漏らしていた。大西はそういう米内が嫌いだった。

「そこでだ」

大西は静かに口を開いた。

「こうなっては、零戦に二五〇キロ爆弾を積んで体当たりさせるほかに、確実な方法はないと思う」

そういって大西は、射るような目で皆を見渡した。

居並ぶ全員は、突然の話に顔を見合わせ、声もなく押し黙った。そのうちに、

「飛行機に二五〇キロの爆弾を搭載して、体当たり攻撃をやって、どのくらいの効果があるだろうか」

「効果は少ないだろう」

「まあ空母の甲板を破壊して一時使用を停止させる程度のことは、できると思いますが」

さまざまな意見が出た。黙って聞いていた大西が、

「実は司令官とはマニラで打ち合わせずみだ」

といった。事は重大である。

「長官、時間をいただけませんか」

特攻の生みの親とされる大西瀧治郎中将

玉井副長が指宿飛行隊長と外に出た。

玉井副長の脳裏には、こうなった以上、仕方がない。十期飛行練習生から隊員を選ぼうという思いがあった。

昭和十八年（一九四三）十月、彼らが松山基地に入隊してきたときから、玉井副長が指導してきた。

玉井は二十三人の搭乗員を集めて、薄暗いランプの光のなか

で、大西長官の決心を説明した。

事実上、死んでくれという特攻命令である。

拒否は難しい。

しばし沈黙があった。

ひとりが「参ります」というと、「私も」と次々に手を挙げ、全員が特攻を志願してくれた。本当にこれでいいのか、疑問もあったが、彼らはつぶらな瞳で玉井を凝視した。

「そうか、行ってくれるか」

玉井は大きくうなずき、部屋に戻った。時刻は午前零時を過ぎていた。

大西は司令の部屋で休み、猪口が残って玉井副長を待っていた。

玉井副長の報告を聞いて、猪口は深い感動を覚えた。

一億総特攻となって戦局の転換をはかる。起死回生、大逆転につながるかも知れない。

猪口は確信した。

次は指揮官だ。

「関大尉を選びたい」

玉井がいった。関は海兵七十期。若いが技量、士気ともに申し分がない。

「いいだろう」

猪口は同意した。ここはどうしても海軍兵学校の出身者を選び、全体の士気を高揚する必要があった。

（二）

この日の息づまる光景が、猪口と中島正が書いた『神風特別攻撃隊の記録』（雪華社）にくわしく記載されている。

それによれば、選ばれた関行男《ゆきお》大尉は、一ヵ月ほど前に台湾から赴任したばかりであった。

関大尉は就寝していた。

従兵に起こされた関大尉は、

「お呼びですか」

と、士官室に入ってきた。

「うん。今日、大西長官が見えて、体当たり攻撃をするといわれた。ついては、攻撃隊の指揮官として貴様に白羽の矢が立った」

玉井副長が関大尉の肩に手をかけ、涙声でいった。

関大尉は無言で玉井を見つめた。

それから両肘を机について、頭をささえた。

長い髪をかきむしり、深く息を吸い込んだ。

関はまだ二十三歳であった。愛媛県西条に母がおり、鎌倉に新妻の満里子がいた。

「一晩、考えさせてください」

関はぽつりといった。

玉井は関の心のうちを知って、一瞬、だめかなと思ったが、何とかしなければという焦りもあった。

玉井は攻撃が切迫していることを告げ、すでに十期生たちが、志願の意思を表明していることを伝えた。

関は驚いて玉井を見つめた。自分の周りはすでに固まっているのだ。

「そうですか、行きます」

関は無造作にいい、青ざめた顔で、空《くう》を見つめた。

関の心境については、さまざまな見方がある。

特攻に疑念を抱いていたという人もいる。

マバラカットにいた報道班員は、関大尉の談話をとるため、部屋に行くと、いきなり怒鳴りつけられた。

「お前は何だ。こんなとこへ来てはいかん」

関大尉は顔面を蒼白にして、けわしい表情でピストルを出して突きつけた。異常な行動であった。感情が乱れているようだった。

また、関は体当たり攻撃に納得せず、

「日本もお終《しま》いだよ。僕のような優秀なパイロットを殺すなんて。僕なら体当たりせずとも敵空母の飛行甲板に五〇〇キロ爆弾を命中させて還《かえ》る自信がある」

と報道班員に語り、さらに、

「僕は天皇陛下のためとか、日本帝国のために行くんじゃない。最愛の家内のために行くんだ。命令とあれば仕方がない。日本が負けたらKA（海軍の隠語で〝妻〟のこと）がアメ公に何をされるか分からん。僕は彼女を守るために死ぬんだ。最愛の者のために死ぬ。どうだ素晴らしいだろう」

といったという。

後日、関の率いる隊の一機は敵艦に突っ込むとき、最初に爆弾を甲板に投下し、すぐれた技量を見せつけた。

すべての搭乗員が、自分の意思で喜んで志願したわけではなかった。むしろ逆であった。死ねといわれて、平然としている人間の方がおかしい。

ともあれ、こうして神風特別攻撃隊が編成された。

特攻隊は体当たり機と、直掩《ちょくえん》機から成り立っていた。直掩機は二、三機というごくわずかな数で体当たり機を守り、敵艦まで誘導する役目である。まったくの小編隊だったが、体当たり機が敵艦に接近さえすれば、劇甚な損害を与え得る可能性は大であった。

隊の名称は敷島隊、大和隊、朝日隊、山桜隊と決まり、関は敷島隊を率いることになった。本居宣長の歌からとった、幕末の志士を思わせるような名前であった。

関大尉の最初の出撃は二十一日だった。

九時ごろ、レイテ東方の海上に敵機動部隊ありと、味方の哨戒機が知らせてきた。「出撃用意！」

の伝令が飛び、敷島隊の搭乗員たちが、指揮所に集まった。

水杯を交わすと、周囲から「海行かば」の合唱が起こり、続いて「予科練」の歌が流れた。皆、涙ぐんでいた。関大尉は自分の髪を紙に包み、妻に渡してくれるよう頼み、機上の人となった。

爆音が響き、直掩の零戦に続いて特攻機が青空に舞い上がり、レイテの海を目指して飛び去った。

見送る人々の胸に、複雑な思いが残った。

成功を期待する気持ちと、戻ってきてほしいという相反する心情である。

南方の天気は変わりやすい。

激しいスコールが襲い、一寸さきも見えなくなったかと思うと、すぐさま晴れ上がり、あっという間に青い空が広がる。たちまち強い日差しが降りそそぎ、野山の緑はあざやかに浮かび上がる。

このスコールが問題だった。飛行機は、どこを飛んでいるか分からなくなる。

敵の艦船も移動しているので、遭遇はきわめて困難になる。

案の定、敷島隊は二十二日、二十三日、二十四日と出撃したが、天候不順に悩まされて敵艦隊を発見できなかった。

玉井はほっとする半面、いらだつ部分もあった。

「敵艦隊を発見できず、申し訳ございません」

関大尉はそういって、ひとり飛行場にたたずんだ。その姿を、何人もの人が目撃していた。

戦艦「武蔵」の最期

㈠

このころ、ブルネイ（ボルネオ）湾に浮かぶ戦艦「武蔵」は、奇妙な行動をとっていた。戦場に向かうというのに艦腹、甲板を鮮やかなネズミ色に塗り替えた。

「どうも解《げ》せないな」

そんな声が艦内に広がっていた。目立つと、敵機に狙われやすい。

「武蔵」が犠牲になって敵機を引き受け、その間に栗田艦隊が、マニラ湾に突入するという算段ではないか。

「艦長が四代目、副長が二代目、これは四二（死に）装束だよ」

そんなうがった見方が、古参兵の間でささやかれていた。しかし、そうではなかった。下士官、水兵は知らなかったが、作戦どおり囮《おとり》艦隊の小沢機動部隊もレイテを目指していた。敵はハルゼーの太平洋艦隊である。敵艦隊に遭遇したら、できるだけ北に向かい、ハルゼーに決戦を挑み、その間に栗田艦隊がレイテ湾に突っ込むのである。この作戦のポイントは、小沢機動部隊が栗田艦隊より早く、ハルゼーを見つけることにあった。

昭和十九年（一九四四年）十月二十二日、ブルネイ湾を出航した「大和」「武蔵」「長門」「愛宕」などの第一遊撃隊は、ミンドロ島の南端を目指した。ここからサンベルナルジノ海峡を抜けて、レイテ湾に向かうのだ。

航程は約一二〇〇カイリ（約二二〇〇キロ）であった。

敵潜水艦がこの海域にいることは分かっており、その攻撃を避けるために、ジグザグ航法で進んだ。

「武蔵」の艦長・猪口敏平《いのぐちとしひら》少将は、鉄カブトをかぶり、カーキ色の戦闘服に身を固め、防空指揮所の正面に立って、たえず双眼鏡をのぞいていた。

艦長は、この八月に着任したばかりであった。広い額、一重まぶたの黒く大きな眼、真っ直ぐな鼻、すらりとした長身で、声に張りがあり、頼もしそうに見えた。

戦艦「武蔵」最後の艦長・猪口敏平少将

鳥取県出身で、年齢は四十九。砲術の大家で、砲術学校の教頭も務めた。

猪口はこの作戦に反対だった。大鑑巨砲の時代は終わった。にもかかわらず、飛行機の援護もなしに突入するという作戦は、無謀であり、戦艦は艦隊の洋上決戦に使うべきだと、主張したが、連合艦隊司令長官にあっさり否定された。

猪口は出撃に当たって二三〇〇余名の乗組員に訓示していた。

「敵は我々の数倍はいる。飛行機も相当投入してこよう。制海権も制空権もすでに敵の手にある。そこに我々は乗り込んでゆくのだ。死をもって進めば、おのずと道は開ける。この世に不沈艦はない。この『武蔵』を不沈艦にするかどうかは、我々ひとりひとりの奮闘にかかっている」

現状を正しく伝え、奮闘を期待したのだった。

翌二十三日の朝、

「左、潜望鏡ッ」

「爆雷戦、用意ッ！」

戦闘ラッパが鳴り、伝令が飛んだ。

その瞬間、轟音とともに左前方に水柱があがった。魚雷攻撃だ。

「『愛宕』がやられたッ」

艦内が騒然となった。「愛宕」には栗田長官が乗っている。

よりによって旗艦がやられるとは、長官は無事なのか。この作戦の前途を暗示するような不吉な出来事だった。

それから、ものの数秒もたたないうちに、今度は「高雄」の艦尾に黒煙が上がり、青白い閃光が走った。さらに「摩耶」が被弾し、艦首から沈んだ。

駆逐艦が狂ったように爆雷を投下したが、敵潜水艦はとうに姿を消したようで、爆雷の効果はなかった。幸い栗田長官は無事で、「大和」に移乗したとの知らせが入った。

長い夜が明けた。二十四日である。

栗田艦隊は旗艦「大和」を中心に、対空警戒の陣形でシブヤン海に進んだ。

午前八時十分、突然、

「総員、配置につけッ」

のラッパが「武蔵」の艦内に響いた。

「右四〇度、B24三機！」

敵の偵察機が現われた。

いよいよ戦闘開始である。

すべての艦艇に緊張が走った。

敵の編隊が現われたのは、午前十時であった。

「武蔵」のレーダーに機影が映り、「大和」からも、その知らせが全艦に伝えられた。敵の魚雷攻撃を避けるため、「武蔵」は全速力をあげて突っ走った。

キラキラと敵機が陽光に映《は》えるや、轟然と主砲が火を噴いた。敵雷撃機はその砲弾をかいくぐり、すさまじい勢いで、接近してきた。

狙いは「大和」と「武蔵」のようだ。

三機の雷撃機が「武蔵」に突っ込んできた。

鉛色の魚雷がふわりと落ち、真っ直ぐこちらに向かってくる。

「左九〇度、魚雷ッ」

「武蔵」は大きく舵を切り、二本の魚雷はかわしたが、一本が右舷中央に命中した。

赤い火柱が上がり、水柱が轟音とともに噴き上がった。

「撃て、撃てッ」

高角砲と機銃から撃ち出す銃弾で空は真っ黒になったが、雷撃機はキーンと鋭い金属音を残して飛び越えてゆく。二、三機がパーッと白い煙を引いて海に落ちた。

第一次攻撃はこの一発の魚雷を食っただけで済んだが、機銃掃射で手足をもぎとられた者が続出し、甲板は血の海となった。

午前十一時四十分、「武蔵」のレーダーに第二次攻撃隊の機影が映った。

第二次攻撃隊は大胆不敵であった。どうやら「武蔵」に狙いをしぼったらしく、勇敢な雷撃機や急降下爆撃機が「武蔵」に殺到し、魚雷三本を射ち込み、爆弾二発が二番砲塔と左舷の機銃座に命中した。乗組員たちは、五体バラバラになって吹き飛んだ。速力も二五ノットから二二ノットに落ちた。

機銃員は可哀相だった。遮蔽物といえば、周りに積み上げた砂嚢《すなぶくろ》だけで、防弾チョッキと鉄カブトは着けていたが、裸同然であった。

息つく暇もなく第三次攻撃隊が、鋭い金属音を響かせて近づき、みるみる上空をおおった。

機銃員たちは、足の裏まで凍るような恐怖を覚えながら、狂ったように連射するが、敵機は、キーン、キーン、キーンと、つぎつぎに突っ込んできて胴体から魚雷を無造作に放ち、三〇ミリ機関砲から弾丸を発射した。

「武蔵」はこの窮地をなんとか逃れようと、全速力をあげて前をゆく「大和」を追ったが、魚雷の破壊口から海水がどんどん艦内に流れ込み、艦上の設備はつぎつぎに壊れた。

そこへ突っ込んできた雷撃機が、右舷前部に二本の魚雷を命中させ、腹わたにしみるような炸裂音が鳴動した。いくら機銃を放っても敵機はしぶとく食い下がり、驚くほど正確に魚雷を放ち、爆弾を投下した。ロケット弾は、青白い閃光をひいて命中、炸裂し、周囲の人々を吹き飛ばした。

右舷の三番高角砲が直撃弾に見舞われ、なかにいた一六人が即死した。

敵機はこれでもかこれでもかと、第四次、第五次攻撃隊を送り、執拗に襲ってくる。

突然、雷撃機三機が、三発の魚雷を左舷中央部にぶち込んだ。

巨大な水柱が立ち、主砲の弾薬庫に火焔が迫った。

火薬庫には、重量二トンの徹甲弾九〇〇発と、それに要する大量の火薬が詰まっており、ここに引火すれば、七万二〇〇〇トンの「武蔵」は二千三百余名の乗員もろとも木端微塵《こっぱみじん》になってしまう。

猪口艦長は注水を命じ、「武蔵」の弾薬は失われた。

艦は大きく傾き、他の艦に大きく引き離されてしまった。

ここで栗田長官からコロン湾に引き返すよう命令があり、「武蔵」は涙をのんで戦闘海域を離脱した。

(二)

時計は午後三時を過ぎていた。

艦は大きく転蛇し、西に針路をとろうとした。

まさに、そのときであった。

第六波攻撃隊の大編隊が現われた。

対空戦闘のラッパが鳴った。

水兵たちの目に入ったのは、グラマンF6F戦闘機、カーチスSB2艦上爆撃機、グラマンTBF雷撃機など一三〇機の大編隊であった。彼らは右、左とよろめきながら逃げる半身不随の「武蔵」に魚雷を放ち、爆弾の雨を降らせた。

「七番高角砲、直撃！　全員戦死ッ」

「後部右舷、魚雷命中」

「第三発電室、浸水」

「第九罐《かま》室、浸水」

艦橋に絶叫が響き、「武蔵」は、なすところなく敵の攻撃にさらされ続けた。

艦のいたるところに死体の山ができた。

レイテ沖海戦時、シブヤン海で米空母機群と戦闘中の「武蔵」(手前)

誰とも判別できない肉塊が飛び散り、うめき声、悲鳴が炸裂弾の轟音にまじってあちこちから聞こえた。

飛行機の掩護のない戦艦は無力だった。四つの機械室には一五万馬力の四基の罐があり、四本の推進軸を回転させる仕組みだったが、これも破壊され、副砲も沈黙し、無電室も吹き飛んだ。

防空指揮所も艦橋も爆破され、航海長の仮屋実大佐も戦死した。

とどめは、左舷から突っ込んできた三機の雷撃機が放った三発の魚雷だった。

「舵取り室、浸水！　舵、故障ッ」

「武蔵」に最期が迫っていた。

第一艦橋に直撃弾が炸裂し、火の玉が艦橋を包み、同時に一二番機銃の全員がどこかに吹き飛ばされ、片腕や鉄カブトが宙に舞って散乱した。

「カラスだ。カラスだ」

発狂し、わけの分からぬ奇声を発して、駆け出す兵士もいたと記録に残っている。

万事休す、であった。


第六次攻撃は苛烈を極め、魚雷八本が射ち込まれ、爆弾九発が命中した。

艦は轟音と閃光に包まれ、めくれ上がった甲板には焼けただれた水兵が、ごろごろと横たわり、はらわたがはみ出た少年兵が、もがき苦しんでいた。

黒焦げの死体が、あちこちに折り重なっている。

それは地獄の光景だった。

「武蔵」は断末魔の悲鳴を上げて苦闘している。

誰もが「武蔵」の不沈を信じていた。

艦が傾き、走るのをやめたとき、艦内を恐怖が襲った。

日没が迫っていた。

「総員退去ッ！」

「生存者は急げッ！」

艦の傾斜はすでに二〇度を超え、

「沈むぞッ、飛び込め、早く、早く」

人々は悲鳴を上げて、夕暮れの海にすべり落ちていった。

「皆、よくやってくれた。これも運命だよ。これを連合艦隊司令長官に渡してくれ」

猪口艦長は副長の加藤憲吉大佐に小さな手帳を渡した。戦闘記録である。

「さあ、皆、降りてくれ。命令だ」

猪口はひとり、艦橋に残った。

傾斜は三〇度を超えた。

退去といっても、カッターもランチもなかった。

角材やマットが海に投げ込まれ、士官も水兵も先を争って海に落ちていった。

怪我のため飛び込めず、傾く艦に取りすがる兵も大勢いた。

やがて、沈没のときが来た。

巨大な渦とともに、「武蔵」は海中に没していった。

スクリューにつかまっている人の姿は見えたが、あっという間に、のみ込まれていった。

飛び込んだなかに未成年、十九歳の渡辺清がいた。彼は対空要員として露天甲板の機銃座についた。静岡県生まれで、高等小学校を卒業して海軍を志願した。

渡辺は重油の海をさまよいながら、「武蔵」の最期の瞬間を脳裏に焼き付けていた。

「武蔵はもう精も根もつきはてたように、艦底を高々と空にさらして転覆した。艦橋が、マストが、煙突が、砲塔が、そしていっさいの艦上構造物が、さかさまにひっくり返った一瞬、突然、轟然たる大音響とともに、眼もくらむような凄まじい火焔が空に噴きあがった。火焔は巨大な一本の柱となって、旋風のように沸騰し、きらめき、迸《ほとばし》り、閃々と空を突いて屹立《きりつ》した。海は吼《ほ》え、空は轟き、空気は煮えたぎった。重油タンク、弾火薬庫の爆発らしかった。瞬間、あたり一帯は白熱した光芒《こうぼう》に赤々と染めだされ、海は焔の光をはじいて、さながら真昼のように照り映えた。武蔵はその爆発の衝撃で、艦体を割って全身火だるまとなり、濛々《もうもう》とたちこめる喪服のような黒煙につつまれながら海中深く沈んでいった」

渡辺は奇跡的に駆逐艦「浜風」に救助された。彼は後年、『戦艦武蔵の最期』（朝日新聞社）を発表、そのなかで右のように述べた。

それは実際に戦い、海に投げ出された人間だけが描ける鎮魂の記録であった。

「大和」が同じ運命をたどるのは、このとき、決まったといってよかった。

軍令部次長・伊藤整一は微熱をおして、軍令部の作戦室に詰めていた。

米内海相、及川軍令部総長ら海軍首脳も詰め、栗田艦隊のレイテ突入をいまや遅しと待ち受けていた。しかし入ってきたのは「武蔵」沈没の報であった。

刻々と送られてくる電報を見ながら、皆、呆然となった。伊藤は及川総長に、「もはやここまでだと思います」といった。及川は顔面蒼白で、言葉もなく黙ったままだった。

全乗組員二三九九名中、生存者は一三七六人だった。

しかし生存者のその後の運命はまちまちで、四二〇名はマニラから台湾の高雄に向かう途中、潜水艦の魚雷攻撃で乗っていた船が沈没、その四分の三が命を落とした。

陸軍に編入され、玉砕した人もいた。

残った栗田艦隊は二十五日の午前六時、突然、水平線の彼方に、空母六隻、駆逐艦三隻、護衛駆逐艦三隻を擁するスプレーグ少将麾下《きか》の護衛空母部隊を発見した。これは本命のハルゼーの太平洋艦隊ではない。

双方入り乱れての砲撃戦となり、「大和」は駆逐艦「ホール」を撃沈、空母「ファンショウ・ベイ」「カリニン・ベイ」にも砲弾を浴びせ、戦艦「金剛」は空母「ガンビア・ベイ」を沈没させた。しかし、栗田艦隊は深追いをやめ、反転した。

燃料も残り少なく、背後にいるハルゼーの機動部隊を恐れたのだ。

レイテまで、あと四三マイルの距離である。

幕僚たちはこぞって突入を叫んだが、栗田長官は、

「中止、中止ッ」

と絶叫し、これで日本海軍の最後の望みも絶たれた。これについては異論もあり、「追撃を止《や》めてはどうでしょうか」と小柳参謀長が進言し、栗田長官がこれを受け入れたという証言もある。

軍令部作戦室も唖然とし、誰もが沈黙したままだった。

何という不運であろうか。そのような事とは夢にも思わず、小沢機動部隊は敵機動部隊を求めて接近中だった。

ハルゼーの太平洋艦隊が、小沢機動部隊を発見したのは二十四日夕刻だった。

二十五日早朝、ハルゼーは小沢機動部隊を急襲した。

ハルゼーは小沢機動部隊がレイテに突進すると判断し、それを阻止すべく、艦載機を出撃させたのだった。栗田長官の心配はすべて思い過ごしであった。

囮作戦は見事に成功したと、小沢長官は、ほくそえんだ。しかし、このことは栗田艦隊に伝えられていなかった。

「瑞鶴」「瑞鳳」「千代田」「千歳」の四空母は沈没したが、栗田艦隊は見事レイテ湾に突入、米軍を粉砕したと小沢長官は信じた。

特攻隊の軍神

㈠

このころ、関大尉は焦っていた。
いつもスコールに邪魔され、敵を見つけることはできなかった。
生きていることはすばらしい。そんな思いもどこかにあった。
十月二十五日、朝焼け雲を見つめていると、雲の間に妻の顔が見えた。
妻は女学生のような若やいだ姿で立っており、
「あなた」
といって、ほほえんでいるように見えた。
今日は死ぬかも知れない。ふとそんな気がした。
午前七時二十五分、敷島隊は出撃した。四度目であった。
玉井副長や整備員たちが見送ってくれたが、あまり感激はなかった。
一刻も早く飛び上がりたい。関はスロットルレバーを強く引いた。

ぐうんと空が広がり、飛行場は豆粒のように小さくなった。

関は翼をバンクさせ、編隊をくんだ。

戦艦「武蔵」が昨夜シブヤンの海に沈み、栗田艦隊はこの朝から敵の護衛空母部隊と砲撃戦に入っていた。栗田はこれを正規空母と誤認していた。

関はそのことを知らなかったが、戦況が日一日と悪くなっているのは、肌で分かった。

特攻など無駄なことだ。その思いは変わらなかった。しかし海軍兵学校に入学したときから、いずれは戦場で死ぬという意識はあった。だが、こうして部下を率いて敵艦に体当たりするとは夢にも思わぬことだった。

もう誰をも恨む気持ちはなかった。

大西中将がひとり悪者になってはいるが、搭乗員の間にも特攻の声があった。

ばかばかしいと否定していたが、背景には搭乗員の技量が極端に落ち、体当たりでもしないと、爆弾も命中させられない実情もあった。訓練をしようにもガソリンがなくて、飛べないのだから、何をかいわんやであった。関大尉はすべてあきらめの心境だった。よくいえば無であった。

この日は爆装戦闘機五、直掩戦闘機四の九機であった。

二番機　一等飛行兵曹　中野盤雄
三番機　一等飛行兵曹　谷　暢夫

昭和19年10月、ルソン島の基地を出撃する神風特攻隊「敷島隊」

四番機　飛行兵長　　永峰　肇
五番機　上等飛行兵　大黒繁男

皆、頼もしい男たちであった。

関はときどき、彼らに目をやり、もう一度、翼をバンクさせた。

穏やかな天候で、雲も少なかった。

エンジンは快調で、ぐんぐん飛ばすことが出来た。

零戦は分身のようなものであった。爆弾を抱いたので、運動性能は著しく低下したが、整備もよく、すべては快調だった。

午前十時、スルアン島の北東三〇マイル（約四八キロ）の地点で、眼下に敵護衛空母群を発見した。

特攻機として出撃して、はじめての獲物だった。

関は僚機に知らせた。

死ぬんだ。おれの命はこれで終わるんだ。

関ははじめて死を実感した。

関は大空に舞い上がって辺りを旋回した。敵の哨戒機は見当たらない。心が次第に落ち着いてきた。それぞれに目標を指示した。

いまだッ！

僚機に合図するや、関は急降下に入った。

眼下のスプレーグ少将の指揮する米海軍の護衛空母部隊は、この朝、栗田艦隊と砲撃戦を演じ、さんざん打ちのめされていた。弾薬も切れ、絶体絶命の危機にあったが、なぜか敵の栗田艦隊は反転し、レイテ湾に突入せずに姿を消してしまった。

戦闘配置が解除された。護衛空母「セント・ロー」の艦上に、ホッとした空気が流れた。

「ヘイ、助かったぞ」

米兵たちは、陽気に叫び、コーヒーを飲んだり、無事を喜んで肩を叩いたりしていた。

誰も関大尉の特攻機が、頭上に迫っているなど知る由《よし》もない。

それにしても栗田艦隊の攻撃は強烈だった。

僚艦の「ガンビア・ベイ」が沈められ、「カリニン・ベイ」は大破していた。その艦載機を収容しなければならない。

飛行甲板が片付けられ、次の戦いに備えてグラマンF6F戦闘機二機、グラマンTBF雷撃機四機の整備が始まっていた。

かたわらに魚雷八本、爆雷六個、五〇〇ポンド爆弾一五発、一〇〇ポンド爆弾四〇発が無造作に置かれていた。

午前十時五十分ごろ、「セント・ロー」の飛行長セントトナー少佐は、艦尾一〇〇メートル付近で急降下を始めた敵戦闘機一機が、飛行甲板に着艦するような姿勢で飛んでくるのを発見した。

敷島隊機の突入で爆発する米護衛空母「セント・ロー」

「敵機だッ」

少佐は慌てて機銃を発射したが、効果はなく、飛行機はそのまま突進して爆弾をフワリと投下し、横転して飛行甲板に激突した。特攻機がなぜ爆弾を投下したかという疑問を持つ向きもあるが、米軍の記録にはこうある。

爆弾は格納庫でドーンと爆発し、ガソリンが飛び散り、激しい黒煙を上げて燃えだした。

水兵たちは突然の奇襲に仰天した。

何がなんだか、分からなかった。慌てふためくだけで、艦内はパニックに陥った。

午前十時五十四分には、大爆発が起こった。

飛行甲板の一部が吹き飛び、多数の乗組員が死傷した。

もはや沈没は避けられないと判断したマッケンナ艦長は、

「総員退去、用意ッ」

の命令を出し、その命令が伝わらないうちに四回、五回と爆発は起こり、八回目の爆発で「セント・ロー」は右舷に傾き、五分後に艦底を上にして沈没した。

戦死者一一四名。七八四名が救助されたが、半数は火傷を負っていた。

「セント・ロー」に爆弾が投下される一分前に、関大尉の一番機が「カリニン・ベイ」に突撃した。飛行甲板に穴をあけ、飛行機は横すべりして左舷から海に落ちた。

二番機も関に続いて「カリニン・ベイ」に体当たりしていた。

「セント・ロー」に突っ込んだのは、どうやら三番機のようであった。

特攻隊の四番機は「キトカン・ベイ」の左舷に衝突して海中に没した。

五番機は「ホワイト・プレインズ」に向かったが、回避されて舷側通路と海面の間にバラバラになって落ちた。

スプレーグ少将は仰天し、これが何であるか、理解するまでに時間がかかった。

日本側の報告では関大尉が「セント・ロー」を撃沈したことになったが、米軍の資料では三番機の零戦だった。

関大尉の率いる特攻隊は、米軍を震憾《しんかん》させる大戦果を上げた。

日本軍のクラーク基地に知らせが入ったのは、午後十二時十分ごろであった。

あわただしく着陸してくる零戦があった。

第一航空艦隊の先任参謀・猪口力平中佐は、その零戦が、鮮血に彩られているような感じがして、思わずハッとした。

飛行機から降りてきた搭乗員は、直掩の任に当たっていた西沢広義飛行兵曹長であった。とっさに皆、総立ちになった。

西沢は興奮のあまり、しばらく言葉が出ず、やがてボロボロと涙を流した。

成功したんだ。

猪口は西沢を抱きかかえた。

マニラの司令部に、ただちに電報が打たれた。

「神風特別攻撃隊・敷島隊、一〇四五、スルアン島の北北東三〇カイリにて空母四を基幹とする敵機動部隊に対し奇襲に成功、空母一に二機命中、撃沈確実、空母一に一機命中、大火災、巡洋艦一に一機命中、撃沈」

軍令部にも朗報として打電されてきた。

（二）

「やったぞ！」

軍令部作戦室にも喚声がわいた。伊藤は複雑な思いでこの知らせを聞いた。

ラジオは、「パラシュートを携行する者は、ひとりもいなかった」と、その勇気を称賛した。

戦果は昭和天皇にも報告された。

天皇は軍令部総長に対し、「そのようにまでせねばならなかったか。しかし、よくやった」と、お言葉を賜わり、そのことが知らされると、軍令部は粛然《しゅくぜん》となった。

もはや一億火の玉となってやるしかない。

特攻機は続々、米機動部隊に向かって発進し、二十六日には、セブ基地の大和隊が空母「スワニー」に体当たりし、操舵装置の大半を破壊し、米兵一〇〇名以上を屠《ほふ》った。

この機動部隊のなかに、オーストラリアの新聞の特派員、デニス・ウォーナーがいた。

ウォーナーは、サイパン上陸から沖縄戦までを米軍の艦艇に乗って取材しており、彼自身、特攻機の攻撃で負傷した。戦後、ロイター東京支局長として来日、夫人とともに神風特攻隊を取材した。

このとき取材に協力した妹尾作太男《せのおさだお》は海兵七十四期の海軍士官で、戦後、防衛研修所戦史編纂官を務めた。

「特攻機が水平線に現われて目標にぶつかるまでは、私が書くから、君は水平線の向こうを担当してくれないか」といわれて協力したのだ。

関大尉が率いる敷島隊の最期も、二人がつき止めたものだった。

取材は綿密をきわめ、特攻はいったい誰が始めたのかといった問題にも言及していた。

提唱者は大西中将だが、軍令部が暗黙の承認をしており、その意味では軍令部総長の及川古志郎はもちろん、次長の伊藤整一、第一（作戦）部長の中沢佑にも責任があることを示唆していた。昭和五十二年（一九七七年）七月十一日、東京の原宿で、中沢佑が「海軍勤務時代の回想」と題して講演した。特攻は大西中将が比島において採用したのが最初で、海軍の中枢においてその動きはなかったと、中沢が語ったため、妹尾が「それは違うのではないか」と質問し、中沢が返答に窮したことも取材してあった。

伊藤も中沢も特攻に反対だったが、結局は認めることになった経緯があるだけに、中沢は良心の呵責《かしゃく》にたえかねて、黙ってしまったのだろう。

しかし特攻は二、三の軍人の責任ではなかった。

「君、会津が攻め込まれたとき、白虎隊が出たではないか」

こんな言葉も使われた。

特攻は日本という国が持つ、固有の国家観も関係していた。

新聞は特攻隊について連日、大々的に報道し、国民は熱狂した。

朝日新聞は昭和十九年（一九四四年）十月二十九日付けの朝刊一面トップで、関大尉らの特攻を報道した。

神鷲の忠烈　万世に燦《さん》たり

神風特別攻撃隊敷島隊員

敵艦を捕捉し

必死命中の体当り

豊田連合艦隊司令長官　殊勲を全軍に布告

と大きな見出しを付け、社説で、「それは、必死必中の、さらにまた必殺の戦闘精神である。征戦はこれをもって勝ち抜く。神州はこれによって護持される」と絶賛した。

前日の二十八日には、「赫々《かくかく》相次ぐ結果　フィリピン沖海戦　空母一五、戦艦一など艦船二七隻を撃沈破」と架空の大戦果が報道されており、そこへさらに特攻による大戦果とあって、国内はまるで戦争に勝ったような騒ぎであった。

関大尉は二階級特進して海軍中佐となり、この過熱した報道は連日、続けられ、若者は競って特攻を志願した。

新聞はその後も軍神・関行男を追い続け、三十日の紙面では関大尉の人柄について、「意志の人、海鷲の典型　山本元帥の言行に心酔」と報道し、伊予・西条に住む母さかえさんの、「本人も本懐でしょう。私もこれ以上の喜びはありません。一家一門の誉《ほまれ》です」という談話が掲載された。

特攻隊員は神州男児と称賛され、一億総特攻、一億白虎隊が叫ばれた。

特攻を納得できない自分は、軍人には向いていなかったのではないか。

伊藤の脳裏を、そんなこともよぎった。

特攻は日本国民を熱気の坩堝《るつぼ》に巻き込んでいった。新聞の力は大きかったといわざるをえない。

三、四日後、伊藤は及川古志郎に呼ばれた。

「伊藤君、マニラに行って現状を見てきてもらいたい」

軍令部総長の及川大将からの命令であった。

囮《おとり》まで使ってのレイテ湾殴り込み作戦も結局は失敗し、有識者の間に「何をやってもだめではないか」と軍令部への批判も高まっていた。ごく少数ではあるが国民に醒《さ》めた空気もあり、特攻隊熱がいつまで続くか、危ぶむ声もあった。

いまこそ虚偽の報道をやめて、冷静に現状を見つめなければならなかった。しかし、まだ沖縄があるではないか、決して日本は負けてはいない、というのが軍令部総長の見解であった。

日本の命運を左右する鍵がフィリピン防衛にあることは確実だった。

フィリピンから撤退となれば、いくら沖縄があるといったところで、もはや敗北を認めるしかない。

ずるずる台湾、沖縄、そして本土決戦となれば、日本が滅びるのだ。

伊藤の胸中は複雑だった。

伊藤は十一月一日、軍令部の山本親雄《ちかお》第一課長と航空参謀の源田実大佐をともなって空路、クラークフィールド基地に飛んだ。

「どうも、じり貧ですね。これはやはり海軍が悪い」

源田大佐がいった。

源田の理論は、「戦争に負けているのは、海軍が主役をしている海上戦に負けているからである。海上戦に負けているのは航空戦で圧倒されているからである。航空戦が有利に展開しないのは、わが戦闘機が制空権を獲得出来ないからだ」(『海軍航空隊始末記』源田実著、文藝春秋)というものだった。

その航空理論は卓越しており、伊藤は源田のいうことなら、間違いはないと思うのだが、海軍が悪いといわれると、胸が痛んだ。立て直すにも飛行機がないことは致命的だった。

源田は日頃、マリアナ、カロリン、フィリピンを結ぶ線が太平洋戦争最大のポイントだと主張していた。ここを奪われれば、南方から送られる資源はストップする。加えて、航続距離の長いB29による日本本土への爆撃が可能になる。

マリアナもカロリンも敵の手中にある。フィリピンを失えば、もはや戦争の続行は不可能になる。それこそ無条件降伏の道を歩むことになる。

天皇陛下の立場はどうなるのか。日本の国体の護持も危うくなる。

源田のいうのは正論であり、その見極めが今回のマニラ行きと伊藤は理解した。

伊藤の危惧をよそに、源田はあくまでも軍人に徹し、戦いで劣勢をくつがえそうとしていた。

「何とかして精鋭無比の戦闘機隊をつくらねばなりません。私も戦闘機乗りの末席を汚しているのですから、精鋭な部隊を率いて、思う存分暴れ回り、冥土の土産にしたいのです」

源田は青年のように眼を輝かせて語った。

全員が冥土に行ってしまっては、困るのだ。

伊藤が黙っていると、

「私が勝てる部隊をつくりますので、現場にもどしてください」

源田はいった。気持ちは分かるが、源田が使う飛行機はもうないのだ。

それが問題であった。

一億玉砕への道

㈠

マニラの繁華街は殺気だっていた。

連日の空襲で、いたるところ瓦礫《がれき》の山であった。

第二航空艦隊の司令部は埠頭に近い海岸通りにあった。

撃沈された船舶の残骸が港のあちこちにあり、ここはもう戦場であった。

司令部前の庭には防空壕があり、空襲のときにそこに入ることになっていた。

玄関で大西瀧治郎長官が待っていた。

「伊藤さん、よく来てくれましたなぁ」

大西はがっちりした手で、伊藤の手を握った。

作戦室で大西は語った。

「もはや特攻しか勝利の道はなくなった。敵空母は三〇隻、輸送船は四〇〇隻、これをやっつければ、敵の太平洋作戦は困難になる。敵空母三〇に対し、我が特攻機三〇機、敵輸送船四〇〇に対して、我が特攻機四〇〇機、これよりほかに戦法はない」

そう単純なものではあるまい。伊藤は返す言葉を失った。

「長官、そうはおっしゃいますが、米軍は軍備を固めてくるでしょう。特攻機に対する策を必ず立ててくるでしょう。やはり、まともな戦闘機乗りを育てることです」

源田が反論した。

「俺のやってることは外道《げどう》だよ。貴様のいうとおりだ。だが、現実には戦闘機もなければ、搭乗員も来ないではないか。あるものでやるしかない」

大西は怒りをあらわにした。外道とは真理にそむく説、邪説を意味した。

「軍令部も海軍省もこちらのことは、何も分かってはいない。源田君、クラーク基地を見たろう。満足な機銃もない。敵機にやられっぱなしだよ」

大西の言葉には迫力があった。

大西とて特攻でアメリカに勝てるとは思っていなかった。ただ、勝たないまでも負けないというのが大西の説だった。たとえ負けても日本は亡びないというのであった。

伊藤はすべてが危機的状況にあることを、肌で感じた。

マニラの街にも出てみた。

銀座エスコルタやリサール大通りは、賑わってはいたが、インフレがひどく、物資も少なくなり、日本人のひとり歩きは危険な状態になっていた。

国会議事堂、中央郵便局、財務省、農務省など、おもだった建物は日本軍が撤収し、陸軍が続々進駐して、マニラの防衛に当たっていた。どこもピリピリしている。マニラの在留邦人も召集を受け、背広からカーキ色の軍服に着替えて歩哨に立っていた。ぎこちない姿なのですぐ分かった。

ときおり爆撃を知らせるサイレンが鳴った。

レイテ島の飛行場は米軍の手に落ち、これまでは艦載機だけだった敵の航空兵力は、新たに双胴のP38や双発のB25が現われ、朝夕にマニラの街に爆撃を開始した。

マニラに着任した第十四方面軍参謀長の武藤章中将は、

「レイテは一体、どの辺にあるのか」

といって司令官の山下奉文《ともゆき》大将を苦笑させたが、参謀長がその程度の知識では先が思いやられた。

第一、レイテ決戦を行なうには、事前に相当な武器・弾薬、食糧、機動力としての船舶を準備しなければならなかったが、それがなされず、作戦自体、泥縄のそしりを免れなかった。セブ島の第三十五軍の四個大隊約四〇〇〇名が先陣を切り、焼玉エンジンの木造機帆船や上陸用舟艇や漁船でレイテに渡ったというが、上陸したものの米軍の爆撃で壊滅した部隊もあったという。

マニラから送った軍需品の八割は潜水艦によって沈められており、輸送作戦は成功というものの、前途はまったく不透明であった。

制海権と制空権を失いつつあるいま、レイテ決戦は厳しいものがあった。陸軍は五万人を投入するというが、前途に悲劇が待ち受けているように、伊藤には思えた。

伊藤らはブルネイも視察する予定だったが、米有力機動部隊がルソンに接近しており、七日、急遽《きゅうきょ》マニラをたった。

帰途、天候不良のため台湾、九州で足止めを食い、九日、ようやく東京に戻った。

翌十日、軍令部作戦室で報告が行なわれた。

山本第一課長と源田大佐は、フィリピンを取り巻く軍事勢力は日本二、米軍三の比率で、日本は戦闘機四〇〇機、爆撃機一〇〇機、計五〇〇機が必要だと述べた。いまクラーク基地にある戦闘機はたったの三〇機なのだ。

「特攻はいずれ効果が半減すると考えられる」

源田大佐は特攻を否定した。

さらにクラーク基地のお粗末きわまりない防空設備を指摘し、

「驚くなかれ、ここには高角砲が三〇門、機銃が一二〇丁しかない」

源田大佐は声をはりあげ、高角砲一〇〇門、機銃一〇〇〇丁が必要だと語った。

伊藤は「憂うべき状況である」と、言葉少なに述べたが、それで十分であった。

源田大佐がいくら叫んでも、フィリピンにやる飛行機はないのだ。

及川軍令部総長は苦虫をかみつぶしたように、口をへの字に結んで黙った。

翌十一日の朝日新聞に、鎌倉に住む関大尉の未亡人の記事が出ていた。

伊藤ははっとして、紙面に釘づけになった。

喪服を着た未亡人が、菊の花を祭壇に飾っている写真が載っていた。

関大尉が最愛の人といったことは知らなかったが、健康そうな美しい女性であった。未亡人の満里子さんは、記者の質問には答えなかったようで、代わって父親が、「これからのことは、万事、お母さんの指図にしたがって」と答えたと書かれてあった。満里子さんの無言が、悲しみの深さを垣間見せているように思えた。

しかし記事は、「遺影を見つめて、黙って明るくうなずく夫人だったが、その明るさの底には強い日本の女の決意が燃えていた」と結び、満里子さんを武勲の兵士の妻に仕立て上げるのに、懸命のようであった。

新聞には検閲があり、自由な報道は許されなかったが、それにしても連戦連勝を伝える記事と事実との間には天と地の開きがあった。こうなっては、行くところまで行かなければ、誰も眼を覚ますことはできないのか。伊藤は苦悶した。

もはや伊藤の仕事は、何もなかった。

伊藤は自分の周りを、冷たい風が吹きすぎるのを感じた。

第一線で戦ったことがない自分には、本当の意味で戦争が分からなかった。

戦争を知らない人間が軍令部次長として、作戦の中枢部にいることが不自然に思えた。

自分はもっと早く辞意を表明すべきであった。

もっと大胆に終戦処理に向かって、動きだすべきであった。

しかし戦争を知らない人間には、戦争をやめる断固たる決意も持ちえなかった。

次長というポジションもむずかしいものがあった。

伊藤は自分の無力を恥じた。

先輩の小沢治三郎長官が、軍令部出仕として東京に戻ってきた。

小沢長官はレイテ海戦で第三艦隊を率い、栗田艦隊のレイテ湾突入を支援するため囮《おとり》になって、ハルゼー艦隊を誘導することに成功したが、栗田艦隊が謎の反転をしたため空母四隻を失い、空しく帰国したのである。

戦争のすべてを分かった小沢長官が軍令部に来られた以上、もう自分の席はないも同然で、ここは小沢さんに日本をどうすべきか、考えてもらう時期だと伊藤は思った。

十一月二十四日にはサイパン、テニアン、グアム島から発進したB29がはじめて東京を空襲した。富士山付近から東進し、東京・武蔵野の中島飛行機と周辺の市街地に爆弾を投下し、鹿島灘から太平洋上に去った。

二十七日にもB29六一機が飛来し、東京の港湾地区を爆撃、二十九日には深夜の爆撃が敢行され、九〇〇〇戸が焼失した。日本の戦闘機はまったく手が出なかった。

（二）

何がなんでも勝たねばならないと、国民の大半は考えていた。

昭和十八年（一九四三年）十月二十一日、明治神宮外苑の競技場で行なわれた出陣学徒壮行会も、士気高揚の一大セレモニーであった。現実は負け戦の連続だったが、国民の多くはまだ勝てると思っていた。情報操作のためである。

報道管制のなせるわざだが、学生たちの国家に寄せる熱烈な思いは、雨にもかかわらず、競技場全体を包み込み、それをラジオで聞き、ニュース映画を見た国民もまた熱狂した。

このとき、東条英機はまだ健在だった。

午前九時三十分、陸軍戸山学校軍楽隊が演奏する行進曲に合わせて、東京大学を先頭に、官、公、私立大学の順で分列行進をし、その後に高等学校、専門学校の学生が続いた。一大隊八〇〇人、全体で三二大隊、二万五〇〇〇人が、パレードを繰り広げた。
このときの光景は、いまでも時おりテレビに登場するが、中央貴賓席には内閣総理大臣、文部大臣が座り、スタンドには徴兵適齢前の学生や関東周辺の女子大、専門学校の女子学生が、六万五〇〇〇人も集まり、それはすさまじい熱気だった。

東条総理は、「御国の若人たる諸君が、勇躍学窓より征途に就き、祖先の遺風を昂揚し、仇なす敵を撃破して皇運を扶翼《ふよく》し奉る日はきたのである」と激励し、岡部文部大臣が「海ゆかむ山また空をゆかむとの　若人のかどでををしくもあるか」と餞《はなむけ》の歌で締めくくった。

出陣学徒を代表して、東京大学文学部学生の江橋慎四郎が、
「いまや見敵必殺の銃剣を提《ひっさ》げ、積年忍苦の精進研鑽をあげて、ことごとくこの光栄ある重任に捧げ、挺身もって頑敵を撃滅せん、生等《せいら》もとより生還を期せず、在学学徒諸兄、また遠からずして、生等に続き出陣の上は、屍《しかばね》を乗り越え、邁往《まいおう》敢闘、もって大東亜戦争を完遂し、

上宸襟《しんきん》を安んじ奉り、皇国を富岳《ふがく》の泰《やす》きに置かざるべからず」（『学徒出陣』蜷川壽恵《じゆけい》著、吉川弘文館）

と、誓った。

これを手始めに仙台、名古屋、大阪、神戸、京都、札幌、さらには外地の新京、ハルビン、奉天、大連、台北、上海でも学徒出陣が行なわれた。

昭和十八年（一九四三年）から特に飛行科予備学生が大々的に募集された。採用されたのは五一九九名で、ほか、整備科は一四三六名、兵科は三五一五名であった。海軍兵学校もマンモス化して、昭和十八年十二月入隊の七十五期は三三七八名となっている。

ちなみに飛行科、兵科、主計の三科合わせた出身大学のベストテンは、東京大学がトップで八六三名、以下、早稲田大学七三二名、慶応大学六七七名、京都大学五八六名、中央大学五〇五名、明治大学三三二名、日本大学三〇八名、東京商科大学（現・一橋大学）二八二名、東北大学二五八名、法政大学二四八名の順だった。

こうして多くの学徒兵が特攻に加わった。

彼らはどのような思いで戦場に向かったか。日本戦没学生の手記『きけわだつみのこえ』（岩波書店）に、学徒兵の遺稿が記されている。

東京美術学校（現・東京芸術大学）油絵科の学生、佐藤孝は「すべては運命である」と書き、ルソン島で戦死した。

東北大学法文学部学生、平井聖《きよし》は、「ただひとりの息子の成長ばかりを願って来た母は、わが子をみすみす戦場に死なせるのはけだし、願わざるの甚だしきものであろう！　情けある母の哀訴嘆願に対さねばならない。この矛盾、そしてジレンマ、自分は二つの相反した魂の葛藤に心苦しくも泣き、果ては慟哭《どうこく》した」と母にわびた。

東京大学経済学部学生、佐々木八郎は、「偶然おかれたこの日本の土地、この父母、そして今まで受けてきた学問と、鍛えあげた体とを一人の学生として、それらの事情を運命として担う人間としての職務をつくしたい」と書き、特攻機に乗り、突っ込んだ。

東京大学法学部学生、中尾武徳《たけのり》は「この世に生を享《う》けているもの、現実の世界にあるものの考えられる死は、生の終点でなくして、生の一点に外ならない。よく生きることが、よく死ぬことである」と記し、特攻機に乗った。

鹿児島高等商業学校の学生、御厨《おくりや》卓爾は、「日本の永遠の生命の発展を祈りつつ突入して行く」と決意を記し、神風特攻隊に入隊した。

学生たちは、昭和十八年、十九年に入営した者が多く、レイテの敗戦を悔しがり、関大尉の特攻に拍手を送り、悩み苦しみながらも、戦場に出ることを己れの運命ととらえていた。多くは昭和二十年に戦場に倒れてゆくが、彼らの遺稿は、死を生の一点ととらえ、母の嘆き悲しむ姿に慟哭しながらも、死ぬことは避けられないと考えていた。どの遺稿も純粋な魂の響きがあった。

伊藤は長男叡《あきら》から、学徒兵のことを聞いていた。

「海兵の奴よりも、よっぽど骨太の男もいる」

長男はいっていた。

国家が危急存亡の秋《とき》、家族のため、あるいは愛する人のために戦場に赴くのは、古今東西、どこの国にも通ずる当然のことであった。

問題は、その価値がある戦いかどうかであった。

伊藤は心が痛んだ。

負けることはもう決まっているのだ。そのときに、なぜ我々は戦場に赴き、死ぬのか。そう考え、思い苦しんでいる学生も多いであろう。しかも特攻隊となれば、生きて帰ることはないのだ。そういえば我が妻も、長男を医者にしたかった様子だった。どこに、息子を喜んで戦場に送り出す母親がいるものか。時代は最悪のところに来ていると、伊藤は感じた。

伊藤は一度、海軍省の井上成美《しげよし》次官に、

「特攻は困ったことだと思っています」

と、心情を語ったことがある。

「軍令部総長が認めたそうですが、これはもう、話のほかです」

井上次官にいわれて、伊藤は恥じた。

「私は大臣にやめるよう、強くいってあるんですがねえ」

井上はそういって顔をゆがめた。

そのころ海軍省も、「特攻隊は人格高潔な者に限る。あくまで志願である」という条件つきで、認める方向であった。我々はこれら純粋な若者たちにどう責任をとれるのか。犬死にさせるようなことがあれば、彼らにどうわびるのだ。伊藤は苦悩した。

戦後の名宰相・吉田茂はこの頃、和平工作を進めようとしたが、憲兵隊に四十日も拘束されている。

もはや、特攻を止める手立ては誰にもない。行くところまで行くしかないというのが、昭和十九年から二十年の国内情勢であった。

戦艦「大和」

(一)

こうして伊藤整一は、昭和十九年（一九四四年）十二月二十三日付けをもって第二艦隊司令長官を拝命した。

これでやっと、戦場に出て最後のご奉公ができる。自分ができることはそれしかない。伊藤は素直に喜んだ。軍人である以上、戦って最期を全《まっと》うしたい。そう思うようになっていた。

連合艦隊は事実上、解体し、日本海軍に唯一残された艦隊が第二艦隊であった。

本来、「大和」のほかに空母「信濃《しなの》」が日本海軍最後の切り札として存在するはずであった。この艦は開戦時、「大和」型戦艦の三番艦として横須賀海軍工廠で建造中であったが、ミッドウェー海戦後、空母に改造されることになった。

昭和十九年十月五日、ドック進水の際、事故を起こし、艦首を損傷する椿事があった。「信濃」は前途に不安を抱かせたが、十一月二十九日、処女航海で呉に回航中、潮ノ岬の南東九五カイリ（約一七五キロ）の洋上で、米潜水艦「アーチャー・フィッシュ」の雷撃を受け、七時間後、一度も戦わずして転覆・沈没し、海の藻屑となった。搭載されていた特攻機・桜花五〇機も一緒に沈んだ。

日本海軍に残されたシンボル、それが「大和」であったが、「信濃」を欠いたいま、「大和」をどう使うかは、非常にむずかしい問題であった。

戦艦無用論が叫ばれ、レイテ敗戦のあと、井上海軍次官が戦艦の廃止を提案したことがあった。そのとき、伊藤がひとり反対した。単独では航空機の餌食になって沈むのは避けられないが、戦艦には戦艦の使い道がある。伊藤はそう述べた。

その伊藤が第二艦隊司令長官を拝命したのだ。

「大和」に名誉ある終焉《しゅうえん》を迎えさせなければならない。伊藤はそのことを深く考えた。

米内海相に挨拶に伺うと、

「長い間、ご苦労だった。『大和』をどうするか、考えてくれ」

大臣がいった。

伊藤は咄嗟《とっさ》に、

「はい、分かりました」

と、答えた。

宮中での親補《しんぽ》式には小磯総理、伊藤と兵学校同期の侍従武官・中村俊久中将らが列席した。

このあと伊藤は、副官の石田恒夫少佐をともなって靖国神社や明治神宮に参拝し、各宮家への挨拶回りをした。

　帰宅した伊藤は自宅で記念写真をとり、厚木基地から空路、呉に向かうべく家を出た。玄関を出るとき、

「お父さん、勝たなくては帰れませんよ」

　と、妻がいった。

「分かったよ」

　伊藤は笑ったが、妻のいうとおり、間違いなく家には帰れないだろうと、そのとき、改めて思った。

　長男は零戦の搭乗員である。伊藤は妻に心配をかけまいと、戦況は一切、話さなかったが、長男を含めて軍人は死を免れるはずはなかった。妻もそのことは十分に知っていたはずで、無理に笑顔をつくったに相違なかった。

　飛行機に飛び乗って、副官の石田恒夫少佐が苦心して手に入れてくれた弁当をつつきながら、さて、これからどうするかを考えた。しかし、何かが浮かぶわけではない。

　命令を忠実に守るしかないのが現実だった。

　岩国航空基地に着くと、「大和」艦長の有賀《あるが》幸作大佐が出迎えてくれた。

「長官、お待ちしておりました」

　有賀は人なつっこい表情で挨拶した。

「君のことは、中沢君から聞いていたよ」

「はッ、私も中沢先輩から長官のお噂は、かねがね聞いておりました」

「そうか、中沢君は優秀だからねえ」

「はい、諏訪中はじまって以来の秀才でした」

「やはり、そうかねえ」

伊藤は中沢のことを褒められて気分がよかった。

有賀大佐は伊藤と違って根っからの艦艇《ふな》乗《の》りである。長野県の出身で、諏訪中学校で軍令部の中沢第一（作戦）部長の二級後輩であった。そんなことがあって、中沢から有賀のことは聞いていた。

「大和」は呉海軍工廠での整備が終わって、柱島《はしらじま》泊地に移っていた。

「大和」の前艦長で今回、第二艦隊参謀長に替わった森下信衛大佐が、いまや遅しと伊藤を待っていた。

第二艦隊に所属するのは「大和」のほかに戦艦「榛名《はるな》」「長門《ながと》」、空母「天城《あまぎ》」「葛城《かつらぎ》」「隼鷹《じゅんよう》」「龍鳳《りゅうほう》」、それに第二水雷戦隊だった。第二水雷戦隊は軽巡洋艦「矢矧《やはぎ》」と駆逐艦一〇隻で編成されていた。

「さすがに大きいねえ」

伊藤は感嘆の声をあげた。

自分が乗る艦だと思うと、これまでと違って見えた。

長い舷梯を上り、砲塔の横の通路から上甲板に上がると、そこの中央部右舷に長官公室があった。横山大観が描いた富嶽《ふがく》図が壁に飾ってあり、二十五畳ほどの広さである。軍令部の次長室に比べると、段違いの広さであった。

さすがは「大和ホテル」だと感心した。遠慮して誰も来ないことを考えると、ここにはあまり居たくないと思ったが、長官がうろうろしては、参謀長や艦長がやりにくいであろう。やはりここか、と観念した。

艦の中枢部は前檣楼《ぜんしょうろう》である。エレベーターに乗って第一戦闘艦橋に足を運んでみた。士官たちは緊張した面持ちで敬礼した。前檣楼の高さは機密事項になっており、公式には発表されていなかったが、ゆうに四〇メートルはあった。第一戦闘艦橋は防空指揮所の下にあり、昼の洋上戦闘はここで指揮をとる。ここからは全体がよく見渡せた。

海図台が中央にあり、その後ろに方向探知測定室があった。

敵艦船の電波を傍受する重要な部屋である。

その下が作戦室になっていた。左右に連合艦隊司令長官と参謀長の座る椅子があった。

この後、長官公室で森下参謀長から第二艦隊の現状申告があった。

第一航空戦隊が麾下《きか》にあり、空母「天城」「葛城」「隼鷹」「龍鳳」が編入されていたが、搭乗員も飛行機もない空母であった。

「空母は松山航空隊より飛来する飛行機に対し、着艦訓練を行なう準備を進めております」

森下参謀長がいった。

飛行機のない空母とは、一体、何であるのか。分かってはいたが、伊藤は改めて愕然とした。

続いて山本裕二・先任参謀、伊藤素衛・航空参謀、宮本鷹雄・砲術参謀、末次信義・水雷参謀、松岡茂・機関参謀、小沢信彦・通信参謀、寺門正文・艦隊軍医長ら幕僚から、それぞれ報告があった。それから古村啓蔵・第二水雷戦隊司令官、有賀「大和」艦長、原為一「矢矧」艦長からも短い報告があった。

終わって森下参謀長が「大和」の概要を説明した。いくつかの部分は幹部に対しても秘密になっていた。

排水量が満載で七万二八〇八トンと聞いて、伊藤はいまさらながら「大和」の巨大さに驚き、

「なるほど」

と、うなずきながらデータに見入った。

基準排水量　六万五〇〇〇トン
公試排水量　六万九一〇〇トン
満載排水量　七万二八〇八トン
全長　二六三メートル
水線長　二五六メートル

日本海軍のシンボル巨大戦艦「大和」。昭和16年10月、全力公試中の姿

最大幅　三八・九メートル
吃水線幅　三六・九メートル
深さ　一八・九一五メートル
速力（公試）二七・四六ノット
出力（公試）一五万三五五三馬力
重油満載量　六三〇〇トン
航続距離　一六ノットで七二〇〇カイリ（約一万三〇〇〇キロ）
主砲　四六センチ三連装三基
副砲　一五・五センチ三連装二基
高角砲　一二・七センチ連装一二基
機銃　一三ミリ連装二基
二五ミリ三連装五〇基
二五ミリ単装二基
搭載機　六
射出機　二
乗員数　二五〇〇名

という数字が並んでいた。

日米開戦後、二回の修理で対空火器が大幅に強化され、電探も六個付けられていた。一回目は、昨十八年十二月にトラック島の西方一八〇カイリを航行中に、米潜水艦「スケート」の魚雷攻撃を受け、機械室周辺に損傷を来したための修理。二回目はレイテ海戦で、前甲板に直撃弾を受け、その損傷箇所の修理と機銃の大幅な増備であった。副砲は減った。

ひととおりの説明が終わって、ささやかな乾杯をした。しかし、ついて出る言葉は、どうにもならない最悪のものだった。

「訓練しようにも燃料がございません」

「徳山海軍燃料廠のタンクは底をつき、シンガポールから油を運んでくる油槽船は、つぎつぎと敵潜水艦の餌食になり、こちらには着いておりません」

幕僚たちの表情は曇りがちだった。航空参謀はその後、退艦する。

この夜、伊藤は有賀艦長と雑談をした。

戦艦「大和」を操るのは艦隊の司令長官でも参謀長でもない。艦長・有賀幸作なのだ。この艦がもし沈むようなことがあれば、「大和」と運命をともにするのは艦長なのだ。

「長官、大和の艦長になれたことに感激しております」

有賀は率直に喜びを語った。

有賀は海兵に補欠入学ということになっていた。成績が悪かったのではなく、入校すべきか否かを巡って親族会議が長引き、入校希望書が兵学校に着いたときは、期限が切れていた。それでも入校は認められたが、有賀の名前は合格者名簿の欄外にペン字で書き加えられた。だから補欠と有賀は思っていたが、かなりいい成績で合格していたのである。有賀は艦長を拝命するや、海軍技術科見習士官の長男正幸《まさゆき》に、

「大和艦長を拝命す。死に場所を得て男子の本懐、これに勝るものなし」

と、書き送っていた。

正幸は横浜高等工業応用化学科の二年生のとき、海軍の委託生に合格し、浜名海兵団で教育訓練を受けていた。

「艦のことは、すべて君にまかせる。思い切って頑張りたまえ」

伊藤がいうと、有賀は感きわまった表情で、

「はッ」

と、答えた。

(二)

それにしても巨大な軍艦だと伊藤は思った。

午前六時になると、総員起こしが始まり、艦内は俄《にわ》かに騒然となる。

迷路のように入り組んだ艦内を水兵たちは蟻のように動き回り、甲板を掃除したり、機関や電気を点検し、主砲や副砲、高角砲、機銃を点検した。いつ空襲があるか分からないのだ。

時おり、ラッパが鳴り、慌ただしく走りまわる音もした。

「大和」の建造には一億数千万円という巨大な資金と、多くの人材が投入された。現在なら三千億円、四千億円、算定は難しいが大変な金額であろう。

昭和十二年、西島亮二《りょうじ》造船少佐（当時）を中心に、呉海軍工廠造船部で設計、建造が進められ、五年の歳月を経て完成した。西島は大阪高等工業学校から九州大学の造船学科に進んだ人で、当時、三十五歳、多くの箇所に新機軸が採用された。航空機の時代とはいえ、世界一の軍艦にかわりはなかった。

「大和」は一般の兵士にとって、夢のような存在だった。

弱冠二十歳、埼玉県出身の小林昌信一等水兵が、「大和」に乗艦したのは、この年、昭和十九年十一月二十八日であった。小林は五月に大竹海兵団に入団し、手旗信号、モールス信号、大砲・機銃・高角砲の訓練、機雷敷設、爆雷投下、給油、ロープ結び、カッター訓練や遠泳、銃剣道などに明け暮れ、

「もたもたするな！」

「意気地なし！」

と、精神注入棒で叩かれ、殴られ、蹴とばされ、晴れて「大和」の乗組員になった。「大和」を見たとき、その巨大さに身ぶるいし、恐ろしいばかりの興奮を覚えた。所属は第八分隊で、二五ミリ機銃員だった。

鬼より怖い班長から、

「次の六カ所を覚えておけ」

と、怒鳴られた。炊事場、入浴場、機銃の弾薬庫と酒保、直属の分隊士のいる士官ルーム、それに便所であった。

機銃員の居住区は中甲板にあった。甲板は最上、上、中、下、最下の五つに分かれており、二五ミリ三連装機銃は最上甲板にあったので、ラッタルを二カ所かけ上がって配置についた。

艦隊勤務の一日は午前六時の総員起床で始まる。ベッドの片づけ、ルームの甲板掃除、機銃の整備、機銃周りの掃除をする。これが終わってやっと朝飯。この後、日課が渡される。当然、機銃の訓練が主で、二五ミリ三連装機銃は三基を一分隊が受け持っていた。

この指揮官は少尉か古参準士官の分隊士で、一基の指揮官は上等兵曹か古参の一等兵曹、射手と旋回手は二等兵曹か古参の水兵長、弾をこめるのは水兵長か上等水兵、下っぱの一等水兵、二等水兵は弾倉運びであった。

小林はもたついて怒鳴られっぱなしであったが、月月火水木金金と猛訓練の結果、流れるような手筈で、機銃を発射できるようになった。

楽しみは月に何回かの半舷上陸で、スキンをもらって連絡艇に飛び乗り、好きなものをたらふく食って酒を飲み、色町に出かけて支給されたスキンを使うというのがいつものパターンであった。（『戦艦「大和」檣頭下に死す』小林昌信著、光人社）

二十歳の一等水兵は、日々の訓練に追い回され、戦争と死を考える余裕などなかった。

九番高角砲を受け持つ坪井平次二等兵曹は三重県出身で、三重県師範学校を卒業して郷里の国民学校の訓導をしていた。昭和十八年、徴兵によって大竹海兵団に入団、六月三十日付で「大和」に配置された。

大正十五年生まれの十九歳であった。

銀鼠《ぎんねず》色の巨体、戦艦「大和」を見たときは、あまりの美しさに、背筋がゾーッとした。校庭のように広い甲板、前方を睥睨《へいげい》するような巨砲、空高く堂々とそびえる艦橋、はるか後方に見えるカタパルト（飛行機射出機）、副砲、高角砲、機銃、探照灯などが目に入った。

坪井は第五分隊・高角砲分隊に所属、訓練に励むが、一高角砲塔内には射手、旋回手、伝令、信管手など一二名の兵士がおり、それはまさに運命共同体であった。ひとりがヘマをすれば、砲塔は動かず、射手である指揮官の命令のもと、一糸乱れぬ作業が大事だった。坪井は真面目な勤務ぶりが評価され、順調に階級も上がり、一等水兵から上等水兵、そして十八年の十一月には水兵長に昇進した。戦場にも出て、トラック島に入港する直前に魚雷攻撃も受けた。

マリアナ沖海戦にも加わった。レイテ海戦では米海軍の雷撃機、急降下爆撃機と凄まじい攻防戦を繰り広げ、「武蔵」の沈没を目のあたりにした。「大和」でも至近弾で何人かが戦死した。帰国してまた昇進し、一等兵曹になった。目の前で戦友が死に、戦艦「武蔵」さえも沈没する修羅場を体験し、次の戦闘では「大和」といえども無事ではあるまいという危機感が胸中にあった。（『戦艦大和の最後』坪井平次著、光人社）

臼淵磐大尉《うすぶちいわお》は昭和十九年の十月初め、軽巡洋艦「北上」から戦艦「大和」の第四分隊長、兼副砲射撃指揮官として着任した。二十一歳であった。

これまで二年近く南方の三流艦の勤務だったので、喜びもひとしおだった。臼淵は兵学校卒のエリート士官であった。兵学校の出身者には結構、嫌われ者が多かった。大して力もないくせに、兵学校出というだけで威張っている少尉や中尉が多かった。ところが臼淵は、射撃理論、対空戦術については、激しく議論をしたが、部下には優しく、ときには人生を語る哲学青年であった。

大正十二年八月の生まれで、昭和十四年、横浜一中の四年から兵学校に進んだ。中学二年のときの成績簿が残っているが、一九三人中、一八番だった。教師は一高、東京大学のコースに進むと思っていた。

兵学校に進んだのは父の影響だった。父は海軍機関学校卒の軍人で、海軍大学校にも学び、カタパルトの研究で恩賜研究資金を授与されていた。しかし出世には縁がなく、途中で民間に転出した。

「戦争で死ぬほど、つまらんことはない」

父はそんなこともいう人だった。

臼淵はこの件に関しては、父と意見を異にした。

臼淵は「大和」に乗艦して、新たな問題に遭遇した。学徒出身の予備士官との対立である。

兵学校の出身者は命を捧げることに疑念はなかった。部下に誤りがあれば、鉄拳《てっけん》を加えることもあえて辞さなかった。しかし東大や京大、早稲田や慶応大学から来た予備士官は、議論になると、意味もなく死ぬのは納得できないと主張した。父親のいったことが脳裏をかすめたが、一億特攻が叫ばれている昨今である。哲学青年の臼淵でも、これだけは認めることができなかった。

そのうち事件が起こった。

夜間訓練のあと、艦内の通路で欠礼したまま走りさろうとする少年兵を、予備士官が呼び止めたのを臼淵は目撃した。

吉田満《みつる》少尉だった。東京大学法学部からの学徒出陣である。

「貴様は今そこを曲がる前に、俺を見たはずだ」

「見ました」

「それじゃ、なぜ敬礼しないんだ」

相手の少年兵をしかっている。来たばかりの通信兵らしい。欠礼は通常、鉄拳五発に値する不埒な行為とされている。臼淵はじっと立ち止まってなおも見つめていた。

「欠礼したと自分で知りながら、廊下を曲がってしまう。必ず後に嫌な気持ちが残るだろう。どうだ」

「はい」

「敬礼なんていうものは、一挙手一投足といって、あらゆる動作のなかで一番簡単なものなんだ。それをやり惜しんで、いやな後味を残す。こんなつまらんことはないじゃないか」

「はい」

「これからは、士官の後ろ姿を見ても、いいから敬礼をしてみろ。たいした努力はいらん。そして気持ちがいつも楽だぞ」

「はい」

「分かったら、そこで思い切り敬礼してみろ」

少年兵は数回、力いっぱい挙手をして、小躍りして走り去った。

臼淵は甘いと思った。何が東大だという反感もあった。兵学校出身者なら絶対に許さない欠礼だ。

「待て」

臼淵は叫ぶやいなや、吉田の左頬に鉄拳を見舞った。

吉田がよろめいた。

「不正を見て殴れんような、そんな士官があるか」

臼淵は自分が興奮しているのが分かった。

「すっかり見ていたぞ。貴様のいう事も一応は分かる。恐らくこの際は殴りつけるよりも、説教の方が効き目があると考えたんだろう」

臼淵はたたみかけた。

「そうです」

「貴様はどこにいるんだ、いま娑婆《しゃば》にいるのかッ」

「軍艦です」

「戦場では、どんなにものの分かった士官でも役に立たん。強くなくちゃいかんのだ」

臼淵は兵学校で、さんざんいい合ってきたことを繰り返した。

「私はそうは思いません」

吉田は青ざめた顔でいった。その目は怒りに震え、じっと臼淵をにらんだ。それは臼淵にとって、はじめてのことだった。兵学校では、年次が違えば、口答えは許されなかった。しかし東大出の吉田には通用しなかった。

臼淵は虚をつかれた。

「じゃあ、やってみようじゃないか。砲弾のなかで俺の兵隊が強いか、貴様の兵隊が強いか、あの上官はいい人だ、だから弾の雨の中を突っ走れなどとはいうまい、と貴様の兵隊がなめてかからんかどうか、軍人の真価は戦場でしか分からんのだ、いいか」

臼淵は啖呵《たんか》を切ったが、もしかすると彼の方が正しいのではないか、そういう思いがよぎった。それ以来、臼淵の脳裏に吉田の睨みつけるような眼が焼き付いて離れなかった。

鉄拳というのは、軍隊という特殊な世界だけに通用する悪しき習慣ではなかったのか。

俺の兵隊が強いといい切ったが、それは本当だろうか。

臼淵は吉田を殴ったことに、後味の悪さを感じた。

吉田は大正十二年の早生まれなので、臼淵の一級上であった。

吉田は「大和」沈没後、奇跡的に助けられ、戦後は日本銀行に勤務するかたわら、『提督伊藤整一の生涯』のほか『戦艦大和ノ最期』『鎮魂戦艦大和』『戦中派の死生観』『散華の世代から』など多くの作品を世に送った。

臼淵大尉についても、評伝『臼淵大尉の場合――進歩への願い』を書いている。

当時、吉田自身はどういう心境であったか。

「学徒出陣で海軍に入った私は、少尉として戦艦大和に乗り組み、昭和二十年四月、二十二歳で、沖縄特攻作戦に参加した。大学時代は、平均的な学生として過ごした。聖書はときどき読んだが、それまで教会に行った経験はなかった。

戦争の本質や自分が戦争に参加する意味について、艦上勤務の間に苦しみながら繰り返し考えたが、納得できる結論は得られなかった。しかし内地に残してきた日本人の同胞、とくに婦女子や老人と、祖国の美しい山野を、ふたたび平和が訪れる日まで護ることができるのは、われわれ健康な青年であり、そのために命を捨てることがあってもやむをえないと、自分に言いきかせるように努めた」

やはり彼も一般の学徒兵と同じように、日本を守るためにという意識を持っていたのだ。臼淵に鉄拳を見舞われた吉田だが、彼自身の意識には特攻に近いものが内在していた。

もうひとり、「大和」には特異な学徒兵が乗っていた。カリフォルニア大学一年のとき慶応大学に留学し、日米開戦のため帰国の機を失った太田孝一少尉である。父は広島県出身で、カリフォルニア州北部で果樹園を営んでいた。彼の母国語は英語であった。米機動部隊の通信を傍受する通信科敵信班員であった。

祖国日本と母国アメリカとの狭間に悩む青年、太田孝一。

吉田は、ひとり、こっそりと泣いている太田を見ていた。吉田はその太田について、『祖国と敵国との間』と題して書いた。太田少尉がどのように戦ったかは、後で詳しく記述しよう。

昭和二十年初頭

(一)

戦争は末期的な状況に入っていた。暮れになぜか嫁にいった長女の顔が浮かび、伊藤は手紙を書いた。長女の純子には十二月三十一日付で届けられた。

謹啓

無事着任致し、清澄《せいちょう》なる海上の空気を吸って元気一杯、張り切っております。どうかご安心くだされ度《た》く、純子さんが東京に見舞いに来てくれた時の、入院中のお父さんを忘れて、英姿颯爽《さっそう》たるところを、想像してもらいたいですな、呵呵《かか》

本年も今日で暮れます。元気で仲良く幸福な正月を迎えられんことを祈上げます。

右御一報まで

父より

伊藤は長女のことが気になっていた。特に心配なことがあったというわけではないが、東京を離れて四日市で暮らしており、夫ともども元気をつけてやろうと思ったのである。

伊藤は「大和」の上で、昭和二十年（一九四五年）の元旦を迎えた。

陽の出を待って第一艦橋に足を運んだ。

艦長の有賀《あるが》は夜も明けやらぬうちから艦橋に立って、空を見つめていた。

頼もしい限りであった。大和神社に参拝し、武運を祈ったが、東京では大晦日の夜から三回にわたってB29が飛来し、空襲を受けたということだった。

新春早々、米軍はルソン島に上陸、山下奉文大将の率いる第十四方面軍は北部山岳地帯に後退し、小磯首相の「レイテが天王山である」という暮れの挨拶も空振りに終わった。

ビルマや中国でも日本軍は押され始めていた。中国では毛沢東の八路軍が一斉反攻に移り、日本軍の拠点は次々と崩されていった。国民は知らなかったが、場所によってひどく負けていた。

マニラも陥落した。

米軍は一月三十日にパターン半島スビック湾に上陸、翌日にはマニラ湾南方のナスブクにも上陸し、二月三日、敵戦車、装甲車約一三〇が、マニラ市内に侵入した。

マニラ海軍防衛部隊の岩淵三次少将から大本営海軍部と連合艦隊司令部に、次の電文が届いた。

「敵、マニラに侵入するや、市民はもろ手をあげて、これを歓迎、万事我が戦闘行為を阻害しつつあり。市民は約七〇万人と認められるも、三日より五日に至るパシック河以北の戦線において奇襲攻撃を不可能ならしめたるは、ゲリラ化せる一般市民にして、攻撃前に米軍に内通せられ、特攻隊員にして市民の射撃を受け、米軍あて所在を表示せられ、目的を達せざりしもの枚挙にいとまあらず」

「当方よりは攻撃の手段なく、端的に申せば、敵教練射撃の目標となりおるに過ぎず、切歯《せっし》の極みなり。唯一の頼みとする特攻も、敵の警戒とゲリラの妨害、兵器の不備、練度の不足のためまったく予期の成果を収めえず。彼我《ひが》装備の差は隊員の士気にも影響、とくに軍属多数を有する海軍としては、真に憂慮しおる次第なり」

電文は悲壮であった。日本軍はフィリピンの民衆の支持をまったく失っていた。

岩淵司令官は結局、自決に追い込まれた。

二月上旬、米軍は硫黄島に迫った。

硫黄島は東京から約六五〇カイリ、父島から一五〇カイリの距離にあり、小笠原諸島の最南端に位置する。東西約八キロ、南北約四キロ。島の至るところから硫黄が噴き出し、清水のとぼしい地である。しかし戦略的価値は高かった。

日本軍にとっては本土防衛の前哨地点であり、米軍にとっては、日本本土空襲のための格好の中間基地になる場所であった。ここを守るのは陸海軍約二万一〇〇〇である。全島に地下坑道陣地をはりめぐらせ、米軍の上陸部隊を攻撃する態勢をとった。

米軍は激しい艦砲射撃のあと、二月十九日午前九時ごろ、南海岸に上陸を開始した。日本軍の反撃もすさまじく、双方入り乱れての地獄の戦いとなった。硫黄島における日本軍の勇猛果敢な戦いぶりは、太平洋戦争の歴史に残るものだった。

日本軍の栗林忠道中将は、優れた軍人で、「こんなところで、生涯を閉じるのは残念だが、東京がすこしでも空襲を受けないよう、ここを守る」と、妻に遺書を送っていた。

栗林は驚異の戦いを続けていた。アメリカの従軍記者ロバート・シャーロッドは、それを次のように描写した。

「日本軍が硫黄島を守りぬかんとする不撓不屈《ふとうふくつ》の闘志には、驚かざるをえなかった。我が軍は八平方マイルの島に四万トンの砲弾や爆弾を投下したが、それでも日本軍は、わが軍めがけて射撃を続けた。まさに不死身であった。ここは今日、世界中のいかなる要塞にも遜色なく防備されており、硫黄島攻略戦で、アメリカ軍の実際の死傷者は、マリーン（海兵隊）だけで約一万九二〇〇名にのぼった」（『硫黄島』中野五郎訳、光文社）

後の統計によれば、海軍も入れると米軍の死傷者は二万四〇〇〇名を超え、日本軍の損害を上回っていた。ここにいた日本海軍は、海軍航空隊の草分け、市丸利之助少将の率いる第二十七航空戦隊だったが、飛行機は一機もなかった。

連合艦隊は神風特攻隊・御楯隊二〇機を飛ばし、護衛空母「ビスマルク・シー」を沈め、

「サラトガ」を大破させ、また潜水艦による攻撃も行なったが、挽回は不可能で、二月二十三日には摺鉢山《すりばちやま》に星条旗が揚がった。その後も日本軍は踏ん張り、栗林中将が拳銃で自決したのは、それから一ヵ月後の三月二十七日であった。市丸少将も三月十七日、先頭を切って突撃し、戦死していた。

市丸少将は突撃にあたって、「開戦の責任は米国大統領にある。もし暴力で世界を支配せんとすれば、闘争は永遠に繰り返され、世界に平和と幸福をもたらすことはない」という、日英両文で書いたルーズベルト米国大統領にあてた抗議文を読みあげ、それから出撃した。

市丸のように日米戦争をとらえた日本軍の将官は少なかった。彼のいうように、世界列強に遅れてアジアのマーケットに進出した日本は、先進国にとって歓迎されない、目の上の瘤であった。日本バッシングはたしかにあった。ただ日本には巧妙な外交戦術がなく、それを避けきれなかった。

大本営海軍参謀だった奥宮正武は、マリアナ沖海戦敗北の後に終戦処理を行なうことができたなら、その後の悲惨な犠牲は防げたと指摘している。

市丸は、そうしたことを理解できる将官に違いなかった。

伊藤は、マニラの岩淵少将と硫黄島の市丸少将の死に慟哭《どうこく》した。

「胸が痛む」

伊藤は副官の石田少佐にいった。

「それにしても大西君（第一航空艦隊司令長官）はいまだに特攻、特攻といっているが、どういうものだろうかね」

伊藤はこんなこともいった。石田はどう答えていいか分からず、「ハイ」といったまま黙ってしまった。

一方、ビルマではインド領インパールに向かう作戦がとられたが、やがてこれは三個師団五万人が飢餓で倒れる悲劇を生む。いずれ米軍は台湾、沖縄に殺到するのは確実であり、その次は本土決戦に追い込まれることは必至であった。誰もが戦争の続行は困難と思ったが、戦争をやめるきっかけは見出せず、一億玉砕だけが叫ばれた。

本土防衛は本州、九州、四国、伊豆諸島を大本営直轄とし、北海道、千島、樺太を第五方面軍が担当するとして、兵力は男子六十五歳、女子四十五歳以下の国民を徴用し、二八〇万人を国民義勇軍、国民戦闘隊に編成するという計画であった。

海軍は豊田副武《そえむ》・連合艦隊司令長官をトップに、次のように再編成され、本土決戦に備えることになった。

第二艦隊（伊藤整一中将）戦艦三、空母四、巡洋艦一、駆逐艦一〇
第六艦隊（三輪茂義中将）潜水艦五二
第一航空艦隊（大西瀧治郎中将）八五機
第三航空艦隊（寺岡謹平中将）五七〇機
第五航空艦隊（宇垣纏《まとめ》中将）五二〇機
第十航空艦隊（前田稔中将）練習機二〇〇〇機、その他一六〇機

文字どおり最期の戦いが、始まろうとしていた。

計　三三三五機

㈡

一方、アメリカはどうか。

米統合参謀本部は一月二十二日の「日本打倒作戦会議」で、日本は依然、強力に抵抗しており、いずれ日本本土への上陸作戦は不可欠と判断、その前に硫黄島と沖縄を占領し、日本を追いつめることを決めていた。

マッカーサー元帥は本土決戦の場合、ソ連の参戦は不可欠だと主張した。その理由は中国、満州に展開する日本陸軍を攻撃させ、釘づけにするためだった。これにそい、二月四日から十一日までソ連領クリミヤ半島ヤルタで、ルーズベルト、チャーチル、スターリンの首脳会談が開かれ、ソ連参戦が決められた。

席上、チャーチルは「日本に条件つき降伏を認めてはどうか」と発言したが、アメリカとソ連は反対した。しかし米統合参謀本部の内部には、本土決戦が行なわれれば米軍の損害も計り知れないものがあり、条件つき降伏を認めるべきだという意見もあった。

伊藤がときおり考えたとおり、直接、米英に当たれば、道も残されていたのである。しかし、ソ連の参戦ですべてが変わった。米国大統領は自信をもって日本を無条件降伏に追い込むと宣言した。大統領の命令は絶対である。いかに効率よく、かつ損害を少なく、日本を無条件降伏に追い込むかの研究も始まった。それにはいくつかの方法があったが、米海軍の潜水艦隊は日本の護送船団を徹底的に沈めることによって、日本の工業を完全にマヒさせるという策を主張した。

昭和十九年に創設された第二十航空軍は、B29による日本本土爆撃を強化することで、降伏は早められるとした。

B29は最新式の航空レーダーと集中射撃管制装置を装備し、前後左右の五ヵ所に砲座を持つ空の要塞であった。基本的には一万メートル以上の高空を飛び、日本の高射砲も戦闘機も届かなかった。爆撃の目標は航空機生産工場、兵器生産工場、鉄鋼生産工場など軍需産業であったが、高空からでは爆弾の命中度が劣り、低空での攻撃が課題であった。

米軍が保有するB29は約一〇〇〇機で、ときには日本の戦闘機に撃墜されたが、それはごくわずかであった。

このため三月九日未明から十日朝にかけて、焼夷弾による低空からの絨毯《じゅうたん》爆撃が始まった。米軍資料では三三四機、大本営発表では一三〇機のB29が高度三〇〇〇メートルから東京に侵入し、北北西の風をついて深川から爆撃を開始した。これにより東京は炎に包まれ、八万人が爆傷死し、一〇〇万人もの罹災者が出た。

なぜ米軍はそのような残虐行為に及んだのか。アメリカの資料『B29部隊の対日戦略爆撃作戦』に、作戦の意図が明記されていた。

「日本の工業はそれぞれ少人数を雇って、重要な組み立て部品を生産している数千の零細下請業者、小工場の協同生産の上に大きく依存していた。これらの下請工場群は日本全国の都市地区にぎっしり詰め込まれており、これを一掃するには、広範囲な焼夷弾攻撃による破壊以外になかった」

日本本土に焼夷弾を投下するB29爆撃機。写真は横浜空襲

これがアメリカの理屈だった。もっとも激しく爆撃したのは、やはり二十年の三月から八月にかけてで、約一〇〇〇機のB29を使って、のべ九万四〇〇〇トンを超える焼夷弾を投下した。

絨毯爆撃は手ぬるいと原爆投下を目論む人々もいた。マンハッタン・プロジェクトと呼ばれる原爆製造計画の推進者たちで、米英両国の原子物理学者が多数加わっていた。デンマークのノーベル賞受賞者やユダヤ人科学者もいた。原爆はイギリス、ハンガリー、ドイツ、フランスなどで研究が進み、ドイツがかなりリードしていたといわれている。ソ連でも研究が始まっていた。ドイツやソ連に脅威を感じたアメリカ大統領ルーズベルトとイギリス首相チャーチルは、米英協力のもとに原爆の開発を行なうことを決定した。それがマンハッタン計画であった。これに携わるスタッフは一三万人にも達していた。

これが完成し、日本に投下すれば、日本の都市は完全に破壊され、一般市民の犠牲者も際限がないであろうことは分かっていた。しかし、ことは原爆に関して、アメリカにもイギリスにも良心はなかった。ドイツの工場は爆撃したが、ソ連の開発が脅威であった。

米英首脳は一日も早く原爆を完成させ、日本に投下したいと願っていた。ソ連に先を越されるようなことがあれば、米ソの力関係は逆転する。それはアメリカ、イギリスにとって、安全保障上の重大な脅威であった。原爆を投下すれば、もはや日本に残された道は、無条件降伏しかなかった。

ドイツが敗れれば、ソ連は日本に六十個師団を投入すると確約していた。その見返りとしてスターリンは、モスクワ駐在のアメリカ大使に、千島列島と南樺太の返還は当然と主張した。さらに大連・ハルビン・ウラジオストックなどの鉄道の租借権、旅順港・大連の租借権も取得したいと主張していた。その程度のことは、たやすいご用だと、アメリカは思っていた。

日本は世界列強の餌食《えじき》にされようとしていた。この分でいくと、北海道も危ない状況になっていた。

もうひとつ、アメリカとイギリスには、アジアの植民地をどうするかという問題もあった。これにはフランス、オランダも関係した。

原爆の投下で日本の軍国主義は消滅するだろう。日本を叩きつぶすというアメリカの目的は、達成目前であった。すべては冷酷な世界政治の話であった。アメリカ国務省は、「そうしていて海外の領土を取り上げ、米国の海軍力と空軍力を駐留させれば、日本の再武装はありえない」と分析した。

これはまことに的を射た見方であった。

天皇制についても、国務省きっての日本問題研究家サー・ジョージ・サムソンは、「日本国民をまとめる上で、天皇を退位させることは、きわめて得策ではない」と論じた。中国の蒋介石総統も「日本国民が決めることだ」という見解を示し、日本に思いやりを見せた。ソ連は別として、列強がもっとも懸念したのは、日本に共産党政権が誕生することであった。

世界列強がここまで話し合い、日本を降伏させるために原爆の使用に踏み切ろうとしていたのに、日本は神風特攻隊に頼り、絶望的な抵抗を続けていた。

何という落差であろうか。

相手が原爆を投下しようとしている最中の昭和十九年（一九四四年）二月、海軍省は極秘裏に呉海軍工廠魚雷実験部に対して、水上・水中特攻兵器の開発を急ぎ、本土決戦に備えるよう要望した。

「こんなものが役に立つのかね」

当然、首をかしげる人も多かった。

その代表的なものをいくつか挙げると、

「海龍《かいりゅう》」

排水量一九トン、乗員二名、水中有翼の小型潜航艇。艇首に爆装し、魚雷発射筒二基を装備。

「回天」

潜水艦に搭載。魚雷のなかに乗員一名が搭乗して敵艦船に必中を期す。

「震洋《しんよう》」

艇首に爆装した高速ボート、五五隻で一隊を編成。

このほか特攻専用機として「桜花」「神龍」「橘花」などのロケット機や、ジェット機なども研究が進められた。

伊藤はどれも信用しなかった。人命軽視の兵器ばかりであり、ベニヤのボートに乗って敵艦に突っ込むなどは、異常というしか、いいようがなかった。伊藤はついにたまりかね、つぎつぎに新機軸の特攻兵器を編み出してくる軍令部第二部長の黒島亀人少将に、

「そんな凄惨な戦いをする前に、戦《いくさ》をやめねばならん」

と苦々しげにいった。

この特攻第一主義が、日本を破滅に追い込んでいくことになる。この意味は後で記す。

天一号作戦発動

(一)

米軍はサイパン攻略の後、次は沖縄と台湾のいずれを攻略するか、決めかねる時期もあった。

台湾は日本本土から遠い。沖縄の方が近く、攻略の拠点としては、やはり沖縄だった。ここを叩くことが、日本のダメージが大きいと判断された。

米軍にとって気になるのは、神風特攻隊だった。

撃退には自信があったが、何機かは防御の網をくぐって飛来しよう。

そこで、九州方面の日本軍の航空基地を叩き、反撃を断ち切る作戦が取られた。

米軍の主力は第五八機動部隊で、三月十八日と十九日の両日にわたり、空母「エンタープライズ」「ヨークタウン」「フランクリン」「ワスプ」などから艦載機が発進し、九州方面の飛行場と港湾施設に空爆を加えた。

連合艦隊も次の決戦場は沖縄と踏み、三月十一日、九州方面を固める「天一号作戦要領」を発令した。

九州を防衛する第五航空艦隊司令長官の宇垣纏《まとめ》中将は、連日、艦載機を飛ばして、波状攻撃をかけてくる敵空母群に特攻機を突入させていた。

三月十八日　日曜日　晴れ

敵機は〇四二〇（午前四時二十分）ころより都井岬付近に少数出現し、吊光弾を投下、誘導の模様なり。その後、敵機は〇五四〇より〇九五〇の間に連続来襲、三七五機に達せり。黎明時、発進せる彩雲一〇機の報告を総合し、敵は空母四、三、三、五計一五の四群なること判明、その四群中の一空母は炎上中にて、夜間攻撃の成功せること明瞭なり。

三月十九日　月曜日　曇後晴

夜間索敵機は二三〇〇（午後十一時）ころより敵を捕捉、〇〇一〇及び〇五三〇ころより火柱一、炎上中のもの二、爆発一を認めるも、攻撃隊よりの報告なく詳細不明。

幕僚の大部分、疲労の色濃厚にして攻撃中止。

三月二十日　火曜日

彩雲の黎明索敵により、都井岬の東方約一二〇カイリ（約二二二キロ）を南下中の敵は六、

四、一の空母を含む三群なること判明。特攻隊は南北より迂回して、敵に迫り、エセックス型一、中部に命中、大爆発炎上、またサラトガ型一、大火災、両者とも撃沈確実。他に一隻の空母艦橋に突入、大火災を生ぜしめたり。
戦果のあがれるを見て、いっそう猛攻を反復すべく奨励したるも、重爆銀河、天山など少数機に過ぎず成果なし。

三月二十一日　水曜日　晴
神雷部隊は陸攻一八（桜花搭載一六）一一三五鹿屋《かのや》基地を出発せり。

桜花隊員の白鉢巻、滑走中の一機が瞭然と目に入る。成功してくれと祈る。

しかるに五五機も出るはずの掩護戦闘機、整備完了せず、三〇機に過ぎず。索敵続行の結果、空母三、二、二の三群集結隊形にて、南西に航ずるを知る。

桜花部隊の電波を、耳をそばだてて待つこと久しくも、ようとして声なし。そのうち掩護戦闘機の一部帰着し、悲痛なる報告をなせり。

敵グラマン約五〇機の邀撃《ようげき》を受け空戦、墜撃数機なりしも我れも離散し、陸攻は桜花を捨てて、わずか十数分にして全滅の悲運に会せりと。ああ。


宇垣の日記『戦藻録《せんそうろく》』は迫力に富んでいる。なかでも二十一日の特攻隊は敵艦艇にたどりつく前に全機撃墜され、「ああ」という宇垣のうめきが、日本海軍の嘆きを示していた。

結局、四日間の戦果は「空母五、戦艦二、大型巡洋艦一、巡洋艦二、不詳一、轟撃沈」と集約し、「以上を総合し、本戦闘は及第点をとり得たと信ず」と宇垣は結んだ。米海軍の資料では、空母「フランクリン」は損害甚大、戦場を離脱、「エンタープライズ」「ヨークタウン」「ワスプ」は損傷し、一時、戦場を離脱とあり、この戦闘に限っていえば、大戦果の部類であった。しかし何ぶんにも後続の飛行機がなく、特攻作戦もそろそろ限界に来ていた。何しろ三月末の時点で、第五航空艦隊の兵力は実働五五機、保有九〇機というわずかなもので、搭乗員も一四〇名前後というさびしさだった。そうしたなかで三月二十六日、沖縄の敵機動部隊を殲滅する「天一号作戦」が発令された。

「沖縄と九州の距離は三五〇カイリ（約六四八キロ）であり、中間に喜界島の基地もある。九州は大航空兵力の展開が可能であり、全力を尽くして米機動部隊に打撃を与える」というもので、連合艦隊司令部からは必勝の電文が来たが、航空艦隊にもはやその力はなく、宇垣は、

「飛行機をまわすよう交渉せいッ」

と、横井俊之参謀長を上京させたが、飛行機はどこにもなかった。青ざめた顔で帰ってきた参謀長を見て、宇垣は顔を引きつらせた。

この状態で沖縄戦を迎えるのか。剛腕の宇垣にも焦燥の色があった。

戦艦「大和」は呉軍港の外港に停泊していた。「大和」が無用の長物と化したことは、周

知の事実だった。

「司令長官、どうなりますか」

「ううん、それはだなあ」

伊藤の歯切れは悪かった。

「やはり出撃することになるのでしょうか」

有賀艦長は何度も聞いた。

「まあ、うん」

伊藤の返事は前と同じだった。しかし艦長である有賀は艦上で砲戦の訓練や、各砲ごとの競争訓練などを行なわせ、士気を高めていた。本来、外洋に出て訓練を行なう必要があったが、燃料がなく動けなかった。

そうした訓練を見つめながら、伊藤は戦争の終結を日々、望んでいた。どんな訓練をつんでも飛行機がない以上、もう勝つことは不可能なのだ。沖縄の戦いで、また何万人もの戦死者が出よう。米軍も同じだ。沖縄には一般市民もいる。その犠牲はおびただしいものがあろう。山本長官が存命であれば、とうにこの戦争を止《や》めているだろう。伊藤はそう思った。

「大和」をどうするか。具体的には浮き砲台として呉に繋留し、本土決戦に備えるのがいいと考えていた。

航空機の援護なしで出撃し、「武蔵」の二の舞いになるよりは、その方がいいのではないか。いまさら特攻でもあるまいと伊藤は確信していた。しかし情勢が幾分変わった。

米軍の沖縄上陸作戦を阻止する「天一号作戦」が発令され、「大和」を浮き砲台にする案をどう切り出すか、タイミングが微妙であった。そのうちに「大和」出撃の話が急浮上した。

「参謀長、出港の準備をおこたりなく」

伊藤は第二艦隊の森下参謀長にいった。それを受けて「大和」の有賀艦長はじめ各艦長は兵器の点検整備、弾薬の搭載も終わらせた。「大和」では二十五日から全乗員三三〇〇余人を交替で上陸させ、少年兵には家族を呼ぶように伝えた。そこへ連合艦隊司令部から電報が来た。豊後水道から太平洋に出て、九州南端に回り、佐世保基地に入れという。米艦載機の囮《おとり》となり、その間に特攻隊が沖縄に突っ込むというのであった。

「冗談じゃないよ」

伊藤はつぶやいた。

「大和」に囮をやれというのか。これまた無為無策な話であった。

(二)

三月二十八日。

「大和」は朝から騒然としていた。

早朝、艦内スピーカーから出港準備が告げられ、傾斜した巨大な煙突から久しぶりに煙が上がった。

この日、午後五時半、伊藤は「大和」と第二水雷戦隊の軽巡洋艦「矢矧《やはぎ》」と駆逐艦八隻を率いて、呉港を出港した。まだ時間は少々ある。伊藤は自分を落ち着かせようと呉の風景に見入った。

呉海軍工廠もかつての活況はなかった。新しい艦の建造はなく、せいぜい損傷艦の修理程度で、火が消えたような寂しさだった。

巨大な倉庫群、古いレンガ造りの海軍鎮守府の建物、造船台やドック、それらが寒々と並んでいた。人もまばらで、かつての活気に満ちた光景は、どこにも見られない。

もう春だというのに、なんと暗い影を引きずっているのだろうか。伊藤は呉の港を、食い入るように見つめた。

「大和」の出港とあって、岸壁には大勢の市民がつめかけ、手を振っていた。

この三十分ほど前から米空母の艦載機が九州南部と奄美大島に来襲し、第二艦隊の囮作戦は中止という電報が入った。

「そうだったか」

伊藤は、ひとりつぶやいて安堵した。

来襲したのは約二〇〇機の大群だという。沖縄周辺に多数の米空母がいるのは確実だった。

この夜、「大和」は岩国東方の兜《かぶと》島沖に仮泊し、翌二十九日午前三時半、山口県の三田尻沖に向かった。第二水雷戦隊は狭水道を通って先行し、「大和」は三田尻までの航行中、各砲ごとの訓練を行なった。

そのなかに、五番高角砲員、坪井平次二等兵曹の真剣な姿もあった。

「対空戦闘、右三〇度、来襲する敵機」

「撃ち方はじめ！」

「こら四番砲員、弾丸が遅いぞ！」

と怒鳴られながら、各砲ごとに訓練をした。

三田尻沖には、先着した軽巡「矢矧」、駆逐艦「雪風」「冬月」「磯風」「浜風」「涼月」「初霜」「霞」「朝霜」の姿があった。「大和」は今後、どう行動すべきか、まだ指令はなかった。

「沖縄はどうなったかね」

伊藤はときどき副官の石田恒夫少佐に聞いた。

沖縄の様子は、「大和」の電信室に入ってくる報告で、手に取るように分かった。

昭和十九年十一月の時点で、牛島満中将を司令官とする沖縄の第三十二軍は、第九、第二十四、第六十二師団、独立混成第四十四旅団、第五砲兵団などで構成されていた。総兵力は約九万五〇〇〇である。

牛島中将は沖縄本島・中部西海岸の嘉手納《かでな》沿岸に軍主力を投入して、米上陸軍を撃滅する演習を行なっていた。

さらに各地に広がる岩石層に地下壕を掘り、そこに籠って持久戦に臨むこととし、十九年九月ごろから夜を日に継いで陣地の構築を行なってきた。そして一六インチの巨弾や一トン爆弾でもびくともしないほどの堅固な陣地を造り、敵上陸軍に対しては大小四〇〇〇門の砲で鉄槌を加え、三個師団の歩兵でこれを撃退するという作戦を立てた。ところが突然、第三十二軍より第九師団を比島方面に抽出する旨の電報が入り、ここに沖縄の兵力の三分の一を失うという大問題が起こった。

沖縄軍は一気に弱体化したのである。守備範囲は沖縄本島だけでなく、奄美大島、宮古島、石垣島、大東島まで広がっており、これでは、とても守りきれるものではなかった。しかし、敵は目前に迫っている。

米軍とどのように戦うか。戦力が減った以上、嘉手納周辺の中部地域を放棄して山岳地帯に籠って持久戦に出る作戦しかとれなくなった。そこに米軍の空襲が始まった。十月九日には一五〇機が襲来、陸揚げ中の輸送船五隻が沈没し、兵と島民七〇〇人が死亡し、砲弾数千発、機銃小銃弾二〇万発を失っていた。

空襲は毎日行なわれるようになり、本土から輸送船が入らなくなった。食糧が不足し、兵の食事は一日二回に制限され、島民から略奪する兵士も出てきた。

細川護貞の日記（十二月八日）にも、「琉球における我が軍は、軍紀弛緩《しかん》し、民家に入りて物をとり、婦女を凌辱《りょうじょく》するなどのことあり」と出てくるほどで、伊藤はこの話を軍令部から聞いていた。

伊藤は牛島司令官に同情した。

沖縄上陸作戦の前触れとして昭和二十年（一九四五年）三月二十三日、一五〇〇機からなる大空爆があった。

二十四日には敵機動部隊が沖縄本島に接近し、艦砲射撃を開始した。

日本軍が所持する戦闘機は、たったの一五機に過ぎない。

何のために飛行場を建設してきたのか。その飛行機も二十六日、全機が発進し、米艦隊に突入していった。四月一日、一八万余の米軍が沖縄に上陸する。

「大和」に沖縄の状況が入ってきた。

「どうやら海兵隊三個師団が上陸した模様です」

石田少佐が飛んできた。


米軍の上陸作戦は大がかりなものだった。

上陸部隊は第一、第二、第六海兵師団のほか第七、第二十七、第七十七、第九十六師団と第三水陸両用軍団一八万二八二一名。これを支援するのはスプルーアンス大将麾下《きか》の米英連合艦隊で、デイヨ少将率いる戦艦一〇、重巡九、軽巡四、駆逐艦二三、ミッチャー中将率いる空母一五、戦艦八、重巡四、軽巡一一、駆逐艦四八、艦載機九一九機に、ローリングス中将率いる英空母部隊の空母四、戦艦二、軽巡四、駆逐艦一二、艦載機二四四機という大艦隊で、掃海艇・哨戒艇・輸送船などを含めると艦船は一二〇〇隻以上、航空機一一六三機という大兵力であった。

翌日から敵の侵攻が始まった。

艦砲射撃と空爆で地形が変形するほど砲弾を撃ちこみ、つぎに大型戦車を先頭に立てて進撃してきた。

「我が軍はじっと戦況を見つめている様子です」

石田少佐が報告した。

沖縄上陸作戦で海岸に向かう米水陸両用兵員輸送車の群れ

事実、日本軍はほとんど抵抗せず、アメリカ側の記録では米軍上陸の際、突撃してきたのは、たった二人の女性兵士だけだったという。女と油断した米軍将校はこの女性に胸を刺されている。

沖縄の悲惨な戦いは四月五日から始まるが、誰が見ても結果は分かっていた。補給が困難である以上、いつまでもつかということだった。援軍が望めぬ以上、沖縄の第三十二軍は玉砕の道をたどるしかない。

小磯首相は、なぜ戦争の現実を見ないのか。米内海相もなぜもっと強い指導力を発揮できないのか。近衛文麿公、岡田啓介元首相、木戸幸一宮内相、井上成美《しげよし》海軍次官らも同じ考えだと聞いてはいたが、なぜ終戦工作は進まないのか。

伊藤は悶々としていた。

アメリカの戦略爆撃調査団も、戦後、なぜ日本に和平論が浮上しなかったのかについて、聞き取り調査を行なっている。それによると、陸軍省、陸軍参謀本部、海軍省、海軍軍令部の中堅幹部、政府部内の一部官僚は、必要があれば、もっと強力な戦争遂行内閣を作るべくクーデターも辞さずと強硬になっていた。加えて日本の損害を隠蔽《いんぺい》し、戦局逆転の大作戦を実施できる軍事能力が日本にあるという報道が連日行なわれ、国民は実態を知らないまま、引きずられる存在になっていた。また警察と軍部への恐怖もあったと指摘した。

日本のジャーナリズムには、戦争を客観的に見つめる目はなく、あったとしても検閲が強化され、紙面に反映させることは出来ず、各新聞は競って特攻を礼賛し、本土決戦を訴えた。知識人の一部には、いかんともしがたいという無力感さえ、ただよいはじめていた。

これが昭和二十年初頭の政治情勢であった。

山本五十六と山口多聞が戦死してしまったいま、伊藤はアメリカ海軍をよく知るひとりであった。彼らの軍事力は強大であった。開戦の理由はともあれ、事ここに至っては、勝ち目はない。原爆のことは知らなかったが、戦争はやめるべきだと伊藤ははっきり思った。

いまにして思えば、伊藤は軍令部次長としての三年間、自分を殺した世界で生きてきた。個人と国家、個人と海軍はかならずしも一致するものではなかった。もっと自分を主張すればよかったとも思うが、組織とはそういうものではなかった。

結局は伊藤もまた、この泥沼の戦争に、荷担してきたのだ。いまさら言い訳は許されない。その責任は取るつもりであった。伊藤はそう決心した。

その一つが「大和」を浮き砲台にすることだった。そうすれば、乗組員も無駄な死に方をしなくてもいい。卑怯者といわれるかもしれないが、それが強い生き方ではないか。

伊藤はそんな思いに達していた。

四月三日、海軍兵学校を卒業した新少尉候補生六十七名が、第二艦隊に着任した。「大和」に五三名、「矢矧」に一四名である。「大和」には海軍経理学校を卒業した主計科候補生四人も乗艦した。

伊藤はまばゆいばかりの少尉候補生を見つめながら、彼らを戦場には出してはならないと思った。青年は未来のために残しておかなければならない。そうしようと心に決めた。幕僚たちも同意見であった。

この日の午後、第二水雷戦隊司令官の古村《こむら》啓蔵少将がやってきて、森下参謀長と山本先任参謀（首席参謀）に「航空力のない第二艦隊は、もはや使い道はない」といい、第二艦隊を解散し、不要な人員を陸揚げするよう提言した。この後、古村少将は伊藤を訪ね、

「これは第二水雷戦隊の各艦長の一致した意見です」

と、いった。

「うん、実は私もそう考えておった」

伊藤はおだやかな笑顔で答えた。

「山本先任参謀から横浜の豊田連合艦隊司令長官に電話をさせよう」

「そうしていただければ、無駄な死は避けられます」

「本当だなぁ」

伊藤はしみじみいいながらうなずいた。

早速、山本先任参謀を呼んで、豊田長官に伝えるよう命じた。

みんな分かってるんだ。これでいい。伊藤は第一艦橋に上って、周囲を見渡した。

この海にも敵の潜水艦が近づいていよう。駆逐艦が波しぶきをあげて、周囲を走りまわり警戒していた。

零戦が編隊を組んで上空をよぎった。伊藤は零戦に乗っている長男を想い、空を見上げた。

零戦はキラリと光って雲間に消えた。

戦艦「大和」に海上特攻を命ず

㈠

四月四日夜、沖縄戦の本格化とともに事態は急変した。

このころ連合艦隊は鹿屋《かのや》に第三司令部を置くことになり、その準備で草鹿龍之介参謀長と航空参謀の淵田美津雄大佐、作戦参謀の三上作夫中佐が、鹿児島県鹿屋の第五航空艦隊の司令部に来ていた。

これは沖縄決戦に備えての措置である。

ここで打ち出されたのが、特攻機を総動員して沖縄に突っ込ませ、一《いち》か八《ばち》かの大博打をうつ「菊水一号作戦」だった。

連合艦隊は特攻で、戦局の打開をはかろうとしていた。

連合艦隊司令部は神奈川県日吉《ひよし》の慶応大学予科の構内に移っており、地下壕も掘り、本土決戦に備えていた。

草鹿に連合艦隊先任参謀の神重徳《かみしげのり》大佐から電話があった。

「参謀長、『大和』を沖縄に特攻として出すことになりそうです」

神大佐がいった。

「何だと、冗談じゃない、直掩機《ちょくえん》はないのだぞ」

「分かっておりますが、軍令部総長が沖縄戦に関して航空総攻撃を行なうと奏上したところ、陛下から海軍は出ないのかという御言葉があったのです」

「それはしかし」

「この際、大和の特攻もやむをえないと、豊田司令長官は判断されました。参謀長のご意見はどうですか」

神が一方的にいった。

「君は何をいってるんだ。決まってから参謀長の意見はどうですかもないもんだ。決まったら、しょうがないんじゃないか」

草鹿はむかつき、思わず怒鳴った。

「申し訳ありません」

神大佐はそういいながらも、

「伊藤長官に万一にも心に残るものがあってはいけません。心おきなく行かれるよう、参謀長からも、最後の決意をうながしていただきたいのですが」

と、追い討ちをかけた。

神のいい方は、陛下から御言葉があり、連合艦隊司令長官が決断したからには、これ以上の問答は無用ということだった。

草鹿は黙った。

作戦参謀の三上中佐は、納得できないと草鹿に噛みついた。

伊藤が第二艦隊司令長官に就任した際、三上がお祝いに参上すると、伊藤から、

「最後の水上艦隊だから、無意味な、下手な使い方をするなよ。不均衡な艦隊だから、総合的にその威力を発揮できるように使い方を考えよ。たとえば近く高速潜水艦もできるし、航空部隊などと併せて使用することも考察せよ」

といわれていた。

「そう思うが、軍令部総長が決めたとあっては、どうにもなるまい」

草鹿が憮然としていった。

第五航空艦隊司令長官の宇垣纏《まとめ》は『戦藻録』に、場当たり的な上層部への皮肉を書きつらねた。

連合艦隊先任参謀・神重徳大佐

四月二日　月曜日　晴　朝霧
草鹿GF（連合艦隊）参謀長、谷川（陸軍少将）参謀副長とともに来隊、一日付指揮下に入れる第十航空艦隊長官前田稔中将、山本親雄参謀長以下、幕僚を率い進出し来れり。頭だけはそろうも、そろわぬは飛行機と搭乗員の技量なり。

四月三日　火曜日　晴後曇
本日、偵察により正規空母四を含む部隊、沖縄の南方八〇カイリにあり。さらに奄美大島の南方四〇カイリに空母を含むとおぼしき一群を発見、戦闘機三〇機をもって南下牽制せしめ、銀河八機により、この敵に攻撃を決行せしめたり。突入せるもの半数、戦闘機隊は喜界ヶ島上空にて敵二七機の戦闘機と空戦を実施、若干の被害あり。日没後帰着。
全兵力をもって対船団、対機動部隊の菊水第一号作戦の概要命令を下達す。
四月四日　水曜日　曇後半晴
沖縄の敵は北飛行場及び神山島に小型機二、三機を進出せしめたる状況において、大田沖縄特根司令官は戦訓に鑑み、敵機動部隊の撃滅を第一とすべく要望し、GF参謀長は第三十二軍参謀長あて北中飛行場方面に主力を注入して、敵の使用を封殺すべき意見具申を発電す。どちらも理屈は存するなり。このような押し問答は得てして生じやすく、敗戦の兆しともなるものなり。要は協同の目的に向かって、各部がおのれの任務をまっとうし、いたずらに他に求めるところをなさざるにありと知る。本日、沖縄方面天候不良のため夜間攻撃を行わず。

四月五日　木曜日　晴

GFは大和及び二水戦（第二水雷戦隊）矢矧、駆逐艦六（実際は八）を水上特攻隊として六日午後、豊後水道出撃、八日沖縄島西方に進出、敵を掃蕩すべき命令を出せり。決戦なればこれもよからん。

宇垣は「これもよからん」と、短くコメントした。

しかし、四月七日、「大和」沈没の報を聞くや、「そもそもここに至れる主因は、軍令部総長奏上の際、航空部隊だけの総攻撃やの御下問に対し、海軍の全兵力を使用致すと奉答せるにありと伝う」と、及川軍令部総長が天皇に奏上した際、水上部隊を含めて全海軍兵力で総攻撃を行なうと奉答してしまったためだと及川総長を非難した。

海軍の本当の姿が、またしても天皇に伝わっていなかった。これは宇垣が指摘するように及川総長の大きな誤りであった。

「大和」などを沖縄に突入させても、その成功の見込みがないことは、会議に参加した誰の目にも明らかだった。成功すると思った者は誰もいなかった。「大和」の突入は純作戦というよりは、精神的なものであり、成功するかどうかは問題外だったのだ。

それよりも全員死ぬことに意味があるというものだった。

こうした精神論を論じるなかで、連合艦隊司令部は「大和」の特攻を決めてしまった。

「第二艦隊は四月八日払暁、沖縄島嘉手納沖の敵泊地に突入すべし。燃料は片道分とす。特攻作戦と承知ありたし」

四月五日、伊藤のもとに電報が入った。

第二艦隊の幕僚たちは騒然となった。それは誰が考えても絶対に不可能なことであった。

戦艦「大和」に犬死にを命ずるのか。

「及川と豊田の馬鹿野郎、ふざけんじゃないッ」

罵声が飛んだ。

長官公室で幕僚と各艦長の会議が開かれた。

「大和」艦長の有賀大佐は無言だったが、あとは全員が激しく反対した。

「途中で必ず撃沈される作戦は否定する。国民の最後の財産を自ら棄てる事には絶対反対ッ」

「朝霧」艦長・杉原中佐が口火を切った。

すると第十七駆逐隊司令の新谷喜一大佐が立ち上がり、

「この作戦は死に場所がない。死に場所は本土決戦で敵と差し違えるところだ、馬鹿ッ」

と、怒りを露《あらわ》にした。日頃、温厚で知られた人である。今度は第二十一駆逐隊司令の小瀧久雄大佐が立った。

「連合艦隊司令部は、日吉台の防空壕のなかに住んでいるというではないか。そんな穴のなかにいて、国家興亡の大決戦を何と思っているんだッ」

　小瀧は太い声で皮肉たっぷりにいい、

「東郷元帥を見よ、ネルソンを見よ、穴から出てきて直接、指揮せよ」

と、叫んだ。

「矢矧」艦長・原為一大佐も、「敵の弱点は延びきった補給路だ。敵の後ろにまわって暴れまわりたい」と、特攻作戦を暗に批判した。

　これは日本海軍始まって以来の、高級将校による反乱であった。


　伊藤整一はじっと皆の声を聞き、この特攻は認めがたいが、しかし連合艦隊司令長官から命令が出た以上、撤回はありえないと思った。あとは成功の道があるのかどうか、第二艦隊の全乗組員にどう説明するかであった。

　なぜこんな馬鹿なことを決めてくれたんだ。実に困った。阻止する道はないのかというのが、伊藤の正直な気持ちであった。

　しかし命令が出てしまった以上、阻止することは不可能に近い。

　自分ひとりが死ぬのであれば、それは構わない。しかし第二艦隊全員に関する問題である。できるだけのことはやってみよう。伊藤は思った。そこで伊藤はこの特攻は問題多々ありを言外に示すため早速、連合艦隊司令部に意見の具申を行なった。無電で打たれてきた出撃命令は、駆逐艦は六隻とし、攻撃日時は七日黎明時、豊後水道出撃、八日黎明時、沖縄西方海

面に突入という指示だった。伊藤は、

「突入兵力は大なるをよしとする。駆逐艦六隻では過少である。出撃の日時は敵の動静、味方航空機の行動とも大いに関係がある」

とし、現地の判断を尊重するよう求めた。命令の修正を求めることは異例のことであり、そこに伊藤の並々ならぬ意思表示があった。

連合艦隊司令部は、伊藤の具申で第二艦隊に相当の不満があることを知った。すぐ修正が行なわれ、駆逐艦を八隻に増強すること、豊後水道出撃時は、伊藤長官の判断とする旨の返電があった。こうなった以上、もはや伊藤は受諾するほか道はない。

連合艦隊からの返電を受けて、伊藤は改めて森下参謀長に、出撃の準備を命じた。

「特攻だよ」

「ということは、帰りはないということですか」

「ううむ」

伊藤は言葉に窮した。

招集されて伝え聞いた各艦長は複雑な表情だったが、それぞれ艦に戻って乗組員に出撃を伝えた。第二艦隊の各艦艇に緊張が走った。

(二)

「大和」の副長・能村《のむら》次郎大佐は、一番砲塔の右舷側にいた。

有賀艦長がニコニコしながらやってきて、無造作にいった。

「あす、沖縄に出かけることになった。科長を集めてくれ」

そういうや有賀は、スタスタと歩いていった。能村は驚いてすぐマイクで総員集合を予令するとともに、指示どおり各科長を集め、出撃準備を伝えた。続いて前甲板に総員集合の号令が鳴り響き、乗組員全員が集められた。

「第二艦隊は、四月八日未明を期し、沖縄の泊地に突入する特攻出撃を行なう。改めて何もいうことはない。ただ全力を尽くして、任務を達成し、全海軍の期待に応えたい」

有賀艦長が伝えると、一瞬、しーんと静まりかえった。

その後、若い士官が飛び上がって喜んだが、実戦をくぐってきた乗組員は無表情のままだった。引き続いて准士官以上の者に、出撃準備の作業がいい渡された。

「各分隊、可燃物を上甲板に出せ！」

「私物を吃水線下に格納せよ！」

「艦内警戒閉鎖となせ！」

次々とスピーカーから指示が出され、艦内は騒然となった。乗組員たちは、きっと口をむすんで艦内を走りまわり、整然と作業をこなしていった。魚雷や弾薬の搭載、燃料の手配と作業が進められた。

「大和」の燃料は片道分の二〇〇〇トンから二五〇〇トンということだったが、連絡を受けた徳山燃料廠ではタンクの底をさらって、往復分の燃料を確保した。何隻かの駆逐艦が燃料を受け取りに徳山港に向かった。

午後五時半、「大和」と「矢矧」艦内のスピーカーが鳴り響いた。

「候補生総員、退艦用意！」

伊藤の命令で、兵学校を卒業して第二艦隊に配属された少尉候補生に退艦命令が出された。

「副長、我々は大和艦上で倒れる覚悟は出来ております。艦長にお願いして、ぜひ連れてって下さいッ。お願いします！」

五三名の候補生が、能村次郎副長に詰め寄った。

「乗艦して三日もたたない皆を連れていっても、足手まといになるだけだ。出て行く我々も国のためなら、残る者もまた国のためだ。そこを分かってくれ」

能村にいわれて候補生たちは、号泣した。決戦に燃えて乗艦した若者たちだったが、伊藤は、彼らに日本の今後を託したのである。

機密書類の処分、兵器・機関の点検なども行なわれた。

夕食後、能村副長から、

「酒保、開け！」

のアナウンスがあり、各部署ごとに壮行会となった。これはほかの艦も同じだった。

有賀と能村は艦内を一巡したが、若手士官のガンルーム（第一士官次室）では、早くも盛り上がっていて、有賀艦長が胴上げされる始末だった。若者は純粋に出撃を喜んでいるが、皆、死ぬのだと思うと、能村は目頭が熱くなり、甲板に出て涙をふいた。飲むほどに激烈な議論を交わすグループも現われた。

「この特攻に何の意味があるのか」

「死んで何が残るのだ」

予備士官は痛烈にいった。

自分は学業のさなかに不本意ながら軍人になったのだ。無意味な死に方はしたくない。これで人生が終わるとは、何と情けないことか。

酒が入って本音が出た、爆発したといっていい。兵学校の出身者には特攻は名誉であった。それを批判することは鉄拳に値するものであった。ついに兵学校出身者と学徒出身の予備士官との間に亀裂が生じた。

「国のため、君のために死ぬ。それでいいじゃないか。それ以上に何が必要なんだ。もって瞑すべきじゃないか」

兵学校出身の中尉、大尉は声を荒らげた。

「君国のために散る、それは分かるが、だが、一体、それはどういうことなんだ。意味が分からんではないか。俺の死、俺の命、日本の敗北、それを何か価値というようなものに結びつけたいんだ」

「何をいってるんだ。貴様のいうことは、さっぱり分からん」

「貴様らのいうことは屁理屈だ。無用な、むしろ有害な屁理屈だ。貴様は特攻隊の菊水のマークを胸につけて、天皇陛下万歳と死ねて、それで嬉しくはないのか」

「それだけじゃ、嫌だ。もっと何かが必要なのだ」

「馬鹿野郎、ふざけるなッ」

「そういった腐った性根を叩きなおしてやる」

「かかれッ」

突然、兵学校出が殴りかかり、負けじと学徒出も応戦し、時ならぬ大乱闘となった。

「止めろ」と、ケプガン（第一士官次室長）の臼淵《うすぶち》磐大尉がなかに入り、乱闘は瞬時でおさまり、ふたたび飲み直したが、死を前にしてそれは起こるべくして起こった事件でもあった。

ただし、予備士官が全員、特攻に疑問を思い、乱闘に加わったわけではなかった。

第二艦隊通信参謀付きの渡辺光男少尉によると、ガンルームの夕食会は「皇国の興廃のため思い切って戦おうではないか」という臼淵大尉の挨拶で始まった。酒が入ると、いつとはなしに意気天を突く軍歌が始まり、皆、男泣きの涙で頬をぬらし、やがてお互いに手を握り健闘を誓い合った。

しかし渡辺はあまり酒が飲めないため、夕食会をそっと抜け出し、最上甲板に出た。渡辺は大和神社横の吊り床で、トルストイの『幸福の書』を読んでいるような文学青年だった。通りかかった伊藤から声をかけられ、長官室に呼ばれて人生論を語ったこともあった。

そのとき、伊藤は何もいわず、ニコニコと聞いてくれた。

最上甲板に出てみると、そこにも大勢の乗組員がいて、誰からともなく肩を組んで同期の桜を歌ったりしていた。渡辺もいつしか輪のなかに入り、涙を流しながら歌をうたった。
ガンルームの乱闘はこの後に行なわれたようであった。

五番高角砲員・坪井平次二等兵曹の分隊では、酒盛りに先立って「お神酒《みき》」を砲塔内にそなえて、一発必中を祈願したあと乾杯が行なわれた。飲むほどに酔うほどに歌って踊っての無礼講となった。

この世で最後の酒盛りだと思うと、階級の上下もなくなり、つぎつぎにお国自慢の民謡が飛び出した。乗組員は愛知県から山口県までの者が多く、民謡もその辺りのものが多かった。すべての部署で同じような宴会が行なわれ、皆、泣きながら歌った。艦全体が酒場のような様相を呈したのであった。

酒保は夜十時に閉められ、宴会は終了した。吉田の記述だと、深夜、多分、どこかの甲板であろうか。臼淵は数名の予備士官を集め、真剣な口調で短い話をした。

「ふたつ、いいたいことがある。ひとつは俺も貴様たちのように人生を考えるのが好きだということだ。もう一つは、江田島《えたじま》出の若い連中は、あの世界しか知らんのだから勘弁してやれ。今日のところは俺に免じて収めてほしい」

臼淵はこういった。これは感動的な言葉であった。江田島出というのは兵学校出身という意味である。

吉田満も当然のことながらこの乱闘のなかにいて、臼淵が深夜語ったときも、その場に居合わせたようであった。吉田は臼淵のこの言葉で、以前、臼淵に鉄拳を見舞われたことを水に流し、逆に臼淵という人間に敬意を抱いた。

この模様を記述した吉田満の作品は戦記文学の傑作といわれ、阿川弘之、吉川英治、小林秀雄、林房雄、河上徹太郎、三島由紀夫らも戦後、感想を述べた。

『山本五十六』『米内光政』『戦艦長門の生涯』などの作品がある阿川弘之は、「戦艦大和の最期は、どんな軍人が書き残した戦記よりも克明詳細で、貴重な戦記であり、戦後あらわれたどんな戦記学よりもすぐれた戦記文学であることを私は信じて疑わない」と絶賛した。

文豪・吉川英治は吉田の父親と知人の関係にあった。吉川は吉田の希有な体験を聞き、「あなたの通って来た生命の記録を書いておくべきだ」といった。それから間もなく『戦艦大和ノ最期』の草稿が吉川のもとに届いた。

文芸評論家・小林秀雄は「大変正直な戦争経験談だと思って感心した」と語り、作家・林房雄は「これは日本の一兵士の手記である。ここには毫末《ごうまつ》の誇張もなく、虚偽もなく、策略もない。ただちに万人に通じる手記である」と書いた。

評論家・河上徹太郎も「史上恐らく前にも後にも例のないこの艦の末路を、科学的正確さをもって詳細に伝えている」とし、作家・三島由紀夫も「感動した」と述べた。

ただし海軍OBの作家・生出《おいで》寿《ひさし》は、「これは実録ではなく、フィクションがかなりある小説として読まなければならない」とした。

海軍軍人の目から見た場合、表現に若干の違和感があるということだった。

伊藤はこの夜、妻や子供たちに遺書を書いた。

此の度は光栄ある任務を与えられ、勇躍出撃、必成を期し致死奮戦、皇恩の万分の一に報いる覚悟に御座候

此の期に臨み、顧みるとわれら二人の過去は幸福に満てるものにして、また私は武人として重大なる覚悟をなさんとする時、親愛なるお前様に後事を託して何ら憂いなきは、此の上もなき仕合せと衷心より感謝致しおり候

お前様は私の今の心境をよく御了解になるべく、私が最後まで喜んでいたと思われなば、お前様の余生の淋しさを幾分にてもやわらげることと存じ候

心からお前様の幸福を祈りつつ

四月五日　　　　　　　　　　整一

いとしき

最愛のちとせどの

伊藤整一、五十四歳、妻ちとせ四十三歳であった。

伊藤亡きあと、妻が二女と三女を育て、その後はひとりで生きて行かなければならない。

そう思うと妻が不憫《ふびん》であった。「最愛のちとせどの」という言葉に、伊藤の思いやりが出ていた。

まだ育ちざかりの二人の娘にも遺書を書いた。嫁いだ長女には、すでに遺書めいたものを送っていた。

私は今、可愛い貴女たちのことを想っております
そうして貴女たちのお父さんは、お国の為に立派な働きをしたといわれるようになりたいと、考えています
もう手紙は書けないかも知れませんが、大きくなったら、お母さんのような婦人になりなさいというのが、私の最後の教訓です。
御身お大切に
四月五日　　父より
淑子さん
貞子さん

淑子は十五歳、貞子は十三歳だった。

三女の貞子さんは、まだ元気でおられ、「何か資料があれば」と取材を申し込んだが、「空

襲ですべてを焼いてしまった。父のことは吉田さんの『提督伊藤整一の生涯』にいい尽くされております」と話されたので、この遺書もそれによった。ただし実松譲の『日本海軍英傑伝』（光人社）では、「報いる覚悟」が「報ひん覚悟」、「此の上もなき仕合せと」が「此の上もなき仕合せを」になっている。また、半藤一利著『戦士の遺書』（文春文庫）では「此期に臨み」「亦《また》私は武人として」などとなっており、表現は幾分、異なっている。

われ沖縄の砲台とならん

(一)

昭和二十年(一九四五年)四月六日、金曜日である。

第五航空艦隊司令長官・宇垣纏《まとめ》は、「大和」が出る日だなぁと思い、空を見上げた。艦隊所属の伊藤の長男叡《あきら》中尉に、せめて途中まで掩護させようと命令を出していた。独断で零戦十五機を割いて、息子に父を護らせようとしたのである。

武士の情けであった。

宇垣は「大和」を何とか成功させたいと考え、敵空母に夜間攻撃をかけ、朝から特攻隊を発進させていた。しかし視界は悪く、あまりいい状態ではなかった。

一方、伊藤はこの日、五時に起きて第一戦闘艦橋に向かった。有賀艦長、能村副長らの緊張した顔があった。

「いよいよだな」

伊藤は艦橋の幹部たちに声をかけ、第一戦闘艦橋の下にある作戦室に降りた。

ここが第二艦隊の参謀が詰める部屋である。後部に休息室と事務室がある。森下参謀長は海図をにらんでいた。伊藤の姿を見ると、

「長官、どうもこのあたりから、びっしり敵潜が張り付いておるようです」

と、海図を指した。

「そうか」

伊藤も海図に見入った。ここまで敵に入られては、いかんともしがたい。運を天に任せるしかないのか。伊藤はうなずきながら部屋を出た。

特攻である限り、たとえ沖縄の泊地に到着しても、あとの戦闘で乗組員の大半は失われよう。しかし、ひとりでもふたりでもいい、生きて日本に帰したい。伊藤はそのことを改めて考えていた。

三三三二人、これが「大和」の全乗組員の数字であった。間もなく早々と艦内スピーカーが鳴った。

「出港は一六〇〇」

「一八〇〇、前甲板に総員集合！」

「郵便物の締め切りは一〇〇〇」

当直将校の声も、いつになく気負いが感じられた。

午前中は艦内各部の点検、陸揚げ物件の輸送、郵便物の託送と目が回る忙しさであった。

この日、いそいで遺書を書いた者も多かった。

五番高角砲員・坪井平次二等兵曹は、故郷の両親あてに簡単な便りをしたためた。そして頭髪を切って白紙につつみ、歌一首をそえて、死地におもむく心境を伝えた。

身はたとい　南海《みなみ》の果てに水漬《みづ》くとも
永遠《とわ》に護らん　産土《うぶすな》の祖国《くに》

平次二十二歳記

二十五番機銃員の小林昌信上等水兵は、両親に会ったばかりだったので、何も書かなかった。まわりを見ると、戦死した時は故郷の墓に埋めてくれるよう手配する者もいた。

午後、戦闘に堪えがたいと認定された病人と士官候補生全員が退艦していった。連れていってほしいと泣いて懇願する者もいたが、ひとりも認められなかった。

午後二時、連合艦隊参謀長の草鹿龍之介中将が三上作戦参謀を伴い、岩国から水上機でやってきた。伊藤に連合艦隊の豊田司令長官からの訓示を伝達するためである。

第二艦隊の不穏な空気は司令部から伝わっており、それをなだめるためでもあった。

伊藤は草鹿参謀長に、少なからず抵抗の姿勢を示した。草鹿は自分の留守中に日吉の連合艦隊司令部が勝手に決めたといったが、連合艦隊参謀長とは、そんな軽いポジションなのか。

同席した第二艦隊の幕僚たちは、白い目で草鹿をにらんだ。参謀長は連合艦隊を仕切る立場ではないのか。参謀長がまったく関与しないとは思えない、という疑念が皆の胸にあった。

伊藤は草鹿に対して、出撃はするが、納得はしがたいといった。

「大和」士官室に沈黙が流れた。

草鹿参謀長は、説得して作戦を指示しなければ「大和」の艦上を離れることはできない。

たまりかねて三上参謀が、

「本作戦は陸軍の総攻撃に応じて、敵の上陸地点にのしあげ、陸兵になるところまで考えております」

と、いった。しかし、これは説得にはならなかった。飛行機の掩護がないのだ。沖縄まで、たどりつけるはずがないではないか。

場はいっそう白々しいものになった。もはや儀礼的ないい方では、この場は収まらない。

草鹿が沈黙を破った。

「要するに死んでもらいたい」

草鹿は顔を震わせていった。

あたりに寂漠とした空気がただよった。特攻である以上、そんなことは分かっている。しかしいい方がよくない。草鹿は、海兵で伊藤の二期後輩である。そんないい方はないと、参謀たちは思った。

草鹿は追い打ちをかけるように、

「いずれ一億総特攻という事になるのであるから、その模範となるよう立派に死んでもらいたい」

と、語気を強めた。

「それなら、何をかいわんやだ。よく了解した」

伊藤は憮然たる表情でいい、深く息をついた。

燃料の不足、突入進路の疑問、艦隊編成など、連合艦隊司令部に注文をつける部分はなお残されていたが、「立派に死んでこい」といわれては、もはやお終いであった。

「草鹿君、途中で艦隊が大半を失うような事態になれば、作戦の変更もあることは、承知してもらいたい」

伊藤は大事な注文をつけた。

「それは長官の心にあることだと思います」

草鹿が答えた。

「ありがとう、よく分かった。安心してくれ。気も晴れた」

伊藤は淡々とした顔になり、表情から陰影が消えた。

「これから各艦長に説明したい。立ち往生するようなことがあったら、長官に応援をお願いしたい」

草鹿がいった。伊藤は顔を少し動かしただけで、これには答えなかった。

早速、「大和」の有賀艦長以下、第二艦隊の艦長たちが集められた。

第二艦隊の参謀たちは、殺気だっていた。会議が始まる時間になっても「雪風」の寺内艦長が来ない。艦内に事故があり、数分遅れて到着した。恐縮しながら舷門を駆け上がってきた寺内艦長に、

「なぜ遅れたッ」

艦隊参謀のひとりが鉄拳を食らわせた。

艦長が鉄拳を食うことは、普通、ありえぬことであった。たちまちその噂が艦隊中に広がった。それは「雪風」の乗組員全体に対する侮辱でもあった。どんな理由があるにせよ、公衆の面前で艦長を殴るというのは、許されぬことであった。「雪風」の乗組員たちは、自分たちの艦長を殴った「エライ人」に対して怒りをあらわにした。寺内艦長は温厚な人柄で部下に信望があった。

この一件で連合艦隊司令部との間に「何かあるな」と、艦隊の人々は思った。

艦隊参謀の不安感、絶望感、怒りが、身内に向けられてしまった。しかし、これは参謀の資質が問われる事件だった。

連合艦隊参謀長・
草鹿龍之介中将

草鹿は豊田連合艦隊司令長官の訓示を読み上げた。

「皇国の興廃は、まさにこの一挙にあり。ここに海上特攻隊を編成し、壮烈無比の突入作戦を命じたるは、帝国海軍力をこの一戦に結集し、光輝ある帝国海軍海上部隊の伝統を発揚すると

ともに、その栄光を後昆《こうこん》に伝えんとするに外ならず。各隊はその特攻隊たると否《いな》とを問わず、いよいよ殊死《しゅし》奮戦、敵艦隊を随所に殲滅《せんめつ》し、もって皇国無窮《むきゅう》の礎《もとい》を確立すべし」

後昆（子孫）に海軍の伝統を伝え、無窮（永遠）に国家の存続を願うというものだったが、いつもながらの美辞麗句の羅列の印象だった。

ついで、持参した「参謀長口達覚《こうたつおぼえ》」を読み上げた。

「本作戦は連合艦隊最後の出撃である。これはとりもなおさず、国家存亡の分かれ目にあるということであり、最後を飾るべく、各員奮戦奮闘せられたい。このような時期に、海上部隊の花形として、多年、苦心演練した手腕を発揮しうることは、武人として本懐これにすぐるものはない。この上は弾丸の続く限り、最後まで一騎当千、獅子奮迅の働きをなし、敵の一艦一艇にいたるまでこれを撃滅し、戦勢を一挙に挽回し、皇恩の万分の一も報いてほしい。海上特攻隊と命名されたゆえんも、ここにある」

草鹿は読み終えて艦長たちの顔を見渡した。

どの顔も明らかに不服の様子であった。間髪をいれず発言があった。

「連合艦隊の作戦というのなら、なぜ参謀長は日吉の防空壕におられるのか。防空壕を出て、自ら特攻の指揮を執る気はないのか」

ぐさりと草鹿の胸を刺す言葉だった。

前線の事情も知らぬ連合艦隊司令部が、一片の通達で死ねという暴言になって出てくることに、艦長たちは納得できぬものを感じた。続いて誰かが発言しそうな空気だった。

「まあ、我々は死に場所を与えられたのだ」

伊藤が皆を制した。

死ねといわれれば、死ぬしかないのが軍人だった。しかし草鹿参謀長一行が、膨大な作戦資料を目の前に広げたとき、ふたたび違和感が広がった。そこには進撃進路、索敵、対潜哨戒、夜戦・昼戦の心得、砲戦、魚雷戦、対空砲戦、対潜砲戦、対潜戦闘、通信など詳細に書かれており、これではかなり以前に特攻が決まっていたのではないか、という疑念をいっそう深めさせた。

最後に、「各級指揮官は部下の能力を十分に考え、その指揮統制に関して超人的努力をもって細心大胆、事に当たり、戦闘力を万全に発揮せんことを望む」とまで記されていた。

ふざけるな、という思いを抱いた幕僚や艦長が多かった。こんな紙切れ一枚で戦闘ができると思っているのか。日吉台の防空壕で作戦を練っている連合艦隊司令部など、もはや信ずるに足りぬ。口には出さぬが、皆の胸のうちは同じだった。

海兵出身で艦爆の搭乗員だった作家・豊田穣も『大和出撃その前夜』(『伝承・戦艦大和下』光人社)のなかで、「いやしくも参謀長が反対の作戦を長官が決定する筈はない。草鹿もその時はやむを得ず承知していたのではないか。ただし神《かみ》参謀は、海軍では有名な行脚《ゆきあし》、積極性のある人で、あだ名を神がかりの神さんといわれ、自己の信念の赴くところ、独断専行も辞さない人物であったということは、この場合、心得ておくべきであろう」と記述している。

「大和」特攻決定のいきさつは、どうも判然としなかった。しかし、伊藤はもう覚悟を決めていた。

「できるだけのことはやろう」

そういって形どおりの訓示をした。これですべての打ち合わせは終わった。連合艦隊の三上参謀が、

「私を連れていって下さい」

と、伊藤に直訴した。それは三上の良心だった。

「連合艦隊の参謀が乗らずとも、我々で十分、戦える」

即座に第二艦隊の山本先任参謀が語気荒く拒絶した。

三上は唇をかんだ。草鹿らは水上機に乗り、「大和」の上を何度も旋回して岩国基地に戻っていった。

第五航空艦隊司令長官・宇垣纒は、この日の日記に、こう書いている。

「草鹿参謀長は徳山に急行、水上特攻隊として八日黎明、沖縄に突入すべく第一遊撃部隊に細項を指示し、その出撃を見送りて夕刻帰還、つらき役目をはたせり。第二艦隊の空気は最初、沈滞気味なりしが、伊藤第二艦隊長官の訓示にて、その気になりたりという」

(二)

少し風が出てきた。

双眼鏡で陸岸を見ると、浜辺の桜は満開であった。
花びらが風に舞って吹雪のようであった。桜も見納めである。伊藤は双眼鏡を離した。敵に沖縄上陸を許したということで、小磯首相が辞任したという話が伝わってきた。

伊藤は小磯首相の積極的な終戦工作に望みをかけたが、まったくの期待はずれに終わった。東京は連日、空襲にさらされ、国民は食べ物もなく飢えに苦しんでいる。本土決戦に備えて十五歳から六十歳までの男子と、十七歳から四十歳までの女子による国民義勇隊も結成され、竹槍で敵に立ち向かう訓練をしているという。そんなことで戦争ができるのか。伊藤はそう思った。

日本はどこで、どう間違ってしまったのか。伊藤は出撃が迫るにつれていっそう寡黙になり、副官の石田恒夫少佐も、どう声をかけていいか困惑した。

石田は連合艦隊の三上参謀から、伊藤長官の長男である叡《あきら》中尉の零戦が「大和」を掩護することを聞いた。いつ、長官に話すか、タイミングが微妙だった。伊藤長官は公私混同が嫌いで、話の切り出し方を誤れば、

「宇垣の奴、余計なことをしてくれたな」

と、いいかねなかった。石田は零戦の編隊が現われたら申し上げようと思った。

この日、午後四時過ぎ、「大和」は決死の覚悟を胸に秘めた三三〇〇余名の将兵を乗せて、

徳山沖を出撃した。「大和」に従うのは第二水雷戦隊の軽巡洋艦「矢矧《やはぎ》」（旗艦）、駆逐艦「冬月」「涼月《すずつき》」「雪風」「磯風」「浜風」「霞」「初霜」「朝霜」の九隻である。途中まで第三十一戦隊の駆逐艦「花月」など三隻が付き添う。

「大和」では当直以外の乗組員が前甲板に集合し、総員、皇居の方向に向かって遥拝し、「君が代」の斉唱、万歳を三唱した。

夕闇せまる陸地を見つめながら、誰からともなく合唱が始まった。

海ゆかば　水漬《みづ》く屍《かばね》
山ゆかば　草むす屍
大君《おおきみ》の辺にこそ死なめ
かえりみはせじ

皆の目に涙があふれていた。

もう生きては帰れない。覚悟はしていたが、とめどなく涙が流れ、嗚咽《おえつ》しながら歌い続けた。

夕暮れの海は、人々にたまらない淋しさ、悲しさを呼び起こした。とくに予備士官に、その思いが強かった。

森一郎少尉はじっと海を見つめていた。その横には沈鬱《ちんうつ》の影があった。森少尉は眉の太い好男子で、いつも肌身離さず一枚の写真を持っていた。美しい婚約者の写真である。彼女からしばしば届く手紙は、ガンルーム全員の羨望の的であった。

吉田満少尉が近づくと、

「俺はなぁ、学徒出陣の目前に、はじめて彼女の手を握り、君の眼も鼻も、この手も足も、みんな俺のものだといって別れたんだ」

しみじみとした口調で語った。何とうらやましい話かと思ったが、森も自分も死ぬのだ。そうなると美貌の彼女はどうなるのか。辛い話だと吉田は思った。

「俺は死ぬからいい。死ぬ者は仕合わせだ。俺はいい。だが、あいつはどうするんだ。きっと俺よりもいい奴が現われて、あいつと結婚して、もっと素晴らしい仕合わせを与えてくれるだろう。あいつが本当に仕合わせになってくれたとき、俺はあいつのなかに生きる、生きるんだ」

森少尉は、涙ぐんだ声でいった。

ガンルームのケプガン、臼淵磐大尉も薄暮《はくぼ》の海面に双眼鏡を向けていた。臼淵が、うめくように言葉を吐くのを、何人かが聞いた。

「進歩のない者は決して勝たない。負けて目覚めることが最上の道だ。日本は進歩というのを軽んじてきた。私的な潔癖や徳義にこだわって、真の進歩を忘れていた。敗れて目覚める。それ以外にどうして日本が救われるか。いま目覚めずしていつ救われる。俺たちはその先導になるんだ。日本の新生にさきがけて散る。まさに本望じゃないか」

臼淵の言葉は衝撃となって、若き士官たちの心を駆け巡った。

涙もほんの一瞬で、乗組員たちは持ち場に散り、伊藤の訓示が、信号で各艦に送られた。

「神機《しんき》、将《まさ》ニ動カントス。皇国ノ隆替懸《りゅうたいかか》リテ此ノ一挙ニ存ス。各員奮戦敢闘、全敵ヲ必滅シ、以テ海上特攻隊ノ本領ヲ発揮セヨ」

これを受けて、第二水雷戦隊の各艦がサッと散開して、「大和」を目標に襲撃訓練を行なった。

これが最後の訓練になろう。恰幅《かっぷく》がよく、角張ったごつい顔の古村《こむら》少将の目に光るものがあった。この人、海兵の同期生から付けられたあだ名はゴリラ。ゴリラの目にも涙であった。ちなみに有賀艦長のニックネームもゴリラだった。終わると、特別攻撃艦隊は一列縦隊となって三田尻沖から九州・佐賀関半島と四国・佐田岬の間の豊予《ぶんよ》海峡を抜け、豊後水道の狭水路をめざして進んだ。

見張員、通信員、電探関係の兵員は全神経を集中させて持ち場を守り、敵潜水艦を警戒して、途中から「大和」を中心に輪形陣をしき、一二ノットに減速して、ときおりジグザグに進む「之字《のじ》運動」をして航行した。

敵潜水艦が「大和」の出撃を見張っていることは確実で、刻々、緊張は高まるばかりであった。豊後水道からは九州沿岸を夜間高速で突っ走り、九州と大隅《おおすみ》諸島の間の水路を抜けたのち、針路を西に取り、まっすぐ沖縄に向かうことになっていた。

明朝には敵機の襲来が予測された。

これで死ぬことになると思うと、臼淵大尉や森少尉だけでなく、すべての人間が、それぞれ感慨無量であった。

伊藤はひとり長官公室にこもり、黙考していた。

絨毯《じゅうたん》を敷き詰めた広い部屋に、ひとりでいるのは、淋しくないかという人もいたが、伊藤は孤独が好きだった。ここまで来たら部下にすべて任せるしかないのだ。

伊藤はある意味で悟りの境地であった。

伊藤の手元には、戦艦「武蔵」の艦長、猪口敏平少将の遺書の写しがあった。

「海軍はもとより、全国民に絶大の期待をかけられたる本艦を失うこと、まことに申し訳なし。本海戦において申し訳なきは対空射撃の威力を十分発揮しえざりしことにて、これは各艦とも下手のごとく感ぜられ、自責の念に耐えず。本日も相当多数の戦死者を出したり。これらの英霊を慰めてやりたし。本艦の損失は極大なるも、これがために敵撃滅戦に些少でも積極的になることはないかと、気にならぬでもなし。いままでのご厚情に対して心からお礼申す」

大要、このようなことが書かれてあった。対空砲火が役に立っていないことが、やはり気になった。

「大和」はその反省にたって機銃を強化したが、「武蔵」と極端に違うはずもなく、飛行機からの攻撃には、打つ手なしといってよかった。

伊藤を補佐する第二艦隊の森下信衛《のぶえ》参謀長は、せわしげに、長身の体を動かしていた。森下は山本五十六から教わったブリッジが得意だった。伊藤とはすべての面で好対照で、人を集め、ワイワイ騒ぐのが好きだった。ときおりパッと霊感がひらめくこともあった。気を紛らわすためか、セカセカと応急指揮所や艦橋、士官室などを回っていた。

有賀艦長は第一艦橋の艦長席に座って、じっと夕焼けの海をながめていた。

有賀は昨夜、ガンルームで若い連中から胴上げされ、頭をポンポン叩かれた。彼はもともと天衣無縫《てんいむほう》の性格だった。駆逐艦の艦長時代は、母港に帰るとさっさと上陸して、料亭に行き、芸者をあげて飲み、遊んだものだった。それでいて出航前日には誰よりも早く艦に戻った。

海軍は言葉が特殊で、料亭はレスといい、芸者はエス、童貞はブァー、モテモテはＭＭＫ、振られてばかりいるのはＦＦＫなどと隠語でいった。

それもすべて、終わりであった。

若い奴らは可哀相だなぁ。とにかく「大和」を沈めてはならん。有賀は帽子を取って頭をなでた。

副電測士、吉田満少尉は上部電測室で勤務についていた。

艦隊の先鋒はようやく水道の半《なか》ばに達せんとす。

これより敵地に入る。右に九州、左に四国、しかも制海、制空権を占めらる。

各艦位置は「大和」を中心に、「矢矧」を後尾とし、開距離《ひらき》二千五百メートルに散開せる夜間対潜警戒航行隊形なり。

潜水艦に対し電波哨戒を始む。徹宵《てつしょう》哨戒なるべし。

ただ全力をもって戦わんのみ。(『戦艦大和ノ最期』吉田満著)

吉田は日本国を守る決意で「大和」に乗艦していた。

吉田は『戦中派の死生観』(文藝春秋)のなかで、このときの心境を語っている。

「学徒出陣で海軍に入った私は、少尉として戦艦大和に乗組み、昭和二十年四月、二十二歳で沖縄特攻作戦に参加した。大学時代は、平均的な学生として過ごした。聖書は時々読んだが、それまで教会に行った経験はなかった。戦争の本質や、自分が戦争に参加する意味について、艦上勤務のあいだに、苦しみながらくり返し考えたが、納得できる結論はえられなかった。しかし内地に残してきた日本人の同胞、とくに婦女子や老人と、祖国の美しい山野を、ふたたび平和が訪れる日まで護ることができるのは、われわれ健康な青年であり、そのため命を捨てることがあってもやむをえないと、自分には言いきかせるように努めた」

学徒出身の予備士官のなかで、吉田の考えは明快であった。そこには鉄拳をふるわれながらも、臼淵大尉に憧憬をいだく吉田少尉の姿があった。

対潜関係員は配置につき、艦首が切る波は左右に広がり、その波頭で夜光虫が怪しく光った。

夜半、「敵潜水艦らしきもの発見」の情報が流れた。

「逆探、二方向に米潜水艦らしきもの探知、電探を同方向に指向せば、同様、微感度あり」

吉田少尉にも緊張が走り、艦橋は慌ただしくなった。しかし間もなく潜水艦はキャッチできなくなった。

どうやら振り切ったようだ。特攻艦隊にホッとした空気が流れた。

米第五八機動部隊

(一)

米第五八機動部隊のミッチャー提督は四月六日夜半、九州沖を哨戒中の味方の潜水艦二隻から、「日本機動部隊、発見」の知らせを受けた。

アメリカの潜水艦「スレッドフィン」は、豊後水道の周辺にひそんでいた。

この日、「スレッドフィン」の乗組員たちは、飛行機が上空を盛んに飛んでいることに気づいた。突然、一機がすぐ上に現われたので、艦長のジョン・フート中佐は、ただちに深く潜航した。

しばらくすると、今度は七機が編隊を組んで飛び始めた。

「これはなんかあるな」

ジョン・フート艦長は顎をなでた。

「スレッドフィン」の東方には新鋭潜水艦「ハッフルバック」がひそんでいた。さらに一五隻の潜水艦が九州方面に潜伏していて、一部は撃墜されたB29の搭乗員を拾うために配置されていた。

潜水艦にとって怖いのは、駆逐艦と飛行機である。しかし、アメリカの潜水艦隊が南方からの日本の輸送船団を徹底的に叩いてしまったので、日本海軍は燃料がなくなり、艦艇は動けず、特攻機を除いては飛行機も飛ばない。米潜水艦隊は、まったく手持ちぶさたであった。ただ油断は禁物である。この一ヵ月の間に二隻の潜水艦が沈められていた。

潜水艦の任務は地味であった。海にもぐって、じっと敵を待つのである。因果な商売だと、ジョン・フート艦長は思っていた。

艦長は少し浮上して潜望鏡を上げ、周囲を見渡した。すると二隻の掃海艇が豊後水道に爆雷を投下し始めた。

「大物がここを通る前触れだな。しっかり見張れ」

艦長は下知を飛ばした。

夜に入って「スレッドフィン」は、高速で走ってくる推進機音を捕捉した。レーダー付き夜間望遠鏡によって距離は六マイル強（約一〇キロ）であることが分かった。

「浮上するぞ」

艦長は叫び、思い切って浮上してみた。

驚いたことに、そこには何隻かの艦艇の姿が見えた。一番近い艦は五・三マイルの距離にあった。そして二分後には、それが大型艦二隻と小型艦四隻以上の艦影であることが分かった。一隻はとてつもなく巨大な軍艦である。

「用意、用意ッ」

ジョン・フート艦長は魚雷発射の用意を命じた。

一番近い艦が四マイル以内に近づいた。日本の艦隊はまだこちらの様子に気づかないようだ。獲物を目の前にして艦内は興奮に包まれた。しかし敵はどんどんスピードを上げていく。潜水艦の泣きどころはスピードが遅いことであった。

「スピードを上げろっ。もっと速く、もっと速く」

艦長が叫んだが、一九・五ノットしか出ない。敵は二五ノットである。

敵艦を攻撃する場合は、グアムにいる太平洋潜水艦部隊司令官、チャーリー提督に発見報告をして攻撃許可をもらうのだが、それがなかなかつながらないのだ。そのうちに敵艦隊は魚雷の射程距離から外れてしまった。相手に追いつくには、こちらの速力があまりにも遅いのだ。

おかげで日本の特攻艦隊は潜水艦から逃れ、間もなく七日の朝を迎えようとしていた。

日本の艦隊が沖縄に向かっているという情報は、米国海軍の各艦艇にあまねく行き渡っていた。潜水艦からの電波を傍受したためである。

沖縄の米第五八機動部隊は、日本の神風特攻機に悩まされていた。

三月三十一日、一機の〝カミカゼ〟がスプルーアンス提督の総旗艦「インディアナポリス」に突入し、その爆弾は数層の甲板を貫通し、艦体に大穴を開けた。将旗は戦艦「ニューメキシコ」に移された。「インディアナポリス」は、はるばるメーア・アイランドの海軍工廠に送られた。

　四月六日の朝には約二百機の特攻隊が九州基地から飛来し、北方警戒の駆逐艦「ブッシュ」と「コルフーン」に、それぞれ三機が突っ込み、二隻は沈没した。さらに輸送駆逐艦と戦車揚陸船、各一隻が撃沈され、弾薬輸送船二隻が粉砕、炎上した。

　この日の特攻はすさまじく、米軍は大いに狼狽した。自分を犠牲にして突っ込んでくる特攻機の凄さには、身の毛もよだつ恐ろしさがあり、何人もの水兵が神経に異常を来《きた》した。

　米国海軍は持てる戦闘機をみな飛ばし、雨霰と撃ち出す対空砲火によって防戦したが、完全に防ぐことはできず、一日じゅう特攻機に振り回された。

（原爆が必要だな）

　特攻による犠牲者の報告を受けるたびに、米国政府首脳は一日も早い原爆の完成を期待するのであった。歴史の皮肉はここにあった。

　特攻は日本にとって、起死回生の逆転勝利を生むものではなく、原爆という巨大な破壊をもたらすキッカケになったのである。

　沖縄に向かいつつあるという一〇隻前後の日本の艦隊は、特攻機に比べれば、くみしやすい相手と沖縄の米国海軍は判断していた。旗艦は「大和」であることもすぐに分かった。日本軍にはもう「大和」しか残っていなかったからである。

　潜水艦から急報を受けた米第五艦隊司令長官・スプルーアンス提督は、デイヨ少将指揮下の支援部隊に対し、攻撃命令を出した。

「日本艦隊が本国に帰れない距離までおびき寄せ、我が艦隊の砲火で撃沈させてやる」

デイヨ少将は艦隊決戦を目論んだ。飛行機に邪魔をしてもらいたくはなかった。

夢にまで描いた艦隊決戦である。

デイヨ少将は、自分の戦争ができると腕をなでた。艦乗りとしては当然といえば当然であった。

（二）

「冗談じゃない。俺の飛行機で沈めてやる」

第五八機動部隊のミッチャー中将は、「大和」発見の知らせを受けるや、間髪いれず空母群を北上させた。

スプルーアンス提督から、デイヨ少将麾下《きか》の戦艦二隻、巡洋艦二隊、駆逐艦二〇隻で「大和」を沈めると聞いたが、ミッチャー中将は、「ノー」といい放った。

米第５艦隊司令長官・
スプルーアンス大将

ミッチャー中将はパイロット出の冷徹な戦術家であった。

どうして今回に限って、提督はロマンチックになったのか。

ミッチャー中将は理解に苦しんだ。

艦隊同士が決闘をするなどというゲームを、楽しんでいる暇はないのだ。第一、ミッチャー配下のパイロットたちは、戦艦「大和」を倒す訓練を何日も続けてきたのだ。そのチャンスを艦隊に譲る？　冗談じゃない、彼らは口々にいった。

「大和」こそは最後の獲物なのだ。パイロットたちは興奮のあまり、すっかり饒舌になっていた。待ちに待った獲物が飛行機の援護もなく、ノコノコ出てきたのには、正直、驚いた。

「一億総特攻？　それは御免だぜ」

そういいながらも、パイロットたちは自分が一番乗りを果たし、「大和」に魚雷や爆弾を叩きつけることを夢見ていた。周りにいる空母は一二隻、大機動部隊である。

この広い海からまず「大和」を見つけ出すことだ。

夜明けとともに、予備の燃料タンクを積んだヘルキャット三個隊が、扇形捜索をするために飛び立った。空は濃い雲に覆われ、雨が視界を遮った。

「幸運を祈る」

空母「バンカーヒル」の艦橋で、ミッチャー中将はつぶやいた。

八時過ぎにウィリアム・エスック中尉の率いる一隊が、高度三万五〇〇〇フィートで、五マイル前方に軽巡一隻と駆逐艦七、八隻を伴った「大和」を発見した。

針路は佐世保というので、一瞬、失望したが、後続の飛行機から針路は沖縄と連絡が入り、空母部隊に喚声がわいた。

目標の上空は晴れで、視界は五ないし八マイル。まあ普通の条件である。

――「大和」には気の毒だが、これで「大和」の運命は決まったようなものだ。

ミッチャーは思った。しかし、いくら何でも「裸の王様」ではないだろう……。

そのうち九州から直掩機が飛んできて、掩護するだろうと判断した。しかし、次々に入ってくる無電では、飛行機がまったく見当たらないというのだ。ミッチャーは、そんな馬鹿なと思いながら、観測を続けさせた。

九州に逃げ込むには遠すぎる距離まで、引きずり込むことが大事だった。

あと一時間、「大和」をこちらに向かって走らせる必要があった。あまり遠距離から攻撃をすると、飛行機が燃料切れを起こして、帰艦できない恐れが十分にあった。今までも、それで何機も失っていた。

今日は相手に飛行機がない以上、そう慌てることもない。

各空母の甲板では整備員たちが、エンジンの調整に余念がない。出撃するのは、第一陣が「サンジャシント」「ベニングトン」「ホーネット」「ベローウッド」「エセックス」「バターン」「バンカーヒル」「キャボット」からの攻撃隊だ。パールハーバーのお返しを、たっぷりしてやらねばならない。

「『大和』を沈めてやるぞ」

カーチスSB2C急降下爆撃隊のヒュー・ウッド少佐が叫んだ。

午前十時半。

米第58機動部隊指揮官・ミッチャー中将

パイロットたちは緊張した表情で飛行機に駆けのぼり、爆音を響かせて発艦した。「サンジャシント」ほか七隻の各空母から戦闘機一三二機、急降下爆撃機五〇機、雷撃機九八機がまず飛び立った。

雲の峰に入ったF4Uボートコルセア一機が錐もみとなって海に落ちた。墜落の原因が不明で、パイロットは脱出できなかった。

——気の毒だが、ここは戦場であり、戦死者が出るのは避けられないことだ。

ミッチャーは、編隊を組んで飛び去っていった飛行機の無事を祈った。

続いて「ハンコック」の五三機、「イントレピット」「ラングレー」「ヨークタウン」の一〇六機が発艦した。空母を飛び立った攻撃隊は、北に針路を取った。

実に多くの種類の飛行機が飛んでいた。

カモメのような羽根をしたF4Uボートコルセア戦闘機、一〇〇〇ポンド爆弾を積んだカーチスSB2C急降下爆撃機、ずんぐりしたグラマンF6F戦闘機。胴体の太いTBF-1アベンジャー雷撃機は、重さ一トンの魚雷を積んでいた。

このうち何機かは「大和」の対空砲火にやられるだろう。そうはなりたくないもんだ。パイロットたちの心の中は共通していた。

間もなく日本艦隊がレーダーに現われてきた。

慶良間《けらま》列島から飛来した二機の飛行艇が雨雲のなかを忍びよって、日本艦隊を映像で捉え、それがいくつかの小さなスクリーンに表示された。

つぎつぎに魚雷を投下する米雷撃機TBFアベンジャー

突然、「大和」の後部砲塔からぱっと煙が上がった。そして、数秒後に巨大な黒煙が上がり、機体が揺れた。「大和」が主砲を放ったのである。

「気づいたぜ」

ドッグ・エイト機のディック・シムズ大尉は、舌打ちして急いで雲間に逃れた。

ドッグ・テン機のジム・ヤング大尉は、雲間から出たり入ったりしながら執拗に敵艦隊に食らいついていた。

「これで奴らも終わりだぜ」

「まったくだ。飛行機もつけずに、どういう神経をしているのかね」

「奴らの考えていることは、さっぱり分からん」

「『大和』も囮《おとり》じゃないかね」

「その間に、カミカゼが沖縄に飛んでくる算段かい？」

「そういうことだ」

「それにしても、もったいねぇなぁ」

「むざむざ『大和』を沈めるとは、まったく分からん話だ」

「大和」を眼下に見ながらシムズ大尉とヤング大尉は、納得しがたい顔で会話を交わした。

両大尉がいうように、神風特攻機が相打ちの形で迫ってくることも十分に考えられた。

米第五八機動部隊は、カミカゼの対策を練ってきた。まず水上レーダー警戒艦を増やし、最前方に戦闘空中哨戒隊を配置した。沖縄周辺にレーダー・ステーションを増設し、特攻機をかわす操艦技術も著しく向上したが、完全に防ぐことは無理だった。

つい三日前にもひどい犠牲を出した。

この日、駆逐艦「コルホン」は沖縄北方で警戒中、慶良間列島に停泊している米輸送船団に特攻機が接近したのを知った。弾薬輸送船「ローガン・ビクトリー」に一機が体当たりし、弾薬が爆発、船は一日じゅう燃え続け、夕方、沈没した。

「コルホン」も攻撃を受け、何機かを撃ち落としたが、一機が上甲板に体当たりし、大火災が発生して、沈没を余儀なくされた。同じ警戒艦の「ブッシュ」にいたっては、艦体をほとんど二つに分断され、これも水深六〇〇メートルの海底に沈んでしまった。

日本軍のパイロットの技量が低下し、正確に突っ込んでくる飛行機は減ったが、何割かは米軍の心胆を寒からしめる度胸で襲ってきた。

同じ人間とは思えないやり方だった。これで命を落としては敵《かな》わない。一日も早くバカげた戦争を止めさせることだ。米軍の兵士は、そう思いはじめていた。「大和」を沈めれば、日本人の士気もがくんと落ちるだろう。何がなんでも沈めてみせる。ミッチャー中将は改めて自分にいい聞かせ、そろそろ時間かなと時計を見た。

時計の針は、午前十一時を指していた。

対空戦闘開始

(一)

「大和」の副電測士・吉田満少尉は、徹夜で警戒に当たっていた。


これより敵地に入る。右に九州、左に四国、しかも制海、制空権を占めらる。

潜水艦に対し電波哨戒を始む。徹宵哨戒なるべし。

ただ全力をもって戦わんのみ。

上部電探室に行く。電源の熱気に蒸《む》せ返り、人いきれ苦し。当直非番の兵、四名、暗き一隅に折り重なって眠る。

彼らが肉体、なお幾時間の生命を保つか。数時間、はた十数時間か……。

逆探、二方向に米潜水艦らしきものを探知、電波を同方向に指向せば、同様微感度あり。


吉田の記録『戦艦大和ノ最期』の冒頭に近い部分である。電探室は、がぜん忙しくなった。

間もなく通信科敵信班が、米艦よりサイパンにあてた詳細な報告電を傍受した。

「大和以下九隻、コース一九〇度、速力二五ノット」

米軍がしきりに交信している。それがどんどん入ってくる。

電文は日系二世の太田孝一少尉の手で翻訳され、ただちに艦隊の各艦に報告された。

七日早朝、「大和」は大隅海峡を通過、西南に進んだ。

このころ、鹿児島の鹿屋《かのや》航空基地では、連合艦隊参謀長の草鹿龍之介が、空を見上げて苛立っていた。外はひどい雨だった。パイロットの技量の低下はひどく、天候が悪いと飛べないのだ。

第五航空艦隊司令長官の宇垣纏《まとめ》中将も「大和」を思って暗澹としていた。

伊藤中将の長男を含めて一五機の戦闘機を護衛に出すことにしていたが、この分では駄目かもしれないと思うと気が重かった。

「大和」が敵潜水艦に捕捉されたことは、鹿屋基地にも知らされていた。

沖縄の機動部隊から何百という艦載機が飛来して、「大和」を襲い、結局は「武蔵」の二の舞いになることは火を見るより明らかである。なぜこうした馬鹿げた作戦を実施したのかと、荒れ模様の空を見上げながら、宇垣は改めて思った。

幸いなるかな、五時ごろ、一瞬の晴れ間があった。

「いまだ、行けッ！」

宇垣は零戦を発進させて、安堵した。

彼は「大和」の上空掩護を命じただけで、交戦は禁じた。

「大和」にも連絡が入り、六時すぎに待望の直掩機が飛来した。

副官の石田少佐の手記には、「申し訳なさそうに飛来した」とある。たしかに一五機程度の直掩機では、そんなものであったろう。

一番副砲の三笠逸男砲員長の記録には、「六時ころより戦闘機八機が直衛として飛来したが、それも九時を過ぎると大きく左右にバンクしながら視界から消えていった」とある。またほかに、七時ごろ零戦十機が飛来し、その後、零戦一二機が交代して直衛についたという証言もある。

伊藤はこの戦闘機のなかに長男がいることを知り、感無量だった。

息子は軍人である。だから遺書は書かなかった。親父の死出の航海を空から見つめる息子の心情を思うと、伊藤は目頭が熱くなるのを禁じえなかった。

このころから天候が一段と悪くなった。上空の雲はますます多くなり、小雨が降り出した。こうなると敵機が見えにくくなり、「大和」の主砲は役に立たなくなる。九時ごろから、はるか水平線の雲の切れ目に敵のマーチン飛行艇が現われた。マーチンは、ぴったりとくっついて離れない。砲術長が決断し、主砲を放ったが、彼我の距離は目測で五万ないし六万メートルもあり、残念ながら敵機はびくともせず、悠々と飛び続けた。このころ駆逐艦「朝霜」が機関故障を起こして脱落し、みるみる視界から消えていった。

昼になり、戦闘配食があった。

艦橋にいた吉田少尉は壁によりかかり、片手に皿、片手に握り飯を持って、気忙《きぜわ》しく食事をとった。これが最後の食事かと思うと、胸が詰まった。銀飯を腹に詰め、湯飲みになみなみと紅茶をついで飲んだ。

有賀艦長が「副電測士」と呼んだ。

吉田が驚いて「ハイ」というと、

「貴様はひとり息子だろう」

と、いった。

「そうであります」

「うん、後顧の憂いなしと書いてあったが、どうなんだ」

「心配ありません」

「本当にいいのか」

「はぁー」

といって、吉田は言葉に詰まった。改めて聞かれると両親の顔が瞼《まぶた》に浮かび、自分が死んだら悲しむであろうと思うと、急に言葉が出なくなった。すると有賀艦長は、悲しみをたたえた目で吉田を見つめた。吉田は、艦長から心暖まるいたわりの言葉をかけてもらい、感激した。

伊藤長官は終始、無言であった。

出撃後は第一艦橋の右前部の長官席に座り、警戒序列、之字《のじ》運動形式、速力、変針、一切を有賀艦長にゆだね、森下参謀長の上申にも、ただうなずくだけだった。

吉田には、それは愚劣な作戦に対する、伊藤長官の無言の抵抗のようにも見えた。

だが、伊藤自身は必ずしもそうではなく、この期に及んでは部下を信頼し、全将兵とともに、最期まで戦うという心境であった。ただし最期が迫ったときは、いち早く退艦命令を出し、できるだけ多くの兵に日本へ帰ってもらいたいと思っていた。

自分は「大和」と運命をともにすることは、とうに決めていた。いざという場合、退艦命令をいつ艦長に出すかということが、伊藤の仕事であった。

「どうやら午前中は無事にすんだな」

伊藤がいうと、皆うなずいて笑顔を取り戻した。吉田もほっとして伊藤の顔を見つめた。

一二二〇（午後十二時二十分）、対空用電探が、大編隊らしき三つの目標を捉えた。

電探室長の長谷川兵曹が、

「接近してくる！」

と、声をあげ、ただちに艦隊各艦に緊急信号が発せられた。

対空戦闘迫る。

探知方向に対し、各部見張りを集中す。

おりしも小雨霧のごとく洋上に立ち込め、視界の不良、ここに極まる。

かくて米機の発見は、恐らく同時に襲撃の開始とならん。

一二三二（十二時三十二分）二番見張り員の蛮声。

「グラマン二機、左二五度、高度八度、四〇《よんまる》（距離四〇〇〇メートル）右に進む」

たちまち肉眼で捕捉、雲高は一〇〇〇ないし一五〇〇メートル。

機影発見するも至近に過ぎ、照準至難、最悪の形勢なり。

副電測士・吉田満少尉は、固唾《かたず》をのんで空を見上げた。

「対空戦闘に付け！」

戦闘準備の命令が下った。雲の切れ間から大編隊が現われ、大きく右に旋回した。

機銃員の小林昌信上等水兵は鉄兜をかぶり、戦闘服に身を固め、右二十五番機銃の戦闘配置に付いていた。

厚い雲間からTBFアベンジャー雷撃機と、カーチスSB2Cヘルダイバー急降下爆撃機、それに加えてチャンスボートF4Uコルセア戦闘機、グラマンF6Fヘルキャット戦闘機など何種類もの敵機が、五機、一〇機、五〇機、一〇〇機と「大和」に迫ってきた。

耳を劈《つんざ》く金属音である。右に左におびただしい敵機である。

「撃ち方、始め！」

の声とともに高角砲、三連装機銃、二連装機銃が火を噴いた。

ヘルダイバーは「大和」の上空一五〇〇メートルから急降下して爆弾を放つ。

戦闘を開始して間もなく、後部艦橋の軍艦旗を掲げるところと副砲の間に、二発の爆弾が続けざまに命中した。

「グワン」という衝撃とともに、血の付いた鉄の破片が広く飛び散った。

「くそッ」

小林上等水兵は歯を食いしばって機銃を撃ち続けたが、敵パイロットの技量は驚くほど高度で、なかなか落とせない。これほど当たらぬとは信じられぬ思いだった。高角砲も同じで、飛行機対戦艦の戦いは、明らかに我に不利だった。

「敵は雷爆混合、雷爆混合！」

「敵は二百機以上、突っ込んでくる！」

見張員も金切り声を上げて叫ぶが、もうどうにも対処できない。

戦闘開始早々に直撃弾を受けたのは、臼淵大尉が守る後部副砲指揮所であった。吉田が戦後、調査したところでは、空母「バンカーヒル」から飛び立ったヘルダイバーか、空母「ベローウッド」のヘルキャットから投下された五〇〇ポンド爆弾であった。顎を引き、肩を怒らせた得意の姿勢で前方を睨んでいた臼淵は、まったく予期せぬ後方からの爆弾で、一片の肉片も、一滴の血も残すことすらなく消えてしまっていた。戦闘の最中である。誰もそこを見に行くことは叶わない。総員戦死と分かったのは、しばらく後になってからだ。

小林上等水兵が目撃した血の付いた鉄の破片が、あるいは臼淵大尉のものであったかも知れなかった。

敵の爆撃機は前後左右から「大和」に向かって突っ込み、射撃指揮所に機銃を打ち込んだ。

爆弾を投下したあとは、

「キーン」

という爆音を残して、左右に飛び去っていく。なぜ「大和」の高角砲や機銃が当たらないのか。皆が悔しがったが、被弾する敵機は数えるほどであった。しかし当たったときの様子は凄かった。

敵機はパッと火を噴き、まっさかさまに海に落ちる。パラシュートが開いて、ゆっくり落下していくパイロットの姿もあった。

「ざまあみやがれ」

機銃員たちは、そうつぶやきながら撃ち続けた。

爆撃に気を取られていると、今度は魚雷である。雷撃機は七、八〇〇メートル離れた海面にふわりと投下し、悠々と反転していく。水面に白い糸を引いたように、数本の魚雷が迫ってくる。これを避けるには的確な見張りと艦長の指揮、航海長の操艦が鍵だった。

有賀艦長は、艦の全貌が見渡せる吹きさらしの防空指揮所に上り、すさまじい怒声でがなり続けた。

「面舵《おもかじ》いっぱい！」

「取舵いっぱい、急げ！」

敵機は艦長をめがけて機銃を放ってくるが、有賀は仁王立ちになってそれをにらみつけた。

「大和」が一五万馬力を全開にし、最大速力二七ノットで必死に回避する姿は壮絶だった。

味方の直掩機があればと何度も思ったが、現われる気配はまったくない。艦長が必死に声をはりあげ陣頭指揮したにもかかわらず、ついに左弦前部に魚雷一本を食い、艦内に轟然と衝撃が走った。

こうして敵の第一波攻撃は終わった。

(二)

そのとき、甲高い声で「後部電探室、被弾！」の伝令が艦橋に届いた。

吉田少尉が艦橋後部のラッタルを駆け下りんとすると、手すりに肉片がこびりついている。被害が大きいことがすぐに分かった。だが、敵の攻撃がいつまた始まるか分からない。そんなことに構ってはいられない。

二〇メートルのラッタルを一気にすべり降りると、硝煙が鼻をついた。煙突下部で後部副砲射撃指揮所の助田少尉に会った。白鉢巻が血で真っ赤に染まっている。辛うじて杖に縋《すが》って歩いている。全滅と聞いたが、助田少尉だけは助かったらしい。

後部電探室にたどりついて、吉田は足がすくんだ。

あの堅牢安全といわれた電探室が真っ二つに裂け、瓦礫《がれき》のように備品が散乱し、人体がバラバラになって壁に付着し、一体、どれが誰だか見分けようもない。ここには十二人がいたはずだったが、どれが首、どれが足かの見分けもつかないほどの惨状だった。焦げた肉片が異様な臭いを放ち、これは地獄の光景だった。戦死者はひとりとして、人間の形を残していないのだ。吉田は、いまにも倒れそうになる自分に活を入れた。

「大和」が飛行機を相手に戦えない代物であることは、この一時間たらずの第一波攻撃でもはや明らかとなった。「大和」の主砲がまったく使えないのだ。

主砲には対空三式弾が装備されていた。

この砲弾は、中に六〇〇〇余の焼夷弾が詰まっており、空中で炸裂すると、弾子が飛散し、長さ一〇〇〇メートル、幅四〇〇メートルの円錐形に広がって、そのなかに入った敵機をすべて粉砕する威力を持っていた。

主砲の最大射程距離は四万二〇〇〇メートルである。だから敵機が現われたらすぐ主砲を撃てば、敵の編隊を壊滅させることも理論上は可能であった。一砲塔に九〇発、全部で二七〇発を持っていたが、雲が垂れこめていては視界が利かず、肉眼で発見したときは、敵編隊はもう目前に迫っていて、もはや手の打ちようがなかったのだ。主砲関係者はただ呆然として、敵機のなすがままに見ているしかなかった。

「何たることだ」

砲術関係者は、顔面蒼白となった。

「矢矧《やはぎ》」も集中攻撃を受けていた。

午後十二時半ごろ、「矢矧」艦橋に見張員の怒声が響き渡った。

「敵機、三万メートル、反航！」

「敵は二〇機、三〇機、大編隊、数百機、向かってくる！」

見張員も目測なので正確に数える術はない。雲霞《うんか》のごとき大編隊に、思わず数百機と叫んでしまった。

「砲撃、始め！」

艦長・原為一大佐が怒鳴った。海も空もまたたく間に火焔、火柱の修羅場と化した。

「矢矧」は敵の猛攻を避けるため、激しく旋回を繰り返しながら砲撃した。何機かを撃ち落としたように思ったが確認は取れない。一分でも二分でも長く引きつけることが、「矢矧」の使命であった。その分、「大和」が助かるのだ。「矢矧」は囮に徹して撃ちまくった。

相手はどういう状況だったのか。

米軍の第一次攻撃隊は、「大和」の対空砲火を浴びながら命がけの戦闘だった。ヒュー・ウッド少佐の率いるヘルダイバー急降下爆撃隊四機は、「大和」の対空砲火があまりにもすさまじいため、後方から接近を図った。敵の意表を突いた攻撃はまんまと成功し、「大和」の後部に爆弾を投下することが出来た。そのとき、ヒュー・ウッド少佐は爆弾投下の直前、搭乗機に機銃弾が当たったのが分かった。燃料パイプのうち二本が切れ、左の降下用フラップが損傷した。それでも見事、爆弾投下に成功し、艦橋すれすれにかすめた後、振り返ると、「大和」の煙突の横から煙が噴き上がるのが見えた。ヒュー・ウッド少佐は慎重に操縦し、燃料を漏らしながらも無事、帰艦することが出来た。しかしジャック・フラー少尉の場合は不運だった。降下に入ったとき、敵弾を受け、片方の翼が吹き飛んだ。海に突っ込む前にパラシュートが開いたが、救助されることはなかった。

他のヘルダイバー六機は駆逐艦に狙いを定め、攻撃し、「ホーネット」の戦闘機隊は、機銃で駆逐艦を掃射した。これは効果があり、駆逐艦の舷側や上部構造物から灰色の煙が上がった。

昭和20年４月７日、米機と戦闘中の「大和」(奥)と「冬月」

「大和」は正直、近寄るのは怖く、「ホーネット」のヘルダイバー隊は雨霰《あめあられ》と撃ち出される機銃弾を浴びて四機が失われた。一機は帰路、海上に不時着し、三機は上空で火を噴き、搭乗員はパラシュート降下しなければならなかった。米軍の第一次攻撃は、多分に犠牲を伴うものであった。(『戦艦大和の運命』ラッセル・スパー著、左近允尚敏訳、新潮社)

第一波が退去して一二分後の午後一時二分、「大和」のレーダーは約五〇機を三〇キロの距離に、ついで七〇機、いや一〇〇機以上の大編隊を捉えた。

これは一二六機の第二次攻撃隊であった。

第八分隊機銃員の小林昌信上等水兵は、右二十五番機

銃のそばに立って、第二次攻撃隊を待ち受けた。

左横から雷撃機が飛来し、それに向って撃ちまくっていると、今度は右上空から戦闘機や爆撃機が舞い降りてくるといった具合で、「大和」は百以上の敵機に襲われた。爆音が耳をつんざき、対空砲火の煙で空が見えなくなるほどだった。敵戦闘機は機銃の台座を狙って、低空からびゅんびゅんと銃弾を浴びせてくる。小林は必死で弾倉《たま》をこめては抜いた。空を見上げている暇はない。自分の体に敵弾が当たらないのが不思議なくらいだった。

射手は死にものぐるいで撃ち続けるが効果はなく、敵機は右から左から襲ってきては魚雷を放ち、逆さ落としに爆弾を投下した。その帰りに決まって機銃を浴びせていった。

「大和」は敵の猛攻を防ぎきれなくなっていた。

何発も魚雷を食い、爆弾が甲板のあちこちに炸裂した。そのたびに「大和」はグラグラと揺れ、爆発音が響き渡った。第一波とは桁違いの激しい攻撃である。あちこちに戦死者が放置され、首や手足のない遺体が散乱し、もはや地獄であった。

「わあぁぁ」

射手は絶叫しながら撃っていたが、突然、バリバリと横から敵機の猛射を受け、吹き飛ばされた。

「ちきしょう！」

小林が代わって機銃にしがみつき、撃ちまくった。自分の銃弾が当たったのか、敵機が真っ逆さまに海に落ちていった。身震いする興奮を覚え、思わず快哉の声を上げた。

「ガンガンガン」

突然、轟音が轟き、いったい何が起こったのか、咄嗟《とっさ》には分からなかった。額から鮮血が流れている。目をこすってよく見ると、二五ミリ三連装機銃に敵の銃弾が当たり、使えなくなっていた。小林が残る機銃に飛びつき、撃とうとしたとき、右隣の轟《とどろき》上等水兵が、

「やられたッ」

といって昏倒した。見れば右大腿部に敵弾が貫通している。

「しっかりしろ」

小林は轟を抱き起こし、止血をして中甲板の医務室に運ぼうとした。だが、みるみる全身から力が抜け、息絶えた。こんな馬鹿なことがあってたまるか。

「トドロキッ、トドロキッ」

小林は夢中で叫び、その頬を叩き続けた。

ふと横を見ると、敵機が目の前に迫り、機銃を発射してきた。運悪く伝令の少年兵が甲板にいた。

「伏せろッ」

と叫んだが、聞こえるはずもない。少年兵は吹き飛ばされ、真っ逆さまに転落していった。甲板の上は修羅場であった。焼けただれた遺体、散乱する鉄兜。ドス黒い血が一面に流れ、衛生兵が応急手当てで走り回り、運用科の兵はホースを持って消火に当たっていた。

五番高角砲塔の坪井平次二等兵曹も必死に戦っていた。機銃群の被害が大きく、応射の威

力は衰えており、そこを狙って敵は執拗に攻撃してくる。魚雷も数発は食った。爆弾も食らった。

爆弾の破片が四方八方に飛び散っていた。甲板には胴体がちぎれ、手足がバラバラになった無残な遺体が散乱していると聞き、歯ぎしりして悔しがった。至近弾が落ちると、四〇メートルもの水柱が上がり、それがもの凄い勢いで落下し、甲板の機銃員を叩きつけ、屍体を海に流した。いまや敵機のなすがままだ。何とも形容のしがたい爆発音が間断なく腹に響き、

「大和」は少し左に傾き始めた。これはまずいと坪井二等兵曹は思った。

こちらが弱いとなると、米軍機はそこに付け込んで、ビュンビュン迫ってくる。敵搭乗員の顔がはっきり見える。あまり近すぎて高角砲が使えない。

突然、隣の十一番砲塔が静かになった。

「誰か見てこい！」

班長が叫んだ。

「全員戦死！」

「なに？」

「アメ公め！」

坪井は狂気の形相で、高角砲を撃ち続けた。

二十五ミリ機銃の三連装砲に直撃弾降り注ぎ、相次いで空中に飛散、もっとも高きものは

二十メートルに達し、数回転して轟々、落下したる。

身を置くに由なく修羅場なり。

機銃員の死傷多し。

被弾による断線のため電源断絶相次ぎ、必死の復旧作業も空しく、電動兵器は逐次無用の鉄塊と化す。

飛行甲板付近より白煙昇る。

艦の左右、前方水面に至近弾集中、しばしば林立せる大水柱内に突入す。

豪雨の雨脚に十倍する量、艦橋の窓も張り裂けんと奔入す。(『戦艦大和ノ最期』)

第一艦橋の吉田満少尉も、あまりのことに全身がワナワナと震えた。

学徒出身の予備士官のなかには、夢遊病者のように艦内を彷徨し、

「世界の三馬鹿、万里の長城、ピラミッド、大和!」

「少佐以上を銃殺せよ、海軍を救う道はこれしかない!」

と、絶叫する者もいた。いずれも以前から予備士官の間でいわれてきた言葉である。瞬間的に気がふれたに違いなかった。

「大和」は米軍の第二波攻撃で、決定的なダメージを受け、断末魔の悲鳴をあげて、のたうち回っていた。

「大和」の終焉

㈠

長官・伊藤整一は、身じろぎもせず長官席で沈黙を守っていた。

「大和」が沈むのは、もはや避けられそうもなかった。

日本海軍のシンボルである戦艦「大和」を、これほど無残に痛めつけ、これだけの人間を殺し、この作戦に何の意味があったのか。

世界に恥をさらしただけではなかったか。

魚雷が射ち込まれて「大和」がグラグラと震動し、爆弾が炸裂して機銃や砲塔が木っ端みじんに吹き飛ぶたびに、伊藤は「大和」と死んでいった部下たちに、心からわびた。わびてもわびても、許されるものでないことは、承知していた。しかし究極的にいえば、これは伊藤個人では、どうにもならない問題であった。戦争をはじめた以上、覚悟しなければならないことであった。

自分は、どうすべきか。それは明確であった。

現場の最高指揮官として、このような事態に陥ったことは、到底、許されることではない。自分は「大和」と運命をともにする。このことは、すでに出撃の前から決めていた。しかし部下は違う。ひとりでも多くを助けたい。その思いは刻一刻、強くなっていた。

特攻など元来、意味のない攻撃だったのだ。これを犬死にといわずに、何というか。伊藤は唇をかみ締めながら体を震わせた。そのとき、またも爆弾が投下され、第一艦橋にも鼻をつく爆風が流れた。

なんたる屈辱であろうか。敵のいいようにされている。伊藤は悲しみに耐えていた。

間もなく第三波が襲ってきた。

左真横より百数十機、驟雨《しゅうう》のごとく飛来した。

直撃弾数発が煙突付近に命中し、吉田満少尉が親しくしていた塚越中尉、井学中尉、関原少尉、七里中尉らが相次いで戦死した。機銃指揮官戦死の報が次々に第一艦橋に寄せられ、艦橋に悲鳴が起こった。艦橋を目指して投下した爆弾がことごとく外れ、機銃群に命中したためである。そのうち通信指揮室も爆破され、「大和」は左後方の「初霜」に、「通信を代行せよ」と、信号した。

午後一時三十三分、「大和」の右方向から雷撃機二〇機が迫ってきた。

有賀艦長が必死の操艦で、左に回避すると、今度は左から魚雷攻撃を受け、かわしきれず左舷中央部に魚雷三本が轟然と命中した。「大和」はどんどん傾いてゆく。

「総員、傾斜の復元に努めよ、早く直せ！」

有賀艦長が怒鳴った。

艦は七、八度傾いたが、右舷タンクに海水三〇〇〇トンを注入した結果、復元した。だが一時四十四分には魚雷二本がまたも左舷中央部に命中した。この結果、左に一段と傾斜した。傾斜を復元する場合、海水を注入するのだが、その場所には大勢の機関科員がおり、注水の一瞬、飛沫の一滴となって人間が砕け散るのだ。

目に見えない艦の深部でも数え切れない戦死者が出ている。これを地獄といわずに、なんというのか。

「水圧の猛威。数百の生命、辛くも艦の傾斜をあがなう」

吉田満少尉はこう記した。こうした犠牲を強いられながら彼らは必死に機関を調整し、速力はまだ一八ノットを保っていた。

続いて第四波が前方から飛来した。一五〇機以上の大編隊である。魚雷数本が左舷に命中し、ガガガーンと「大和」を揺さぶった。

敵機は魚雷や爆弾を投下して反転した後、艦橋に迫って銃撃を加え、飛燕のごとく飛び去っていく。憎いことに搭乗員の紅潮した顔がはっきり見えた。どれも歓喜の表情がありありと感じられた。

吉田少尉は呆然とこれを見つめ、米国人の底知れぬ迫力に驚嘆した。それは正確無比なスポーツのゲームを見ているような壮快感すらあった。

完敗であった。

そのなかで伊藤は身じろぎもせず、じっと前方を凝視していた。航海長はすっくと立ち、山森中尉は窓に上半身を乗り出して魚雷の航跡を追った。

それからは、何がどうなっているのか分からないほどの猛攻であった。

敵機は「大和」にとどめを刺そうと、ブンブン飛び回っている。それは狼やハイエナに襲われた年老いた象が、断末魔の悲鳴をあげて、必死に逃れんとするかのようであった。冷酷無比、残酷な光景であった。どこからが第三次で、どこからが第四次攻撃か、米軍の攻撃はもう区別もつかなくなっていた。

米軍機はサーカスもどきの軽業で、「大和」に襲いかかってきた。グラマン戦闘機隊が機銃掃射を加えつつ、「大和」の対空砲火を撹乱する。その間に、アベンジャー雷撃機が魚雷を放ち、コルセア戦闘機が爆弾を投擲し、ヘルダイバー急降下爆撃機が逆落としに「大和」へ突っ込んだ。

日本軍の特攻機の搭乗員は、生きる希望を失ったロボットのようでもあったが、米軍の搭乗員は、生きて帰ってこいと待っている大勢の仲間に支えられていた。救助のための潜水艦も近くにいた。それが彼らを大胆にさせた。

「大和」の対空砲火でやられ、翼に穴が空き、エンジンに被弾した飛行機もあったが、その多くは海上に不時着して救助されたり、よたよたしながらも空母にたどり着いた。

多数の魚雷と爆弾が命中し、舵も利かなくなっている「大和」の模様は刻々、ミッチャー提督に報告されていた。

「どうやら仕留めたようだな」

ミッチャーは満足していた。それにしても沈んだという無電はなかなかこなかった。

さすがは「大和」だと、ミッチャーは、その強靭さには敬意を表した。


「大和」の艦上は墓場と化していた。

右二十五番機銃の小林昌信上等水兵は、両端の二本の銃身で、敵機に立ち向かっていた。

突然、隣の内木水兵長が敵の銃弾を右肘に受け、鮮血が噴き出した。小林はあわててモンキースパナをもって行き、手ぬぐいを巻きつけて、スパナで何回もまわして止血した。その直後、今度は小林の右膝に銃弾の破片が食い込み、生暖かい血が噴き出した。

「なにくそッ」

小林は傷口をしばり、なおも機銃を撃ちまくった。しかし最上甲板にいる機銃員、高角砲の砲員は三分の一に減り、甲板上は死体の山だった。爆弾の炸裂による硝煙と、漏れだした重油で汚れ、兵員は皆、ドス黒くなって息も絶え絶えの状態になっていた。

第四波からは敵機のなすがままで、機銃を撃とうにも銃弾がなく、敵は蛇が蛙をつかまえるかのように、のんでかかって飛び回っていた。このなかで坪井二等兵曹の五番高角砲塔は、奇跡的に破壊されずにいた。しかし弾丸が切れ、撃つことは出来なくなっていた。こうなっては小林上等水兵も手の施しようがなく、敵の銃撃からいかに逃れるかの状態に追い込まれ

を渡そうとしていた。敵機はゴーゴーと爆音を響かせて右から左から、真上から飛来し、「大和」に引導

「大和」の速力は落ち、回避も鈍くなり、爆弾はやたらに命中した。爆煙は天高く上がり、

至近弾も雨霰《あめあられ》と落ち、海中からは茶褐色の水柱がドーンと上がり、甲板に滝になって砕け散った。

ひどく傾いた「大和」の上で、敵の機銃掃射を避けるのが精一杯になったとき、小林上等水兵は「大和」は間違いなく沈むと思った。

(二)

傾斜が二十度を超えれば、敵の魚雷を発見しても回避できなくなる。主砲は傾斜五度、副砲は十度、高角砲は十五度以上で、もう射撃はできない。弾丸があるなしにかかわらず、「大和」は戦艦として機能しなくなっていた。

艦長は心を鬼にして何度か注水し、

「総員、がんばれ!　総員がんばれ!」

と艦内拡声器で怒鳴り続けたが、がんばろうにも、もう何も出来ない。傷つきうめいている人々を、助けることもできない。やがて注排水指揮所との連絡は途絶えて、もはや傾斜を直す方法がなくなった。

もう射撃の音は完全に途絶え、魚雷や爆弾の命中の震動のみが「大和」を揺さぶっていた。

電気がすべて止まったので砲塔も動かない。機関科員の決死の努力で、速力は七ノットを保っていたが、舵も破損し、一方向に旋回するのみであった。

「航海長、艦を北向きにもっていけ！」

有賀が防空指揮所から叫んだ。人間は死ねば枕を北向きにする。

「艦長、もう艦は動きません」

茂木航海長がいった。魚雷、爆弾、ロケット弾、焼夷爆弾、機銃弾、ありとあらゆるものが降り注ぎ、「大和」は最期のときを迎えようとしていた。

「そうか」

有賀も「大和」の最期を悟った。

有賀は第一艦橋の森下参謀長に電話で伝えた。

「もうだめだな」

敵は鮮やかな連携プレーで、左舷、右舷、艦橋、艦尾と必中の雷爆撃を続けた。そして後方からの雷撃による舵の破損は致命的であった。

機銃砲塔も高角砲の砲塔も全壊し、艦橋下の臨時治療所も被弾して吹き飛び、軍医も怪我人も一瞬になぎ倒され、人体の一部が艦橋まで飛んできて垂れ下がった。

瓦礫と化した「大和」は、もはや沖縄に行くことも、日本に帰ることも出来ないのだ。

「大和」は敵機の単なる標的に過ぎなくなった。

副長・能村次郎大佐は、「復旧の見込なし」と伝声管を通じて艦長に伝え、「三千の人間をこのまま沈めていいのだろうか」と思い、防御指揮所から第一艦橋に駆け戻った。

第一艦橋はほとんど垂直に近い形で左に傾いており、何かにつかまらなければ立っていることは不可能だった。このとき、はじめて伊藤が長官席から身を離した。

「森下君」

伊藤は参謀長を呼び、皆がはっと見つめると、白手袋をはめた片手で双眼鏡の架台につかまり、厳《おごそ》かに敬礼した。

全員びしょ濡れで顔は蒼白であった。

「長官、もうこの辺でよいと思います」

森下参謀長がいうと、伊藤は、

「そうか、残念だったな」

といい、二人の協議は終わった。それから伊藤は、「私は残るから艦隊を集合してくれ」といい、先任参謀に、「山本参謀、駆逐艦を呼ぼう」と催促した。

「はい」

山本が答えると、伊藤は参謀たち一人ひとりと握手をした。

森下参謀長が、「長官、一緒に退艦いたしましょう」といった。

「私は艦とともに沈む。若い者は艦から降りて、国のために働いてくれ」

伊藤は皆を見渡した。

「長官、死んではなりません」

副官の石田少佐が叫ぶと、

「お前たちは若いんだ。生き残って次の決戦に備えてくれ。これは命令だ」

伊藤はそういって、艦橋下の長官休憩室に降りていった。全員、挙手の礼で伊藤を見送ったが、石田副官は伊藤の後を追わんとした。

「貴様は行かんでいい」

森下参謀長がぐいと引き止めた。

伊藤は長官休憩室に入るや堅く扉を閉じた。あとは参謀長や艦長が適切に処置してくれるに違いない。伊藤は傾いた椅子に腰を下ろした。

「すまなかった」

伊藤はまたもこの言葉を漏らし、天を仰いだ。軍令部次長として、この戦争を勝利に導くことができず、休戦の交渉も進めることができず、今回もまた無残な戦いをして、日本海軍の象徴である「大和」を沈め、多くの将兵を死に追いやった。その責任はあまりにも大きい。

伊藤の目に大粒の涙が浮かんだ。

伊藤はそれから、デスクの引き出しをあけて拳銃を取りだした。妻や子供たちの顔が浮かんだ。武人である以上、ほかに道はない。伊藤は拳銃を固く握りしめた。

事態は急を要していた。

防御指揮所、第一艦橋、防空指揮所の警報ブザーが鳴り、弾薬庫の赤ランプが点滅した。

断末魔の戦艦「大和」。多数の魚雷を受けた船体は左舷に傾きはじめている

このままでは「大和」は爆発する。しかし弾薬庫に注水する術もない。艦橋に残るのはわずかに十数名である。

「総員、最上甲板！」

有賀は怒鳴り、「御真影の処置はどうか」と、問うた。

主砲発令所の所長である第九分隊の服部大尉から、御真影は守ったという走り書きの応信があり、「よしッ」と、有賀が安堵の表情を見せた。御真影というのは「大和」に下賜された天皇、皇后両陛下の写真である。艦内でもっとも安全な主砲発令所に安置し、服部大尉がお守りすることになっていた。

もう全体で行動する余裕はなくなっていた。依然、米艦載機の攻撃は執拗に続き、艦はどんどん傾斜し、転覆は間近に迫っていた。

一人ひとりがどう行動するかにかかっていた。

五番高角砲員・坪井平次二等兵曹は、傾いた「大和」の右艦腹にはい上がっていた。

青黒い南海のうねりのなかで、「大和」は赤い艦腹を空にさらして、横倒しになろうとしていた。

午後二時二十五分、傾斜は四〇度を超した。

「バンザーイ、バンザーイ」

叫びながらひとり、またひとり、海に転落していった。

「大和」は急速に沈み始めた。

「大きな渦となって流れ込む海水の轟々とひびく音、艦の周囲にわき立つ白い波、ああ、大和もついに沈むのか。波が迫っていた。足元にひたひたと寄せてくる冷たい海水。ウワーッ、思わず声をあげながら巨体の沈下するドデカイ渦に巻き込まれはじめた。耳がゴーゴーとなっている。早い沈下である。くるくる木の葉のように回転する身体、夢中で水をかきわけ、水を蹴ろうとしたが、効果はまったくなかった。息がくるしくなってきた。頭がぼんやりしてきた。ナムアミダブツ、これまで神仏を拝んだことのあまりなかった私の両手が、自然に胸の高さであわさっていた。それが最後であった。私は意識を失った」

（『戦艦大和の最後』光人社）

坪井は沈没の瞬間を、こう回想している。

どれだけ時間がたったのか。坪井はふと、我に返った。

重油まじりの黒い波間に浮いている。ふと見ると、副長・能村次郎大佐の顔が見えた。四十代の副長ががんばっているんだ。自分もがんばるぞ。坪井は副長の方に向かって泳ぎだした。

その能村副長は「総員、最上甲板」の号令をかけた瞬間、「大和」が左舷に倒れ、一秒、二秒、三秒、大きな力で水に吸い込まれ、突然、紫電一閃、あたりが真っ赤になり、そこで記憶がとぎれた。しばらくして浮いている自分に気がついた。

奇跡的に生きていたのである。

機銃員の小林昌信も海の上にいた。小林は赤腹が見えだした舷側の上で、敵の機銃掃射を懸命に避けていたが、やがて傾斜が九〇度にも達し、「大和」は大震動とともに、どんどん傾いた。

「沈むぞ」

そう思った瞬間、ドーンという閃光が目に入り、空中に吹き飛ばされた。

小林も皆と同じように、そのまま意識が薄らいだ。

「昌信、どうした!」

どこからか母親の声が聞こえ、それから海面に叩きつけられ、「ハッ」と意識を取り戻した。目を開けて見ると、あたり一面、真っ黒な重油のなかに自分ひとりが浮いていた。それから周囲を見渡すと、あっちに二人、こっちに三人と生存者が見つかった。

皆が泳いで集まり、三人、五人と一かたまりになって、板切れやハンモックにつかまって、励ましあい、救助を待った。

戦艦「大和」の姿はもうどこにもなく、執拗に機銃掃射を続ける敵機だけが、上空を飛び回っている。

「大和」は沈んだのだ。

小林ははじめて「大和」の沈没を実感した。

戦艦「大和」の最期は壮絶だった。爆発の瞬間、

「大閃光が吹き上げ、装備、装甲、砲身、機銃、乗組員、全艦のあらゆるものが、粉々となって木の葉のように舞い上がり、火柱は実に六〇〇〇メートルにも及んだ」(『戦艦大和檣頭下に死す』小林昌信ほか著、光人社)

という。

生死を分ける

(一)

艦橋にいた吉田満少尉も、「大和」の最期の状況を目に焼き付けていた。

第一艦橋最上部の防空指揮所にいた有賀艦長は鉄兜、防弾チョッキのまま、体三ヵ所を羅針儀に縛りつけていた。何人かが艦長と生死をともにしようとしたが、有賀は「しっかりやれ」といって一人ひとりを水中に突き落とした。最後の兵が食べ残したビスケットを差し出すと、有賀は二枚目を口にしたまま艦とともに渦に呑み込まれていった。

有賀艦長は体を羅針儀に縛ってはいなかったともいわれる。しかし有賀の近くにいた塚本一曹は、「長官は自室に入られ、間もなくピストルの音が聞こえた。艦長は自分自身で体を羅針儀に縛った」と証言しており、有賀は伊藤とともに、殉職しようとしたのであった。

吉田が「天皇陛下バンザーイ」という叫び声を聞いたとき、艦は九〇度傾いていた。

全長二六三メートル、幅三八・九メートルにも及ぶ、鉄の塊がいままさに沈まんとしている。

轟々と海水が噴き上げ、渦が巻いた。

吉田はこのような大艦が沈む場合は、半径三〇〇メートルの圏内にあるものは皆、呑み込まれると聞いていたので、総員戦死、これが運命だと観念した。次の瞬間、「大和」は波にもまれ、渦に吸い込まれた。

その直後であった。主砲の砲弾が弾庫内に横転、天井に信管が激突して誘爆を起こした。これは後日、想定された爆発の原因だが、全艦のあらゆるものが、ことごとく舞い散り、海底から暗褐色の濃煙があがり、すべてを覆った。

吉田も爆風で海に吹き飛ばされ、厚い障壁にぶち当たって、そのはずみで浮上した。見るとその障壁は戦友の骸《むくろ》だった。もの凄い渦が巻き起こり、吉田はそれにもまれながら浮き沈みした。息がつけずにもがき苦しみ、極限に達したそのとき、二回目の爆発が起こった。後部弾薬庫が爆発したのだ。無数の弾片が、灼熱の鉄片、木魂が空に飛び散り、海に浮かぶ人々の上に降り注ぎ、殺傷した。吉田は奇跡的にその直後に浮上し、またしても難を逃れた。海面に浮かんだとき、横倒しとなった煙突に吸い込まれていく人を見た。

恐ろしい光景だった。

その頃から雨が降りだした。洋上には重油がただよい、ねばっこい波が生存者を苦しめた。敵機が執拗に襲来し、機銃掃射を加え、何人もの人が死んでいった。辺り一面に木片がただよい、そのうちに歌をうたい自らを励ます者、助けを求める者など、さまざまな声が遠く、近くに乱れて響いた。突然、

戦艦「大和」の最後。転覆後、主砲塔が誘爆した。近くに駆逐艦３隻が見える

「フカだっ」

と、誰かが叫んだ。血のにおいをかいで鱶《ふか》が現われたのだ。吉田は生きた心地がしなかった。

沈没の際、生死を分けたのは、まったく運、不運というほかはなかった。

「総員、退避、上甲板！」で右舷の手すりにしがみついた人は、爆発と同時に木っ端みじんになって吹き飛ばされた。ここにいて助かった坪井平次二等兵曹は、奇跡としかいいようがなかった。

上甲板に集合した人々も吹き飛ばされ、体がバラバラに四散した。

水中に落ちた人々も爆発の近くでもがいていた人々は、爆発のショックで内臓破裂を起こしそのまま海中に没した。上甲板より下にいた約二〇〇〇人の乗組員は、爆発によって一瞬のうちに命を落としたに違いなかった。

助かった人々は、水中に投げだされ、渦に巻き込まれ、本来なら艦と運命をともにする瞬間に爆発が起こり、海面に浮上した人々であった。

生死を分けたのは、基本的には勤務している場所であったが、後は偶然のなせるわざであった。

死を免れ得なかった人々は、機関部などの艦の下部で働く乗組員たちだった。

祖国と敵国との狭間にあって涙を流していた日系二世の通信科敵信班員、太田孝一少尉が勤務する最下部通信室は、文字どおり艦底にあった。

伊藤は電波妨害と敵の無線傍受のため、太田の通信室を最大限、活用した。

敵の無電は太田を通じて刻々と翻訳され、伊藤の耳には米機動部隊の戦力情報が克明に入っていた。太田の功績は大きかった。

その最下部通信室が通信不能との緊急電話があったのは、第四波攻撃を受けた直後の午後二時十分すぎであった。魚雷が直撃したのである。太田のほか、彼とともに勤務していた日系二世の士官五人が、このとき落命した。

吉田はかなり早い時期に、このことを聞いており、痛恨の涙を流した。

海に浮かんでも、すべての人が助かったというわけではなかった。

海にすべり落ちた人は数百人と想定されているが、実際に救助されたのは、二六九人であり、駆逐艦に救助されるまでの間に、半数近い人が溺れたり、機銃で撃たれたり、鱶に襲われたりして、命を落としたのだった。

坪井平次は体が冷え、空腹も重なって疲労と睡魔に襲われた。口を開ければ重油まじりの苦い海水が容赦なく入ってくる。周囲の何人かがひとり、またひとりと、海中に没していった。

この悲惨な状況をあざ笑うかのように、米軍機は何時間にもわたって、無抵抗の漂流者に執拗に機銃掃射を加え続けていた。

日本海軍は敵の漂流者は撃たないことを原則としていた。レイテ海戦のとき、「大和」は初弾一発で敵艦を沈めた。沈む艦体にしがみつく敵兵を目の前にして、機銃を撃ちかけた者もいたが、即刻、艦長や副長から発砲を禁止され、「大和」はそのまま通り過ぎた。それに比べて米軍はなんと非道であるか。皆、空を見上げて歯ぎしりした。

米国機動部隊は「大和」沈没の知らせに狂喜した。それはすごいニュースであった。ハーバート・フックの乗機は少し離れ、カメラで写真をとっていた。本国に送るためである。彼らは「大和」が完全に転覆するのを見た。さえない赤色をした艦底は乗組員といっしょにゆっくり動いているように見えた。次の瞬間、「大和」は爆発した。時刻は午後二時二十三分だった。

「宇宙誕生のものすごいビッグバンだ」

と、フックは叫んだ。

煙が上がり、火の玉はほぼ一〇〇〇フィートの高さになった。その様子は付近の島々の海岸からも見えた。

「美しい光景だぜッ」

彼の銃手、ジャック・ソーサーも叫んだ。

突如として一条の赤い火焔があがり、消えたとき、大和の姿はなかった。

各空母から、「大和」の生存者に別れの機銃掃射を浴びせるために編隊が飛び立った。それは残酷きわまりない人間狩りだった。(『戦艦大和の運命』ラッセル・スパー著、左近允尚敏訳)

漂流者に対する機銃掃射は、まさに計画的なものであり、米軍の非道な一面をのぞかせたものだった。

(二)

「大和」の特攻作戦は、かくも惨憺たる結果に終わった。

これは日本海軍の栄光の歴史を汚す最悪の作戦だった。

伊藤整一は恐らく拳銃で自決したと見られているが、そのとき、何を思い浮かべたであろうか。

吉田満は伊藤長官の孤独な顔を脳裏に描きながら、怒りに満ちた気持ちで、重油の海を漂い続けていた。

「ひどい、あまりにもひどい。馬鹿野郎!」

吉田は絶叫した。

すると、臼淵大尉の端正な顔が空に浮かんだ。

どこからか声がして、「貴様、生きて帰れよ」と、大尉が叫んでいるように聞こえた。

「貴様、遺書を書いたか」

と、気づかってくれた世話好きの鈴木少尉。美貌の恋人の写真を肌身はなさず持っていた森少尉。皆どうなってしまったか。戦死の可能性が大きいことを思うと、嗚咽《おえつ》が込み上げ、オンオン声を出して泣いた。

「ヨシーダ」

今度は後ろの方から声がしたように思えた。日系二世、太田少尉のなまりのある日本語だ。波間にハンモックに伏して泣いていた太田少尉の姿があった。しかし、すぐに消えた。

幻覚か。吉田は目をこすった。

太田少尉も臼淵大尉と同じように、直撃弾を受け、瞬時に命を落としていた。

戦闘がはじまって間もなくであった。苦しまなかったことが、せめてもの救いだと、吉田は思った。自分は辛うじて生きているが、救助の駆逐艦の姿は、どこにも見当たらない。生きながらえるかどうかは、まったく分からない。

哀れ発狂して奇声をあげて沈んでいく者もいた。活発に歌をうたって泳いでいた者が、瞬時に海中に没するのも目撃した。鱶の餌食となったのか。若い兵が、と、叫んで双手を空につきあげ、ずぶっと没していったのも目撃した。

「母ちゃん」

自分もこのまま苦しみながら、溺死するのか。吉田ははじめて死の恐怖に襲われた。

突然、波間に声が響いた。

「準士官以上はその場で姓名申告、付近の兵を握って待機、漂流の処置をなせ」

清水副砲長が叫んでいた。そうだ、自分も士官ではないか。悲しみに暮れている場合ではない。士官として義務と責任を果たさなければならない。吉田は我に返った。声をはりあげ、手をふって姓名を申告、緩慢に波間に漂っている十名ほどの兵士に呼びかけた。集めてみると負傷者がかなりいた。筏《いかだ》を造り、負傷者を収容しようとしたが、なかなか筏を組む木片が見つからない。

「手分けして木片を探せッ」

号令をかけると、急に元気が出た。各自、木片数個を探して、両脇や股の間にはさんで運んだ。

敵機の機銃掃射はまだ続いている。お互い足の動きが止まれば、海中に没してしまうのだ。そこに機銃掃射だ。

「あいつらは人間の屑だ！」

吉田は罵倒した。ともあれ幸運にもこうして生きている。

この世には神がいるのだ。仏もいるのだ。

吉田は不思議な思いにかられた。

木片が少し集まったところで、心に余裕が生じた。辺りに浮かぶ人々を見回した。顔は漆黒で、まるで西瓜大のタドンである。

「フフフ」

と、思わず笑ってしまい、慌てて唇を噛んだ。

結局、筏を組むほどの数は集まらなかった。吉田は木片をつかみ、なおも漂っていた。

ふと前方を見ると見覚えのある少年通信兵の顔があった。

「がんばれ」

と、声をかけた。その目には恨み骨髄の形相があった。こんな目に遭わせた士官を、恨んでいる目であった。兵士の士官に対する恨みはかくも深いのか。吉田は慄然とした。

吉田はまたも幻覚に襲われた。

バッハの曲であった。

前方で笑っている丸顔の青年がいた。野呂水兵長だ。彼は吉田の直属の部下だった。利発、謹直、抜群の模範兵だった。反射的に吉田も笑った。お互い、生きていることの喜びがあった。

涙が出た。目がかすんで何も見えなくなった。悲しくて泣くのではない。うれし泣きだった。涙が晴れて、ふと野呂水兵長の方を見た。だが、彼の姿はどこにも見当たらず、どす黒いうねりが無情に広がっていた。

「まさか」

吉田はなおも周囲を見回した。しかし水兵長の童顔を見つけることはできなかった。

そのときである。駆逐艦が全速で、直進してきた。


別の海面には、伊藤の副官、石田恒夫少佐の姿があった。

「大和」の傾斜が四五度を超え、艦内の歩行が困難になった段階で、石田は山本先任参謀、寺門艦隊軍医長、末次水雷参謀、小沢通信参謀らとソロソロと艦橋の外壁を降りていった。

寺門軍医長がまだ第一艦橋に残っている石田を見て、「副官、早く来いよ」といった。

「すぐ行きます」

石田は返事をしたが、どこに居ても同じじゃないかという気持ちだった。

「大和」はほとんど横倒しに近く、第一艦橋では茂木航海長と花田掌航海長が、自分の足をロープで縛っていた。森下参謀長は、じっと立っていたが、こちらを見て、

「おい、早く行かなくちゃだめだよ。君が行かなきゃ、艦隊の収容ができんじゃないか。早く行け！」

と、怒鳴った。石田は双眼鏡を海図の上におき、外に出ると、もう青い海だった。

「ああ、だめだ」

と思ったとき、石田は海に吸い込まれていった。無数の気泡に包まれ、深海に引きずりこまれていった。死ぬんだと諦めたとき、急に押し出された。何回も水を飲み、窒息する寸前

に海面に浮き上がった。石田もまた「大和」の爆発で助かった一人であった。先に降りた幕僚たちは、爆発で吹き飛ばされ、艦橋に残った石田が助かったのである。海面には二〇センチもの重油の層があり、一時は火の海になったというが、石田はまったく記憶になかった。

運よく救命ブイが流れてきた。次々に人が来てつかまる。このためすぐにブイは沈んでしまった。空にはまだ敵機がいる。木片を四、五本わきの下に挟んで立ち泳ぎをしていた。つい、うとうとしてくる。

「副官、眠っちゃだめです」

山森航海士が叫んだ。

一〇〇メートルほど向こうに「冬月」が見えた。助かるかも知れない。石田は思った。

巡洋艦「矢矧《やはぎ》」

(一)

この海戦で沈んだのは、「大和」だけではなかった。

「大和」が沈むはるかに前、巡洋艦「矢矧」が轟沈《ごうちん》していた。アッという間の出来事だった。

「矢矧」は昭和十八年(一九四三)十二月二十九日に、佐世保海軍工廠で竣工した最新鋭の巡洋艦だった。公試排水量七七一〇トン、全長一七四・五メートル、主砲は一五センチ連装砲三基、八センチ連装高角砲二基、六一センチ魚雷発射管四連装二基、二五ミリ三連装機銃六基、水上偵察機二機を搭載し、夜戦を主任務とする水雷戦隊の旗艦である。

完成後まもない昭和十九年一月下旬、ボルネオの北端、タウイタウイに進出、敵潜水艦一隻を撃沈、輝かしい初陣の戦果をあげた。

マリアナ沖海戦では沈没に瀕した空母「翔鶴」の乗員多数を救出、レイテ沖海戦では「大和」に協力して敵空母「ガンビア・ベイ」を撃沈した。

原為一大佐はその直後に艦長を拝命し、今回の特攻作戦に加わった。

原はこの特攻作戦には反対だった。

特攻とは必殺でなければならない。必殺のない特攻は自殺行為に過ぎない。これが原の持論だった。しかし伊藤司令長官が「一億総特攻のさきがけとなる」と明言した以上、「大和」と運命を共にする覚悟を決めた。

腹をすかした餓鬼のように、敵の魚雷や爆弾をがぶがぶ呑み込んでやる。そうすれば「大和」は沖縄に突入することができるかも知れない。

「命はもらったぞ」

原は乗員を叱咤した。

米軍の第一波攻撃隊の指揮官、「ホーネット」のエドモンド・コンラッド中佐は、穏やかな海面に、大きなSの字の航跡を引きながら回避運動をしている日本艦隊を発見したとき、思わず喚声をあげた。

これが今日の獲物か。コンラッド中佐は胸を躍らせた。しかし、これはゲームではない。戦争だ。何機かは撃墜されるだろう。早く沈めて下さいといわんばかりの「大和」との戦闘で死ぬのは御免だが、おたがいに生死をかけて戦うのが戦争だ。コンラッドは顔を引き締めた。

突然、先頭の巡洋艦が戦艦を離れて突進をはじめた。これを追って三隻の駆逐艦が猛然と走りだした。どうやら二手に分かれて戦うようだ。

後方の大きいのは「大和」だろう。その周囲を四隻の駆逐艦が、おどるように走っている。

もう一隻の駆逐艦ははるか離れたところにいる。

「戦闘機は駆逐艦を襲って対空砲火を叩きつぶせ。ヘルダイバーとアベンジャーは『大和』と巡洋艦を叩け！」

コンラッド中佐は間髪をいれず、鋭い口調できびきびと命令した。

この突進した巡洋艦が「矢矧」で、艦長の原は攻撃隊を「大和」から引き離そうと機関科員に全力運転を命じ、右に左に変針を繰り返しながら突っ走った。「矢矧」に最初の攻撃をかけたのは、海兵隊のパイロット、ケネス・ハンチング中尉のコルセアであった。

「撃ち方はじめ！」

原が叫び、対空砲火の弾幕を張ったが、それをかいくぐって突進した。かたわらで第二水雷戦隊司令官・古村少将が、ぐっと敵機をにらみつけた。

高角砲が火を噴き、機銃が火の玉をあびせたが、コルセアはフワリと爆弾を投下した。原は咄嗟に転舵したが、遅かった。

「グワーン」

と轟音が響いて、前部砲塔が粉砕された。

「色つきの対空砲火のなかを突進して爆弾を前部砲塔に命中させ、これを沈黙させた。海兵隊員一名、爆弾一発、海軍十字勲章一個」と海兵隊の公式戦史にある。

これが「矢矧」と米軍機の戦闘の始まりであった。

「矢矧」はしゃにむに疾走した。前方に雨雲があった。そこに逃げ込めば一時休戦が可能だった。敵機は雲に遮られて攻撃はできないからだ。

敵機が次々と飛来したが、「矢矧」は二度と同じ失敗は繰り返さなかった。あざやかに魚雷をかわし、爆弾を避けた。しかし、それもつかの間、ほぼ同時に左右から雷撃機が襲った。アベンジャー四機が右舷から魚雷を投下し、航跡が、泡を出しながら向かってきた。二本はどうにか避けたが、一本が中央部の水線の下に命中した。

耳をつんざく轟音とともに水柱が艦橋よりも高く上がった。

左舷からもアベンジャー三機が魚雷を放った。艦尾甲板が吹き飛び、ありとあらゆる破片が甲板に注ぎ、乗員を殺傷した。

「矢矧」の機関は停止し、電気も止まった。

戦闘が始まってまだ十五分もたっていない。万事休すであった。

敵機はあらゆる角度から急降下してきた。前甲板に爆弾が命中し、ずたずたになった水兵が空中に舞った。

軽巡洋艦「矢矧」艦長・原為一大佐

味方の機銃で、二機が錐《きり》もみとなって海に落ちた。

「やったぞ」

古村司令官が白い歯を見せて兵士たちの戦闘をたたえた。だが、機関停止の「矢矧」は生ける屍《しかばね》であった。魚雷が艦首右舷に命中した。「矢矧」はぶるぶると震え、艦首から傾斜が増大した。

何たることだ。原は怒りが込み上げた。

「馬鹿野郎！」

と、連合艦隊司令部に向かって叫びたかった。

「大和」は必死の抗戦をしている様子であった。だが上空は隙間もないほどの敵機が、ぶんぶん舞っている。残念ながら「大和」の沈没も時間の問題と思われた。その「大和」を出来るだけ延命させるために「矢矧」が来たのだ。まだまだ死ぬわけにはいかない。原は義経をかばう弁慶のような心境であった。「矢矧」は機銃を放ち、魚雷と爆弾を呑み込み、断末魔の苦しみに耐えていた。

甲板は巨大な斧で叩き割られたようにめくりあがり、兵士たちは顔を吹き飛ばされ、頭を割られた。蒸気管が破裂して火傷を負った水兵が、悲鳴をあげながら甲板を走り回っている。もはや立っていられないほどの傾斜であった。

「退艦した方がよさそうだな」

古村司令官がいった。

「申し訳ございません」

「なにをいうか。初めから分かっていたことじゃないか」

「それにしても、なんとも面目がございません」

原は古村に一礼し、総員退去を決断した。

信号員が伴走してきた「磯風」に横付けするよう発火信号を送ったとき、一〇〇機以上の

ついに航行不能となりながらも最後の抵抗を見せる軽巡洋艦「矢矧」

攻撃機が編隊を組んで接近した。一部は矢のような速さで「矢矧」に向かってきた。たちまち魚雷と爆弾が「矢矧」を見舞い、機銃弾があちこちに当たってはねかえった。

「あッ」

　原は激痛が走って昏倒した。

「大丈夫かッ」

　古村が駆け寄った。腕を機銃弾がかすっていた。あと一センチ食い込んでいれば、腕がなかった。

「さぁ、艦長、行こうか」

　古村がいった。

　原は、なにげなく時計を見た。一四〇五、午後二時五分だった。結構、戦っていたことになる。もう艦橋に海水が迫っていた。敵機は爆音を響かせながら依然として、甲板に機銃掃射を加えていた。

　航海士の松田中尉が一隻だけあった救命艇を降ろそうとしたとき、そこを機銃掃射でねらわれ、救命艇は真っ二つに折れ、周囲にいた負傷者十二人が蜂の巣のように撃たれて吹き飛んだ。

な行為であった。

「矢矧」は大きく傾き、転覆寸前であった。士官も兵士も海に飛び込んだ。米軍機は海に飛び込んだ兵士をも執拗に追いかけ、銃撃を加えた。卑劣きわまりない残酷な行為であった。

原はわずかに泳いだとき、急に海にひきずり込まれ、暗黒の世界に落ちていった。死ぬんだ。間違いなく死ぬんだ。原は薄れる意識のなかで思った。

もう息がつけない。海水をがぶりと飲んだそのとき、突然、原は押し上げられ、目の前が急に明るくなった。頭がくらくらして何が起こったのか、しばらく分からなかった。

前の方に真っ黒い頭が見えた。人だ。

海面を見渡すと「矢矧」が沈んだ辺りから黒煙が上がり、木片が重油の海に散乱していた。「矢矧」は転覆したあと海中で爆発し、原はその力で海面に浮き上がることが出来たのだった。

「艦長、大丈夫か、艦長、聞こえるか」

声がした。ハッとして見つめると、なんと古村司令官だった。

「大丈夫です。司令官は？」

「おれは大丈夫だ」

「実にひどいことをしやがる」

古村司令官が呻いた。

古村が答えた。大勢の乗組員が、浮遊物につかまって泳いでいた。

生きなければならない。こんな恥ずべき戦闘で死んでたまるか。

原は丸太につかまって思った。

それにしても敵機の行動は異常だった。グラマン戦闘機が轟音とともに飛来し、これでもか、これでもかと銃撃を加え、乗員の頭を西瓜のように割っていった。

(二)

原はいつの間にか、ひとり流され、孤独と戦っていた。

「大和」が大爆発を起こし、雲と煙のなかで沈没するのが遠くから見えた。

「これで日本海軍も終わりだ」

原は呆然として黒雲を見つめ、絶望感にとらわれた。急に力が抜けた。丸太にしがみつき、息も絶え絶えになって漂流した。

どこを見ても誰もいない。古村司令官も、さっき原の丸太につかまった若い乗員も、どこかに消えてしまい、影も形もない。

油の海は大きくうねり、おそろしい感じがした。

耳をすますと、どこからか歌声が聞こえた。随分、遠いようだ。まだ希望が持てる。原は、しっかりと丸太をつかんだ。こうして泳いでいられるのも、若いころ海軍兵学校で鍛えたせいであった。

雨が降ってきた。体が冷えてくる。今度はどこか遠くから「天皇陛下バンザイ」というしわがれ声が聞こえた。疲労や負傷で、精も根もつき果て、海に沈んでいったに違いなかった。

突然、グワーンと飛行機が舞い降り、バシバシバシと機銃を撃ち込んだ。ハッとして原は我に返った。なんと執拗な連中だ。やはり奴らは鬼畜だと原は思った。

米軍機は漂流中の日本人を情け容赦なく撃ちまくっていた。

自分はまったく傷がつかないのだから実に卑怯なやり方だった。

「腰抜けめが」

原は叫んだ。

「矢矧」の戦闘の場面と漂流中の無残な虐殺については、英国人ジャーナリスト、ラッセル・スパーのおかげで詳細な記録が残されている。ラッセル・スパーは、原艦長への取材を通じて、その是々非々が明快で、片寄らない公正な人柄にほれ込み、漂流中に繰り返された米軍機の非道な攻撃を許しがたいと考えたようであった。古村司令官の存在も、もちろんあった。

そのために彼の著作『戦艦大和の運命』(新潮社)では、かなりのスペースを「矢矧」と無差別銃撃にさいていた。

特に残虐行為については、米国民の人種的差別に根ざすものだと次のように告発していた。

「アメリカ人は絶望的になっている敵国人を殺戮することに気がとがめなかった。彼らは太平洋において人種戦争を常に派手に戦ってきた。日本人もそうだった。新聞の大見出しになる種を探している高官連中は、公然と日本人を殺すことはシラミを殺すより悪いことではないと言明した。アメリカ人は、捕虜に対する日本軍の残虐行為についての報告に、神風の異常な狂信主義までが加わったため、日本人は人間のでき損ないであり、慈悲をかけるにはほとんど値しないと、信じるようになっていたのである。この残虐性は四ヵ月後に広島で、その頂点に達することになる」

日本軍の特攻が、日本人への蔑視を増大させたというのであった。これは注目すべき分析であった。

原艦長は、偶然というか、まったく幸運な形で救出された。

原は機銃掃射を避けるため、丸太の回りで体をひねって潜ったりしながら、

「アメリカ野郎ッ」

と、口きたなくののしり、それが生きる活力になっていた。だが救助の駆逐艦の姿はなく、死を覚悟せざるを得なかった。

脳裏に浮かぶのは海軍兵学校時代のことだった。世界一周の遠洋航海の際、ニューヨークのデパートで買い物をしたこと、日本のどこかの港で芸者とプレイしたこと、それから母の顔、妻の顔、三人の子供たちのこと……。妻も子供も愛していた。このまま死ねば妻は未亡人となり、三人の子供は路頭に迷うだろう。

まったく馬鹿な戦争をしたもんだと、黒い海を見つめていた。それにしても腹がたつのは東京の馬鹿者たちだった。なにが一億特攻だ。これが一億特攻か。話のほかだ。怒りがますます込み上げた。こうなったらなにがなんでも日本に帰り、横浜の日吉台の防空壕に潜んでいる連合艦隊の参謀たちに毒づいてやる。そうしなければ、死んでいった者どもに、何といってわびればいいのだ。

原は悔しくて、おいおい泣いた。

そのとき、アメリカの飛行艇が二〇〇メートルほど離れた海面に着水した。

どうやらパラシュートで降下した搭乗員を救助にきたらしい。コンチクショウのアメ公だが、身内の人命を大事にする精神は見上げたものだった。日本も特攻などという愚にもつかないことを早くやめて、搭乗員を救助する体制でもつくれば、いっそう勇敢に戦うのではないか。原はそんなことを考えながら敵の救助作業に見入った。そこに日本軍の駆逐艦が現われ、飛行艇に射撃を浴びせたが、破壊するには至らなかった。

恐らく艦長が止めたのだろう。

これでやっと救助されるか。原に勇気がわいた。しかし、一向に近寄っては来なかった。

原は再び気弱になった。この広い海面だ。うねりがある。豆粒のような人間の頭など見えるはずもない。うとうととしたとき、パシャパシャと音がした。

ボートだ。波の谷間にボートが見えた。

「ここだ、ここだ」

原は足をばたつかせて音をたてた。なんという幸運だろうか。ボートが気づいてくれたのだ。

「ご苦労さまでした。さあ早く」

艇長が手をつかんで、引き上げてくれた。

ああ、助かったのだ。原はあお向けになって空を仰いだ。生きていることの素晴らしさを噛み締めた。

「この辺りは何度も往復して救いあげましたが、これが最後の捜索でした。艦長を見つけることが出来て、本当によかったと思っています」

若い士官が折り目正しくいった。

「ありがとう、本当にありがとう」

原は士官の手を握った。ボートは駆逐艦「初霜」に向かった。あたりは暗くなり、間違いなくラストチャンスであった。「矢矧」の艦長を救助したとの報はすぐ艦内に広がり、「初霜」の酒匂雅三艦長（少佐）が原を迎えてくれた。

「よくいらっしゃいました」

「いやぁ、あの猛攻をかわすとは、見事な戦いぶりだったな」

「運がよかったのです。司令官は艦長室で休んでおられます」

「そうか、それはよかった」

原はすぐに艦長室に行った。

「おおう、助かったか。よかった、よかった。水雷戦隊をまとめねばならん」

古村司令官は、すこぶる元気であった。

駆逐艦は「浜風」「朝霜」沈没、「磯風」「霞」航行不能。生き残ったのは「冬月」「雪風」「涼月」「初霜」の四隻であった。

海没する三千の骸《むくろ》

㈠

「大和」の乗組員は大半が艦と運命をともにし、奇跡的に助かったごくわずかの人が漂流していた。二時間ほどたったとき、

「オーイ、駆逐艦がきたぞ」

波間から声が聞こえた。

「大和」の坪井平次二等兵曹は、重油の海を見渡した。

二艘の駆逐艦が近づいてきた。

上空には敵機が旋回していて駆逐艦に機銃弾を浴びせている。なんという連中だ。坪井は米国海軍の非道さに、憎悪を覚えた。

危険を承知で駆逐艦が救助にきてくれたのだ。夢ではない。これは本当なのだ。

坪井は頬を叩き、「オーイ、オーイ」と声を張り上げた。

駆逐艦はゆっくりと円を描いて近づいてきた。あれにはい上がれば、助かるのだ。坪井は

歓喜の涙を流し、駆逐艦を見やった。

「あまり近寄るな。スクリューに気をつけろ」

誰かが叫んだ。

「しばらく待て」

「もう少しだ。がんばれ」

駆逐艦の甲板から激励の声が飛んできた。友軍の兵士の顔が見える。

助かった。助かったのだ。坪井は渾身の力を込めて、より近い「雪風」の方に向かって泳いだ。やがて駆逐艦は停止し、ロープや縄梯子が下ろされた。後部からカッターも下ろされた。一本のロープが目に入った。近寄って見ると、すでに二人がつかまって懸命に甲板に登ろうとしていた。重油のためにロープはつるつる滑って、なかなかつかめないようだ。ひとりが途中まで登ったが力尽きて、そのまま滑り落ち、ドボンと海に消えてしまった。

もう助ける力はない。坪井はこれを見て、歯を食いしばってロープにしがみついた。滑る、もの凄く滑る。坪井は右手首をロープにからめた。そのとき、ぐいと艦に引き寄せられたのである。

「あげてくれ！」

大声で叫ぶと、ロープに力が加わり、体が持ち上げられた。手首がちぎれるように痛い。

このままでは海に落ちてしまう。

「よしッ」

坪井はロープに噛みついた。坪井の体は段々引き上げられ、甲板にたどり着いた。助かったと思った瞬間、膝がガクガクふるえ、その場に座り込んでしまった。その途端、罵声が飛んだ。

「馬鹿ものッ。甘ったれるな」

「これから沖縄に突撃するんだ！」

坪井はハッと我に返り、兵員室の方によろよろと歩いていった。

浴室が応急治療室になっており、二人の軍医が懸命に治療に当たっていた。隅には遺体が山と積み上げられており、坪井はおもわず背筋が凍るのを覚えた。それから吊り床のある部屋までたどりついた坪井は、倒れるように座り込み、そのまま深い眠りの世界に落ち込んでいった。


吉田満少尉は「冬月」から二〇〇メートル離れた海上に浮かんでいた。「冬月」まではゆうに三十分はかかろう。上着の袖がからみ、編上靴のずっしりとした重さ、脚絆のわずらわしさ、すべてをかなぐりすてて泳ぎたい衝動に駆られたが、ここはじっくり木片につかまって、艦に近寄ることが肝要だった。はやる兵を押さえ、皆で力を合わせて木片を押した。重油で目をやられ、下半身は麻痺して感覚がない。

艦に近づいて絶望感に襲われた。重油の層はいよいよ厚く、舷側の壁は垂直どころか手前に傾いてそそり立っている。兵士二人が我さきにロープにしがみついた。その途端に手を滑らせ、あっという間に海に沈んでしまった。どうすることも出来ない一瞬のことだった。助かったという安堵感が、彼らの命を奪ったのだ。

「いいか、手を縛れ！」

吉田が号令をかけた。

三人目の兵が手首に二、三度、ロープを巻きつけ、血がにじむまで縛り、引き上げてもらった。その兵士の足にしがみつく兵士がいて、二人とも海に落ちた。なんということだ。地獄だ。

吉田は呆然となった。何人を助けあげたのだろうか。気がつくと四名が上がっただけで、あとはことごとく海に落ちていた。はたして自分は上がれるのか。自分もここで死ぬのか。そう思ったとき、目の前に縄梯子が下がってきた。吉田は両手でしっかりつかみ、必死でしがみついた。

「頑張れ、頑張れ」

甲板からの声に励まされ、甲板までたどりつくことが出来た。

二人の乗員につかまれ、甲板に引き上げられたときは、もう息も絶え絶えだった。

ひとりが喉に指を入れて重油を吐かせてくれた。吉田ははじめて生き返った。

「貴重品はございませんか」

乗員がいった。作戦書類、人事機密資料、金子、何もない。ないというと戦闘服を脱がされ、全裸の上に毛布をかけてくれた。すると乗員が、

「頭を怪我しておられます」

という。怪我などまったく気づかずにいたが、頭に手をやると、指が二本入る大きな穴があいていた。

治療室を求めて廊下に出ると、死屍累々、足の踏み場もない。力つきて倒れ込んでいた。自分を突き飛ばして走り去る士官の横顔に見覚えがあった。同級生の田辺少尉ではないか。奴はここにいたのか。

「田辺っ」

呼び止めると、立ちどまり、

「吉田か、なんだそのざまは」

といって笑い、

「あとでな」

と走り去った。さぞかし醜悪な顔をしていたのだろう。やっと治療室にたどりつき、傷を縫合してもらった。先にいた患者は足首をもがれた若い兵士で、膝より切断手術が行なわれた。麻酔もないため幼児のように泣きわめいていた。吉田はここではじめて、作戦の中止を知った。

「大和」沈没後、二時間、遅ればせながら連合艦隊司令部から、「突入作戦中止、残存艦は生存者を救助の上、佐世保へ帰投すべし」の命令を受けたのであった。

特攻作戦は中止か、戦死した人々が脳裏をかすめ、空しさが込み上げた。これで帰れるのか。

吉田は士官室にたどりつき、ベッドに倒れ込んでいると、「冬月」の航海士・山森中尉が、

「大和の乗組員は聞け、元気な者は本艦の作業を手伝え」

と、怒鳴り込んできた。

「おぅ」

と、返事をして立ち上がろうとしたが、足から崩れて立てなかった。

吉田はそのまま眠りに落ちた。

石田副官はどうなっていたであろうか。

石田は「冬月」の内火艇に、助けあげられていた。

「冬月」に収容されると、驚いたことに森下参謀長が先に乗っていて、思わず声をあげた。

森下参謀長の話では、窓から放りだされるようにして、海に落ちたという。運よく従兵がそばにいて、絶えず起こしてくれ、救助されたということだった。

見回したところ、ほかに幕僚は誰もいなかった。皆、不帰の人になったかと思うと、慚愧《ざんき》の思いだった。

「これはひどいよ、作戦の中止は当然だ」

参謀長は怒りの表情でいった。

「何人、助かったのか。すぐ調べてくれ」

参謀長の指示で「雪風」に信号を送り、救助者を問い合わせたが、合計で二六六名という寥々《りょうりょう》たる数字であった。

「俺は黙ってはいないぞ」

参謀長は、まなじりを吊りあげた。

この戦いで沈没したのは「大和」だけではなかった。

巡洋艦「矢矧」、駆逐艦「浜風」「朝霜」が沈没し、航行不能に陥った駆逐艦「磯風」「霞」は大破のため自沈した。残存艦は「雪風」「涼月」「初霜」の三隻だった。

駆逐艦は猛スピードで走りはじめた。

漂流者の収容が終わったのだろう。一目散に戦場から離れようとする、そんな心理が伝わってくる。針路は沖縄に向かう南南西ではなく、佐世保に向かう東北東だった。

（二）

四月八日午前十時、駆逐艦「雪風」は佐世保港に入った。

時を同じくして空襲警報が鳴り、軍港周辺に爆弾が投下されたようで、黒煙が上がった。赤い炎も見えたが、爆弾がなれっこになっている「大和」の生存者には、なんの感情もわかなかった。

坪井平次ら「大和」の生存者は総員集合がかけられ、能村次郎副長が「本当の戦争はこれからだ。俺についてこい」といったが、反応はなかった。

「いまさら、どうしようというんだ。負け犬がほえてもどうにもなるものか」

坪井二等兵曹は白々しい思いで聞いていた。

吉田少尉の乗る「冬月」は、それより少し早く佐世保に着いていた。

「大和」乗組員は総員集合の命令があり、生存者が並んだが、弊衣あり、毛布あり、半裸あり、まさに百鬼夜行の有り様だった。吉田はこの夜、佐世保港外の海軍病院分院に入り、隔離された。

機密漏洩を防ぐためだった。

森下参謀長は来訪した連合艦隊参謀副長・矢野志加三少将に怒りをぶちまけた。

「この責任を誰がとるんだ。貴様らは日吉でぬくぬくとして、こんな意味もない作戦で、『大和』を沈め、兵員を殺したのだぞ」

矢野は青ざめた顔で、うなずくばかりだった。

「俺はお前らを許せん。なぜ連合艦隊参謀長が来ないんだッ」

森下の怒りはおさまらない。

「豊田司令長官も愕然とし、神を『大和』に乗せてやるべきだったといわれました」

たまりかねて矢野がいった。神大佐は「大和」特攻を推進した人物である。

なにをいってるんだ。神はたかだか参謀ではないか。連合艦隊参謀長、連合艦隊司令長官、軍令部次長、軍令部総長、偉い人たちの責任はどうなんだ。どいつもこいつも責任のがればかりいってやがる。日本海軍の実態はこんなものだったのか。参謀副長を責めても仕方がないが、森下は口もききたくないという表情で腕を組んだ。

一方、古村司令官と原艦長が乗る駆逐艦「初霜」が佐世保に着いたのは、四月八日の夕方だった。矢野参謀副長は「矢矧」にレーダーを付けなかったことをわびた。しかし、そんな問題ではなかった。

原は怒りが爆発しそうであった。

だいたい特攻を金科玉条にかかげている、その根性はなんだ。兵士を虫ケラのように扱って、それでもお前らは人間か。人間性の欠落以外の何物でもないではないか。暴れてやりたい気持ちだったが、かたわらで古村司令官が、首をふって原を止めた。

原は心が冷えて、怒鳴る気持ちも薄れ、無言で矢野を見つめた。古村はのちに、

「特攻の命令は突然であり、その間に関連した方策の指示は聞いていない。このようなゆきあたりばったりの作戦では士気の昂揚もなにもあったものではない。出撃を半日早めただけで航路の選定にも余裕はなく、最初から定まった道を行くしか手がなかった。中央からは矢野少将を除いて来訪者もなかったし、作戦に対する事後の研究も行なわれた記憶はない」と語った。

海軍上層部の反応は、反省も謝罪もない冷たいものだった。

「大和」出撃の謎

(一)

第五航空艦隊司令長官・宇垣纏《まとめ》も、痛哭の思いで「大和」沈没の報を聞いた。

四月七日土曜日　曇

本朝〇六〇〇—一〇〇〇間、当隊戦闘機をもって敵の触接機に対する警戒直衛を行なえるが、その帰還後、敵飛行艇はこれに触接し、本日、同隊の被攻撃と憂いしめたり。ただ天候西より暫時不良となり、韜晦《とうかい》しうる算なしとせずと為せり。しかるに前記新出現の敵空母より進発せりと考えられる戦闘機多数は、喜界島付近を通過大和隊に向かい一二〇〇頃より、連続約二時間、二、三〇〇機をもって攻撃を加う。

1YB(遊撃部隊)指揮官発として初霜より大和多数被弾、矢矧魚雷二命中、その他駆艦の損害を報告せるが、次電は初霜より大和さらに敵魚雷を受け、誘爆瞬時にして沈没すと伝う。

残るは駆逐艦二隻と、航行不能の駆逐艦二隻とあり、二水戦司令官駆逐艦に移乗、これを指揮し、GF（連合艦隊）は生存者を救助し、佐世保に廻航せよと命ず。

水上特攻隊は目的地に達することなく、ここに悲惨なる全滅となれり。かつては山本元帥の連合艦隊旗艦となり、参謀長たる余は、丸一年乗艦したる後は、十九年五月より余の第一戦隊司令官旗艦となりビアク作戦に、マリアナ海戦に、はては比島《ひとう》沖海戦に参加奮戦し、なお十一月下旬、余の内地帰還まで乗艦したる懐かしの軍艦大和は、ついに西海の藻屑となりおわりぬ。

伊藤整一長官、森下信衛参謀長、有賀幸作艦長以下、余のかつての部下たりし多数精錬の乗員とともに。

嗚呼《ああ》！　余は同隊の進撃については、最初より賛意を表せず。GFに対して抑え役に廻りありたるが、今次の発令はまったく急突にして、如何ともなしがたく、わずかに直掩戦闘機をもって協力し、敵空母群の攻撃をもって、これに策応するほか道なかりしなり。全軍の士気を昂揚せんとして、反《かえ》りて悲惨なる結果を招き、痛憤復讐の念を抱かしむるほか何ら得る処なき無謀の挙《きょ》といわずして何ぞや……。

殊に燃料の欠乏はなはだしき今日において戦艦を無用の長物視し、また厄介なる存在視するは、皮相の観念にして、一度攻勢に転ぜば、必要なること、敵が戦艦の多数をわれらの眼前に使用し、第三十二軍は戦艦一隻は野戦七ヶ師団に相当し、これが撃滅を度々《たびたび》要望し来れるに徴するも明らかなり。

すなわち航空専門屋らはこれにて厄介ばらいしたりと、思惟《しい》する向きもあるべきもなお保存して決号作戦などに使用せしむるを妥当としたりと断ずるものなり。よくよくここに至れる主因は軍令部総長奏上の際、航空部隊だけの総攻撃なるやの御下問に対し、海軍の全兵力を使用致すと奉答せるにありと伝う。帷幄《いあく》にありて籌畫補翼《ちゅうかくほよく》の任にある総長の責任けだし軽しとせざるなり。(『戦藻録』)

宇垣も怒った。すべては軍令部総長の責任だとし、無謀な特攻を実施し、「大和」を失い、伊藤長官以下多数の将兵を殺した罪は大きいと、その責任を厳しく追及した。

特攻に至る経過は、具体的にどのようなものだったのか。

戦艦「大和」はいつどこで、誰が出撃を決めたのか。

さらに出撃の意味は、どこにあったのか。問題はいくつもある。

「大和」はそもそも当初から、謎に包まれた戦艦だった。

建造はすべて秘密裏に行なわれ、ドックのクレーンの上から棕櫚《しゅろ》縄でノレン状の目隠しをし、どこからも見えないようにして建造された。進水後の機密保持も厳重を極め、「大和」が鎮座する呉海軍工廠に面した民家の窓は全部、閉鎖を勧告され、鉄道の線路に、長いトタン板のトンネルが作られた。国民はあまり知らない巨大戦艦だった。

沈没もしばらく隠されたままだった。

「大和」の出撃および沈没に関する権威ある資料は、防衛庁防衛研修所戦史室が編纂した戦史叢書『沖縄方面海軍作戦』(朝雲新聞社)である。

そこに「大和」出撃の経過が、次のように記されている。


〈水上部隊の使用についての考え方と特攻の経緯〉

四月一日、米軍は沖縄島に上陸をはじめ、夕刻までには飛行場地区は簡単に米軍の手に渡った。米軍の航空基地使用を封殺するため、陸軍中央部、台湾方面軍から第三十二軍に対し、極めて強い攻勢移転が要望された。

四月七日を期して攻撃開始に決した第三十二軍の総攻撃に呼応して、連合艦隊司令長官は四月六日、航空攻撃を決行するとともに、第一遊撃部隊をもって海上特攻隊を編成し、八日黎明、沖縄に突入させ、米攻略部隊の撃滅を決意した。この突入作戦については、当時においても、また戦後にもいろいろの見解の相違や批判のあるところで、これを決意した連合艦隊司令長官・豊田副武大将は、戦後、当時の心境を大要、次のように述べている。

「当時、連合艦隊では、もし沖縄を失陥すれば、いよいよ本土決戦の軒先に火がついたも同様で、海軍としてはありとあらゆる手段を尽くさねばならんという考えから、戦艦大和を有効に使う方法として、水上特攻隊を編成して、沖縄上陸地点に対する突入作戦を計画した。すなわち戦艦大和に巡洋艦一隻、駆逐艦八隻を付けてやることにした。ところが燃料が窮迫していたので、内地にある重油をほとんど最後の一滴まで吸い上げて出撃したものだが、高速では片道の燃料しかない。帰ってはいかんとはいわないが、燃料があったら帰ってこいということにした。満載、往復の燃料まではできなかったからだ。

私は成功率は五〇パーセントはないだろう、五分五分の勝負はむずかしい。成功の算、絶無だとはもちろん考えないが、うまくいったら奇跡だ、という位に判断したのだけれども、急迫した当時の戦場において、まだ働けるものを使わずに残しておき、現地における将兵を見殺しにするということは、どうしても忍びえない。かといって勝ち目のない作戦をして、追駈に大きな犠牲を払うことも大変苦痛だ。しかし多少でも成功の算があれば、できることはなんでもしなければならぬ、という心持ちで決断したのだが、この決心をするには、私としては随分、苦しい思いをしたものだった。当時の私としては、こうするより他に仕方がなかったという以外、弁解はしたくはない。

この敗戦の主な原因はやはり航空兵力の不足と、次には基地航空部隊と水上部隊の協同動作が、十分しっくりいかなかった点に帰しよう。空中援護が十分できなかったのは、航空艦隊が敵機動部隊に対する攻撃に頭を向けすぎた、すなわち協同作戦に関する兵術思想に未熟の、宿命的欠陥があったからだと考える。しかし、あの計画も、もし天候が悪くて飛行機が十分活動できなかったら、特攻部隊は大隅海峡を抜けて、一昼夜後には、沖縄に突っ込み得たわけだ。しかし現実にはそんな飛行機の行動を阻害するような天候でもなかったし、また天候が悪くなるまで待てというわけにも行かぬほど戦況は危急で、一日も早くという気持ちが大勢を支配していたからだ」

この作戦を四月六日、第二艦隊に説明したのは、連合艦隊参謀長・草鹿龍之介中将である。草鹿参謀長の回想は次のようなものであった。

「戦艦の主砲を活用する突入作戦も、時機を得るならば、非常に効果のあるものと考えている。『あ』号作戦において味方の機動部隊が敗れた直後、サイパンへ戦艦部隊を突入させ、陸上の戦闘を支援して浮砲台的に巨砲をもって敵を攻撃する案があったが、ついにこの壮挙は実施されなかった。

この同じ着想は、当時、教育局勤務の神大佐が戦艦艦長として突入することを、当時の軍令部第一部長中沢佑少将に熱心に申し入れたが、到達するまでの困難と、到達しても機関、水圧、電力など無傷でなくては、主砲の射撃は行なえないことなどを説いて取り上げなかったと、後年、中沢佑は回想している。

沖縄の作戦がはじまってからも、神参謀（連合艦隊）はしばしば戦艦の使用を要求して止まなかったのであるが、私は前述のような意味から、機会を見る必要があるとしてなだめてきた。ところが私が鹿屋にいるとき、神参謀より電話で連合艦隊司令長官の決裁になったことの連絡があって、この突入作戦について大和に説明にゆくよう話があった」

(二)

この作戦決定時の軍令部第一部長・富岡定俊少将の談話もある。

「海軍の航空は、これまで特攻で死闘を続けて来たが、まだ水上部隊が生き残っているではないか。皇国存亡のこの際、これを使わぬ法があるかというような声も喧しくなってきた。

軍令部にこの案を持ってきたとき、私は横槍を入れた。

『大和を九州南方海面に陽動させて、敵の機動部隊を釣り上げ、基地航空部隊でこれを叩くのなら賛成だが、沖縄に突入させることは反対だ。第一、燃料がない。本土決戦は望むところではないが、もしやらなければならない情勢に立ち至った場合の艦艇燃料として、若干は残しておかなければならない』

ところが私の知らない間に、燃料は片道でよいということで、小沢次長のところで承知したらしい」

これについて当時の軍令部次長・小沢治三郎中将は、「連合艦隊から海上特攻の計画を持ってきたとき、連合艦隊長官がそうしたいという決意ならよかろうと了解を与えた。そのときは軍令部総長も聞いていた。全般の空気よりして、その当時も今日も当然と思う。多少の成算はあった。次長たりし僕に一番の責任あり」と、述懐した。

当時、水上部隊の作戦を担当していた連合艦隊参謀・三上作夫中佐の回想も収録されている。

「水上艦隊を無用の長物化させてはならない。これは侵攻しようとする米軍にとっては、依然として目の上の瘤《こぶ》である筈であるから、何とか有意義に使わなくてはならない。

伊藤整一中将が第二艦隊司令長官に赴任されて、私が挨拶に行ったとき、伊藤長官は、

『水上艦隊を無意味な、下手な使い方をするなよ。不均衡な艦隊だから、総合的にその威力

を発揮できるような使い方を考えよ。例えば近く高速潜水艦もできるし、航空部隊などとあわせて使用することを考案せよ』といわれたこともあって、その用法にはいろいろ腐心した。連合艦隊としては、敵の機動部隊が九州方面の基地航空部隊の活動圏内に入って来ないので、その機会をつくることができない。これを九州南部に牽《ひ》きつけるために考えだされたのが、第一遊撃隊の佐世保進出だった。これを佐世保に進出させ、佐世保に出たり入ったりするだけでも、敵の機動部隊を牽きつけることができるであろう。

佐世保は沖縄に近いから、この方面の作戦に使用する場合にも容易であるという利点がある。空襲にも、佐世保は周囲に高い山があり、防空上、有利である。このように考えて第二艦隊司令部と折衝した。だが、空襲の回避や、佐世保を出港すれば、ただちに潜水艦の危険に曝《さら》されること、東支那海は浅いので、機雷の危険もある、などの問題点をあげ、なかなか同意を表わさないので、佐世保進出の発令が遅れ、時機を失してしまった。

しかし四月五日までは、海上特攻を編成することについて、少しも考えていなかった。草鹿参謀長とともに鹿屋にあって、日吉から海上特攻隊の電話を聞いてまったく寝耳に水のことで驚いた。

日吉からの要望で、草鹿参謀長に私がついて二艦隊に説明を行なったのであるが、作戦計画について説明しても伊藤長官はなかなか納得されなかった。当然、このような作戦などとは言えない無謀な挙を納得されるはずがなかった。

最後の一億総特攻のさきがけになってもらいたいのだ、という説明で、『そうか、それならわかった』と即座に納得された」

このような関係者の談話や回想録を集め、防衛庁の戦史室は、

「海上特攻隊に関する経緯については、明確なことを知ることはできないが、特攻出撃に当たっての連合艦隊司令長官の訓示、特に、『ここに特に海上特攻隊を編成し、壮烈無比な特攻作戦を命じたるは、帝国海軍力をこの一戦に結集し、光輝ある帝国海軍海上部隊の伝統を発揮するとともに、その栄光を後世に伝えんとするにほかならず』、そしてまた『皇国無窮の礎を確立すべし』ということに大きな意味があり、豊田長官がほかの何物にも拘束されず、長官自身で決断したと解すべきではあるまいか、と思われる」

と、結論づけた。

しかし、これらの談話や回想録を分析すると、上層部で自分の責任を認めたのは小沢治三郎軍令部次長ひとりで、ほかには三上参謀が無謀な作戦だったと認めたほかは、責任を他に転嫁したきらいが強く、乗組員を納得させうるものではなかった。

これが末期における日本海軍の悲しい実態だった。

日本海軍のこうした体質を戦後、多くの人が批判した。連合艦隊参謀であった海兵五十六期、海軍中佐の千早正隆もそのひとりである。

千早は昭和二十年八月、例の横浜の日吉台にあった連合艦隊司令部で、断腸の思いで降伏の日を迎えた。当時、千早は作戦乙参謀であった。作戦乙参謀というのは、長く砲術参謀と

呼ばれたポストであった。

戦後、千早は第二復員省（旧海軍省）の史実調査部に勤務し、そこには軍令部や連合艦隊司令部で作戦を担当した参謀たちが集められていた。

日本海軍があのような惨敗を喫したのはなぜか。千早が得た結論は、

「日本海軍は戦争と戦闘を混同し、戦闘において勝利することだけを志向して、多年にわたる多額の国費を使って戦備を整え、猛訓練を実施して腕を磨いたが、その反面、戦争の本質に対する思考が欠如して、史上でも稀な大敗をした」

というのであった。

これは海軍だけの問題ではなかったが、作戦を立てる参謀たちの狭苦しい精神主義が、次々に惨敗を招いていったと、千早は見たのである。

たとえば国家の生産力と戦備の関係、輸送力の確保と護衛の関係などを総合的に考える力は皆無に等しかったというのであった。

「大和」の特攻についても「単に精神的なものだけのために、大和をむざむざと死地に送るに値するかどうか」という総合判断の欠如がまねいた悲劇と見た。

千早はもう一つ、注目すべき事実を指摘していた。それは伊藤整一が嫌っていた特攻兵器の開発者、某少将に関する記述である。

この少将は香をたいて瞑想し、作戦を練ったというエピソードの持ち主で、「変人」と呼ばれたが、自分に都合の悪い記述があったと見られる宇垣纏の『戦藻録』の一部を、故意に

紛失したというのであった。

その参謀を高く評価していたのが、山本五十六だったというので、話はややこしくなるが、日本海軍には他人の日記に小細工するような品性のない男がいたと、千早は嘆いた。

品性を重んじる伊藤が聞いたら同じ思いを持ったに違いなかった。

巡洋艦「矢矧」の艦長・原為一大佐が、海に落ちた搭乗員を救出する米軍の飛行艇を見て、敵ながらそこは天晴《あっぱれ》だと思った部分が、日本海軍にはいちじるしく欠如していたのである。鉄拳制裁などもその例であったろう。

総合判断というか、人間を人間として扱うごく常識的な考えさえあれば、「大和」を特攻に出すことはなかったと、千早はいった。特攻機も、もちろんであった。

ただし特攻機に搭乗して死んでいった若き兵士たちの純粋な気持ちは、おのずから別の問題であった。

伊藤がもっとも信頼した軍令部第一部長（のち台湾の航空戦隊司令官）中沢佑《たすく》は、戦後、戦争に関する多くの文章を書き、「大和」の特攻は兵術以前の悲惨な作戦だったと告発した。

「特攻戦法は、滅私奉公、戦うもののやむにやまれぬ戦法であって、戦争の悲劇の極致である。戦争がこの段階にいたると見た国家の指導者は、ただちに、すみやかに別の方策を講じるべきであった」

中沢は日本の最高指導部の責任にもふれていた。

中沢は昭和十九年六月のサイパン島の陥落、マリアナ沖海戦の失敗の時点から何度か、このことを伊藤に具申し、伊藤も「俺もまったく同感だ」と語っていたことは、前にもふれた。日本海軍だけではなく、当時の日本の情勢は残念ながら、伊藤や中沢の良識が通じる世界ではなかったということであろうか。

もう一つ注目すべき証言がある。沖縄の第三十二軍参謀・八原博通《やはらひろみち》大佐の手記である。

「戦艦大和を中心とする我が残存艦隊を沖縄に出撃し、大和の主砲をもって我が軍の攻勢に策応して、敵地上軍を撃滅しようとの通報に接した。我々は感謝感激にたえなかった。しかし海上には、堂々海を圧して戦艦重巡、各十数隻の敵艦隊が遊弋《ゆうよく》し、空には無数の敵機が我が物顔に乱舞しているのを目撃してはこの壮挙は成功するような実感がどうしてもわかない。志はありがたいが、益なき犠牲は見るに忍びない。牛島中将は日本艦隊の沖縄突撃を中止するを可とする意見を各方面に打電された」(『完本太平洋戦争四』文藝春秋)

と、牛島中将が中止を求めて努力したことが記されている。

この電文は連合艦隊司令部に届かなかったのであろうか。

「大和」撃沈を聞いた牛島中将は「なんとひどいことをしたもんだ」と、慨嘆したと伝えられている。

特攻艦隊の戦果だが「大和」の戦果としては撃墜三機、撃破二〇機、第二水雷戦隊の撃墜数は一九機。これらの損害をくらべれば、微々たる数字であった。

話にならない完敗であった。

徳之島の西方二十カイリの洋上、「大和」沈没して巨体四裂す
水深四百三十メートル
今なお埋没する三千の骸《むくろ》
彼ら終焉《しゅうえん》の胸中果たして如何

吉田満少尉は皆の心を、こう記し、慙愧《ざんき》の思いを後世に伝えた。

鎮魂の海

(一)

日本海軍は「大和」の沈没を秘密事項として隠したが、「大和」沈没の噂は、一部に広がっていた。

伊藤の副官・石田恒夫少佐が数日後、自宅に戻ると、妻は神棚に自分の写真を飾っていた。

「何だこれは」

「だってラジオで、我が方の損害、戦艦一隻という放送で、あなたの艦《ふね》が沈んだとすぐわかりました」

といって、妻は涙を流した。なるほど新聞にも戦艦一隻沈没と出ており、それが「大和」だとは、呉や佐世保の人間ならすぐに分かることであった。

四月九日付の各新聞はこの日の戦果を大々的に報じており、「朝日新聞」の場合は空母等一五隻撃沈、撃破一九隻、我が方も五艦沈没という大見出しで、次のように報道していた。

むろん一面トップであった。

大本営発表（昭和二十年四月八日十七時）
一、我航空部隊並《ならび》に水上部隊は四月五日夜来、反覆沖縄本島周辺の敵機動部隊を攻撃せり。
　本攻撃において、
一、我方の収めたる戦果
撃沈　特設航空母艦二隻、戦艦一隻、艦種不詳六隻、駆逐艦一隻、輸送船五隻。
撃破　戦艦三隻、巡洋艦三隻、艦種不詳六隻、輸送船七隻。
二、我方の損害
沈没　戦艦一隻、巡洋艦三隻、駆逐艦三隻。
右攻撃に参加せる航空部隊並に水上部隊はいずれも特別攻撃隊にして、右戦果以外、その戦果の確認せられざるものすくなからず。

併せて、「この戦いは必ず勝つ」という鈴木首相の会見の模様も掲載され、社説では「水空特攻隊健在なり」と特攻を鼓舞していた。

新聞報道で正しいのは日本海軍の損害に関してだけで、後はかなりのまやかしであった。

水上特攻隊の戦果はわずかの飛行機を落としただけという、微々たるものであり、あとは特攻機によるものだったからである。その特攻機も、機数や戦果については何も書かれていなかった。

日本海軍が四月六日、七日に飛ばした特攻機は、戦闘機八三機、彗星二七機、銀河一二機、天山一〇機、九七艦攻二七機、九九艦爆三八機の合計一九七機で、搭乗員は児玉大尉以下、三三七名であった。

特攻機はアメリカのパイロットが「大和」を攻撃しているころ、九州を発進し、沖縄を目指していた。

しかし、七日、沖縄を襲った特攻機は遅延のため「大和」攻撃に向かう敵の艦載機を阻止できなかったし、加えて伎倆が未熟なため、その大部分は沖縄に到達できず、迎撃した米海軍戦闘機に撃墜されていた。

わずかに一握りの特攻機が戦闘空中哨戒をすり抜け、うち一機が空母「ハンコック」に襲いかかった。このパイロットはかなりのベテランで、雲のなかから急降下し、機動部隊の砲火をかいくぐり、右舷真横から突っ込んだ。

「カミカゼだ！」

乗員は慌てふためき、五インチ砲弾の幕を張り巡らせたが、特攻機は空母の艦首で見事に向きを変え、まっすぐ飛行甲板に向かった。高度五〇フィートで投下された爆弾は四〇ミリ機銃四連装二基を破壊し、右舷の格納庫を貫通して炸裂した。

衝撃で甲板にいた多数の乗組員は空中に吹き飛ばされ、次の瞬間、特攻機は甲板に激突して多数の米軍機が炎上爆発した。

艦橋は煙で充満し、エレベーターは動かなくなり、ボイラーの圧力は低下した。この攻撃で「ハンコック」の乗組員七二名が死に、八一名が負傷した。しかし一時間後には鎮火し、沈没することはなかった。さらに夕方までに艦艇四隻が特攻機の攻撃を受けたが、米軍の記録では、これも沈没しなかった。

日米の戦果の発表には、かなりの差があったが、日本の特攻機の何機かは結構、暴れ回り、大本営の発表はまったく偽りというわけでもなかった。しかし、沖縄への特攻作戦は、日本海軍の最後のあがきといってよかった。

後日談だが、「大和」の沈没地点に近いトカラ列島で、大きな海戦があったことを思わせる出来事が起こっていた。トカラ列島の諏訪之瀬島に「大和」乗組員の屍体と見られるものが何体も漂着したのである。

諏訪之瀬島は九州から出て口永良部島《くちのえらぶじま》、屋久島《やくしま》、中ノ島の次にある島である。その次は悪石島、さらにかなり離れて奄美大島、徳之島、沖永良部島、与論島、沖縄島と続く。

いくつも島があるのに、なぜ諏訪之瀬島に漂着したのか。「大和」の沈没地点から一番近いというわけではなく、何か海流の関係で、ここに流れ着いたに違いなかった。もちろん屍体のすべてを「大和」の乗組員と断定することはできず、「矢矧」やその他駆逐艦の乗組員の可能性もあった。

最初の屍体はこの島のナハバマの入り江に漂着した。漁に出かけた島の人が発見したもので、一体だと思っていると、北の淵にも二体あった。露わな足はむくんでいたが、その白さは神々しいほどであったという。

島の漁師は三つの屍体を火葬にし、翌日、ほかの人をつれてナハバマに行ってみると、五つの屍体があった。三日後には八体の屍体が見つかった。日がたつにつれて損傷がひどくなり、耳や鼻がなくなっていた。ボロボロの服から家族の写真も出てきた。

赤ん坊を抱いた写真、セーラー服の少女の写真もあった。

日記も出てきた。静岡出身の水兵であった。

焼いた屍体は全部で三〇ほどあった。島の人々が懇《ねんご》ろに供養したことはいうまでもない。

この作戦での全体の戦死者は四〇三七名、うち「大和」が三〇六三名である。このうちの約三〇名の戦死者は、島の人々の温かい志によって、来世に成仏することができたのだった。

朝日放送のプロデューサーだった鬼内《きない》仙次が調査したのだが、これは知られざる事実であった。

佐世保に着いた駆逐艦「冬月」では、ただちに戦死者を葬る作業が行なわれた。

屍体はすべて硬直しており、僧侶出身の兵が、読経をして火葬場に運んだ。

乗組員たちは誰を責めていいか分からない苛立ちと、自分たちが沖縄を救えなかった負い目でどうしていいか分からず、酒を持ち出して泥酔し、些細なことでいがみあった。

東京・大宮八幡の伊藤の留守宅に、第二艦隊の森下参謀長と石田副官が訪ね、伊藤の戦死を伝えたのは四月の下旬であった。森下は作戦が不首尾に終わったことを告げ、

「長官は立派な最期をとげられました」

と、言葉少なに述べた。

戦死の公報は七月のはじめ、三ヵ月も後のことだった。

伊藤整一は勲功により大将に昇進し、従三位、勲一等旭日大綬章、功一級金鵄勲章に叙せられた。しかし伊藤の家はこの間、ご難続きであった。

五月二十五日の空襲で、伊藤家は全焼した。

六〇〇坪の庭に何と焼夷弾が三〇〇発も落とされた。あたりは一面の畑である。狙われたのだという噂がたった。戦後の話だが、近所の出身で、フィリピンの捕虜収容所にいた下士官が収容所で、東京の空襲予定図を見せられ、そこに伊藤長官の自宅が赤のマークで記されていたというのであった。やはりそうだったのかと近所の人々は納得したが、米軍の憎しみも大変なものだった。

この空襲のあと長男叡《あきら》の戦死であった。ちとせ夫人は激しく泣き崩れたという。夫と長男を失い、ちとせ夫人と残された娘さんたちの苦労は、並大抵のものではなかった。ちとせ夫人は東京を離れ、九州の生まれ故郷に疎開した。ときおり米軍のB29が飛んでいった。

早く戦争が終わればいい。ちとせ夫人はそう思って空を見上げたという。

(二)

戦艦「大和」が沈んでも日本は終戦処理に向かうことはなく、悲惨な沖縄戦を戦っていた。

　地上戦も苛烈だった。激しい梅雨のなかで首里攻防戦が展開されていた。泥土は米軍戦車の前進を阻み、銃剣と手榴弾を手に肉弾戦になっていた。しかし絶え間ない艦砲射撃と空爆によって日本軍の兵力は減少の一途をたどり、五月末には一万人台になった。沖縄県民は天秤棒に食料と鍋釜をつるし、戦場をさまよった。

　海軍は特攻機を飛ばし続けていた。菊水五号、六号、七号と飛ばし、それなりの成果はあったが、戦局を変えるまでには至らなかった。しかし特攻は米国人に日本人への恐怖を増大させ、原爆実験の準備に一層、拍車がかかっていった。

　このころ米軍にはひとつの神話が誕生していた。

「神風」のパイロットは、僧衣をまとって戦場に向かうというのである。また、麻薬を飲んでいるとか、操縦席に鎖でつながれているとか、彼らは自殺のための訓練を年少のころから受けたエリートグループだというものもあった。

　日本の作戦は特攻しかなくなっていた。五月二十四日には陸軍の義烈空挺隊を乗せた八機の重爆撃機が沖縄の北飛行場と中飛行場に強行着陸を敢行し、決死隊が、並んでいた飛行機に手榴弾や焼夷弾を投げつけ、七機を炎上させ、二六機を破壊し、燃料タンクを炎上させ、米兵二〇名以上を殺傷した。

　来る日も来る日も特攻機が襲来し、米軍兵士も唖然呆然、震えあがっていたが、沖縄の陸軍は米軍の手で粉砕され、生き残ったわずかの兵が摩文仁《まぶに》の洞窟に立て籠もるだけになっていた。

「貴官の指揮下の軍隊は、勇敢によく戦った。貴官の歩兵戦術は、相手に尊敬されるに値するものだった。貴官は小官と同じく歩兵戦を学び、実践した。歩兵の将軍である。したがって、この島におけるすべての日本軍の抵抗の破滅は時間の問題であるということを、小官と同様にはっきりと理解されているものと思う」

バックナー将軍は牛島満中将に降伏の勧告文を送り、この年六月十八日には、ホワイトハウスで軍事会議を開き、自信をもって日本本土上陸をふくむ次の四点を決めたのであった。
一、沖縄、硫黄島、マリアナ諸島およびフィリピン各方面の米軍基地より、日本本土の戦略爆撃と海上封鎖を持続する。
二、一九四五年十一月一日に九州に対する上陸作戦を行ない、また海上封鎖と空襲を強化する。
三、関東平野を経て日本の産業中心部へ侵攻する。その攻撃期間は一応、一九四六年三月一日を予定する。
四、作戦はマッカーサーとニミッツの二人の指揮下に行なわれる。
ここまで来た段階で、日本海軍の首脳は何を考えていたのか。日本は依然、無謀であった。終戦処理の具体策などはない。本土決戦の掛け声だけが、強く叫ばれていた。

米軍の資料、『陸海軍人尋問録』に、この段階での豊田副武大将の受け止め方が記載されている。

豊田副武 五月に連合艦隊司令長官から軍令部総長に就任（終戦時）
質問者 米海軍少将 R・A・オフスティ
米陸軍少将 O・A・アンダーソン
米海軍少佐 W・ワイルズ
列席将校 合衆国戦略爆撃調査団
副委員長 R・H・ニック
米海軍大佐 T・J・ヘッディング
米予備海軍少佐 J・A・フィールド
日時場所 昭和二十年十一月十三日、十四日 東京

問 燃料の不足によって、艦隊の行動が、はっきり制限されはじめたのは、いつごろからですか。

答 今年の初頭から非常に深刻になりました。艦艇は訓練行動すら制限をうけました。そして燃料の大量補給を必要とする大規模作戦は、とても望めなくなりました。戦艦

「大和」が出撃したときは、五分五分の成功の見込みもあやしいと疑っていました。しかし、たとえ五分五分の勝算しかないにせよ、何もしないで、とどめておいても、何もえるところはないのです。それを出撃させないのは海軍の伝統に反することになると考えました。

問　終戦に関する日本海軍の具体的予想はどうでしたか。

答　開戦時、私はそんな情報を入手しえる立場には、いませんでしたから、終戦について海軍がどんな予想を持っていたかを、はっきり申しあげかねます。

問　終戦に関する御前会議というものに列席されたでしょう。

答　そうです。本年五月、軍令部総長になって以来は、終戦のための御前会議に出席しました。

問　それを述べていただけませんか。

答　東京について新任務に就いたのは、五月十九日でした。それ以前、たしか五月上旬のことと思いますが、最高指導会議構成員が、終戦方法を話し合っておったのです。この最高戦争戦争指導会議というのは、六人の構成員から成っていました。首相、陸相、海相、外相、参謀総長、軍令部総長がそれです。この会議は、以上のほかに農商務大臣、内閣書記官長、陸海軍省軍務局長、内閣総合計画局長官など多数の者を加えて、戦争遂行上、とるべき方策を審議しました。この会議の結論としては、国民を奮起させるために、何か過激手段をとらなければ、戦争遂行の国力は急角度で衰えるに違いないということでした。

それだからといって和平を述べた者があったわけではありません。というのは、そんな大勢の人の列席しているところで、そんな風に頭を下げるべきだと主張することは、とてもむずかしいことだからです。また六人の構成員だけで適当な時期にソ連に仲介を依頼する目的で、談合をやっていました。

六月二十五日（六月二十二日）天皇陛下は最高戦争指導会議の構成員六名を召され、次のような御下問がありました。

「この戦争を継続することはむろん必要だが、それと同時に、国内情勢にかんがみ、終戦の可能性を考慮することも、必要だと思う。このような考え方について、構成員の考えはどうか」

この御下問に対し、首相、外相、海相は、自分たちも陛下の思し召しとまったく同じであり、それぞれ目的にむかって、手段を講じつつありますと、答えました――。

天皇陛下から御下問があってはじめて、終戦を模索する動きが現われる。

「大和」が終戦処理のきっかけになったという見方もあるが、この一問一答を見る限り、「大和」はやはり犬死に近いものであった。

「大和」残映

㈠

終戦処理が遅々として進まないなかで、結局決め手となったのは、八月六日、同九日にB29から広島、長崎へ投下された原子爆弾であった。加えてソ連の参戦もあった。

この優柔不断な日本国家とは、何だったのか。

戦争に至る経過は、いろいろあった。

石油を締め出すという日本バッシングも背景にあった。しかし、戦争戦略の欠如、断固たる国家としての意思決定の欠如は、いかんともしがたいものであった。開戦は、やむを得ぬ事情があったとしても、その後の戦略の欠如は、目を覆うものがあった。

吉田満は「仮定の議論ではあるが」と断わって、伊藤が沖縄への特攻を拒否したら、どうなっていたかという問題も提起していた。

伊藤が断固として出撃を拒否すれば、これはどうなったか、分からなかった。

第二艦隊の参謀たちは反対であったし、水雷戦隊の幹部たちも同様であった。

あるいは中止になったかも知れない。

伊藤は当然のごとく現役を外され、軍令部次長から第二艦隊司令長官という栄光のポジションは失われたであろう。そのうえ、伊藤は軍略の中枢部にいたので、戦犯として裁かれたであろうと吉田はいった。

伊藤は限られた制約のなかで、連合艦隊に注文をつけ、士官候補生を退艦させるなど努力をした。ともあれ、拒否できる道はなかったというのが、真相であろう。

「大和」から奇跡的に帰還した人々の後半生は、皆「大和」の影を引きずったものだった。ただし注目したいのは、全員が戦争を否定したというわけではなかった。

吉田満は終戦の日、高知県の須崎にいた。

高知市から汽車で一時間ほど南西に行った漁港であった。

そこに四国最大の人間魚雷の基地があり、八〇名の下士官とともに、上陸用船艇射撃の電探基地の建設作業に当たっていた。南国の太陽がじりじりと照り付け、今度こそ敵を撃破してやると声を枯らして部下を怒鳴っていた。

臼淵大尉が自分に乗り移っているような感じだった。

吉田は決して頭をかかえたり、戦争を懐疑的に見ることはなかった。吉田は海を見つめながら回想した。

伊藤司令長官が泰然自若として長官私室に消え、有賀艦長は羅針儀に体をしばって「大和」と、生死をともにされた。

自分を殴った臼淵大尉は壮烈な戦死を遂げた。

気っ風がよく恋人の写真を胸に抱いていた森一郎少尉、あの男も死んだ。水泳の達人で、海中に飛び込み、泳いでいたのを何人も目撃していた。それなのに生還しなかった。同じ東大の松本素道少尉は、「大和」のなかでフランス語で詩を書いていた。「大和」が沈むとき、

「おれたちも時間の問題だな」

と、つぶやいた。それっきり松本の姿を見ることはなかった。

京都大学農学部から来た西尾辰雄少尉、艦橋で一緒だった。機銃弾を脚に受け、出血多量で目の前で息を引き取った。

「ちくしょうめ」

吉田は、何もしてやれない自分の無力さを感じた。皆、それぞれ日本のために見事に戦って死んだのだ。日本が戦争をしたこと自体に、懐疑はなかった。

「俺はかたきをとってやる」

気負いかもしれないが、吉田はそんな気持ちで人間魚雷の基地を造っていた。

大勢の部下をかかえ、人生の経験もある司令長官や艦長とは、立場も年齢も異なっていた。

終戦の日、吉田も人間魚雷の特攻隊員たちも、「これで平和が来た」という喜びの感覚はなかった。ただ呆然として、土佐の焼け付く海を見つめているだけだった。

死に損ねたという気持ちすらあった。

真っ黒な顔から汗が流れ落ちた。

一体、自分はこれからどうすればいいのか、分からなかった。

吉田もそうだが、多くの若者は、祖国日本と自分達の家族や同胞を守るのは、自分たちしかいないと信じていた。戦争は決して好きではなかったが、自分が命をかけて戦わなければ、両親や幼い兄弟姉妹、あるいは恋人はどうなるという、危機意識があった。だから死ぬことに納得できる部分があった。

実は戦争は日本の完敗であり、特攻機の大半は途中で撃墜され、日本はもはやどうしようもないところに、追い込まれているという情報は一切なかった。

死ぬことは恐ろしい。しかし愛する祖国日本のためなら死ぬことができる。それは崇高な魂であったと吉田は思っていた。

一体、戦争とは何か。祖国とは何か。

吉田は戦後、日本銀行に勤務、昭和五十四年九月、この世を去るまで、この問題を考え続け、多くの文章を著した。東北勤務も長かったので、青森や岩手を題材にした多くのエッセイも書いた。吉田はいつも自然を優しく見つめ、東北人の素朴で純粋な人間性に心をうたれた。

そしていつも忘れないのは海軍のことであり、戦艦「大和」のことであり、伊藤司令長官のことであり、戦友たちのことであった。

吉田にとって「大和」は青春のすべてといってよかった。

日系二世の太田孝一少尉についても、吉田は『祖国と敵国との間』（『鎮魂戦艦大和』所収、講談社）で、彼の死が我われに何を残したかを見事に描いてみせた。

太田の父令三《れいぞう》は、広島市から西に二五キロほどいった広島県佐伯《さいき》郡宮内村（現・廿日市《はつかいち》市）の農家の三男に生まれた。

明治四十年（一九〇七年）に十八歳でアメリカに渡り、カリフォルニアの砂糖大根畑の労務者として働き、それから首都サクラメントから一三キロ離れたメイヒューという未開の寒村に移住し、森林を伐採し、イチゴとぶどうの栽培で、どうにか生活のメドがたった。

令三は日本人の妻がほしいと、郷里に手紙を送り、能美島の大柿という漁村から一八歳の節子を呼び寄せた。日本人の開拓の歴史は、なまやさしいものではなかった。

排日運動も激しく、人種差別もあった。節子は単身、そこに向かった勇気ある女性であった。二度、文通もし、令三を将来ある男性と見込んでの渡米であった。

二人は骨身惜しまず働き、長男孝一を頭に六男一女をもうけた。

太田孝一は小学校からハイスクールまで首席で通した。

日本留学は母節子の強い希望であった。

アメリカで厳しい制約のなかで暮らさせるよりも、祖国日本で勉強させ、幅広い人生を歩ませたかった。令三はかならずしもそうは思わなかった。

アメリカの大学でいいではないか。そういったが、孝一がどうしても日本を見たいという。

こうして孝一は日本に渡ることになった。

昭和十五年（一九四〇年）の夏だった。

東京には日系二世のための学校があり、そこから慶応大学の予科に入学した。

外国籍を持つ学生の倍率は一八倍だった。

慶応大学での太田のニックネームは、はじめ「ライブラリーの虫」、後には「カント」になった。真面目な学生であった。

戦時態勢に入ったとき、太田に帰国のチャンスはあった。日米両国の話し合いによる双方の民間人帰国渡航である。孝一の心は大きく揺れた。しかし太田は日本にとどまることを決めた。太田は「ジャパン・タイムス」の校正のアルバイトで生活費を稼ぎ、自活して勉強した。

日米戦争が始まり、法文系の大学生と高専生の徴兵猶予停止が発表され、昭和十八年十月二十一日、明治神宮外苑競技場で、文部省主催の出陣学徒壮行会が開かれたとき、そこに慶応大学経済学部学生の太田の姿もあった。こうして太田は海軍予備学生となり、「大和」に乗艦した。

太田はどこか日本の社会になじめず、よく泣いていたが、職務には励んだ。教練の時間に太田を徹底的に絞らなければならなかった学友が、戦後、生き残った自分と太田を比較して、いたたまれない恥ずかしさを覚えたという話が、吉田の著書で紹介されている。

戦後、戦艦「大和」の映画が製作され、その学友は、おそるおそる映画を見に行き、若い俳優の扮した士官が「太田少尉」と呼ばれたとき、学友はそれだけで、目が潤み、涙がとめどなく流れ、オンオン泣き続けた。

太田の死をアメリカの家族が知ったのは、戦後、間もなくであった。

戦争中、アメリカの日系人は敵国民として隔離され、強制キャンプに収容されていた。ひどい時代であった。しかし弟たちはそろって優秀で、ひとりを除いて理工系に進み、アメリカの社会で確実にポジションを得ていった。

それだけに長男孝一の死は、堪え難い悲しみだった。

特に日本留学に反対だった父令三は何かといっては、孝一の事を思ったが、これも不幸な時代の所産であり、じっと悲しみに耐えるほかなかった。令三は帰国する機会もなく昭和三十二年（一九五七年）に亡くなったが、節子は昭和四十四年四月に行なわれた「大和」の第二回合同慰霊祭に出席すべく日本に向かった。しかし飛行機が遅延し、慰霊祭に間に合わないという不運に見舞われた。

これは「大和」関係者にとっても、大きな衝撃だった。失意のうちに帰国した節子は病にかかり、周囲の人々を心配させたが、三年後の昭和四十七年、再び来日が実現した。

節子は八十を過ぎていた。

「大和」遺族会の役員たちがそろって、節子を羽田に出迎えた。

「感激です」

節子はしっかりした日本語で挨拶した。

奄美諸島のひとつ、徳之島で行なわれた慰霊祭に参列し、節子は、息子が眠る南溟に見入り、海上自衛隊の儀杖隊と音楽隊にかしずかれた孝一の霊に花束を捧げた。

地元紙の記者が節子に感想を求めた。

「私はあの子に厳し過ぎました。むごいことをしました。もっと別の人生があの子にはあったのです。私たちがどんなに平和を祈っても、あの子に平和は戻ってまいりません。皆さまのおかげで、こうして、あの子に、心からお詫びができますことを、ありがたく存じます。本当にありがとうございました」

人々は節子の気丈な談話を読み、改めて太田少尉に思いをはせ、「大和」の関係者は、感泣した。

(二)

生き残った人々は、吉田に限らず、それぞれの分野で活躍し、「大和」を後世に伝える努力をした。

昭和五十八年九月号から五十九年一月号まで「野性時代」に連載された辺見じゅんの『男たちの大和』(角川書店)に、多くの乗組員が登場していた。何十人という関係者に取材し、巻末には「戦艦大和乗組員戦没者名簿」「第二艦隊司令部戦没者名簿」まで付けていた。

これによると、昭和二十年代の終わりに、第二艦隊参謀長だった森下信衛《のぶえ》少将を中心に「東海地区戦艦大和会」が結成されていた。第一回の戦没者慰霊祭は昭和二十九年四月七日に呉の西本願寺で行なわれ、病床についていた森下参謀長が声涙ともにくだる挨拶をし、そこには伊藤の副官・石田恒夫や副長・能村次郎、そして吉田満の姿もあった。準備を進めたのは石田と広島在住の元「大和」乗組員、丸野正八、後藤虎義の三人で、特に石田の活躍が大きかった。

また辺見の作品にはほかの文献にはまったくない、有賀艦長に関する新しい記述もあった。運用科下士官・高橋弘が三十年間、誰にも喋らなかったという秘話である。高橋が二、三人の仲間と漂流していると、そばの一人が、

「艦長じゃないか」

突然、驚いた声をあげたという。

高橋もびっくりして見ると、たしかに有賀艦長が泳いでいた。

「艦長！　艦長が生きとる！」

高橋は大声をあげてしまった。その声で、口から水を吐きながら達者な泳ぎをしていた有賀艦長と高橋の目が合った。その瞬間、艦長は急にもぐり、くるりと尻が見えたと思ったとたん、それっきり浮かんでこなかったというのであった。

高橋は戦後、そのときの艦長の最期を思うたび、なぜ、俺はあのとき、叫んでしまったのかと後悔したというのであった。

有賀艦長も森下参謀長と同じように、海に投げ出されたのであろう。羅針儀に体をしばったと吉田満は書いたが、縛らなかったという説もあり、その辺りはなんともいえない。だが、ともあれ、有賀艦長は生きていたという辺見の記述は貴重だった。

もし生還していれば、もっと詳細な戦闘記録が残ったわけで、残念なことであった。

その森下は晩年の三年は寝たきりで、

「わしは『大和』で死にたかった」

というのが遺言であったという。森下の脳裏にあったのは、長官・伊藤整一の毅然たる姿であったに違いない。加えて、栄光の日本海軍をすべて否定し去った戦後民主主義に、なじめぬ部分もあったであろう。

石田は森下亡き後、「大和会」の二代会長として昭和四十三年五月二十三日、「大和」沈没地点に近い徳之島に特攻戦士の慰霊碑を建立した。

この除幕式の日、建立に尽力した迫水《さこみず》久常委員長の式辞があった。迫水氏は式辞の中で、

「昭和二十年、鈴木貫太郎大将の内閣が組閣されたのが四月七日で、私はそのとき官房長官を拝命しました。戦勢非とは言え組閣当日です。閣僚はそれぞれ国家の前途を思いながら全員で記念写真を撮りました。『大和』沈没の知らせが入ったのは、そのときでした。組閣後に首相として初めて受けた報告が『大和』の沈没、海軍出身の鈴木貫太郎首相にとって大きなショックであったようでした。しかし、鈴木首相はこの報告で、いかに困難であっても戦争を終結させたいという決意をなされたよう見受けられました」と述べた。

これを聞いて石田は、「大和」の死は無駄ではなかったと思ったという。

一度は伊藤司令長官とともに死を決意した石田である。

石田の脳裏にはいつも伊藤整一とともに戦死した多くの戦友があり、後半生は「大和」の

顕彰に持てる力を全力投入した。

伊藤の郷里、福岡県の柳川で顕彰碑設立の話が持ち上がったのは、昭和三十一年ごろであった。

翌三十二年八月に墓碑建設会が発足し、発起人は郷土出身の参議院議員・野田俊作、元海軍大将・高橋三吉、世話人代表が元海軍主計中将・淡輪敏雄、郷友会長・二宮貴という顔ぶれだった。地元の旧海軍関係者が募金運動を展開、七〇万円を集め、故人の生家に近い大牟田市岬の金助《きんすけ》坂に土地を買い求め、そこに顕彰碑を建て、伊藤の墓も移転し、なかに遺髪と軍帽を収めた。

碑文は旧柳川藩主の末裔で伊藤より五年先輩の立花親民《ちかひと》の草案を、高橋三吉・元海軍大将が揮毫した。高橋三吉は伊藤の大先輩で、連合艦隊参謀長、海軍大学校校長、軍令部次長、第二艦隊司令長官、連合艦隊司令長官、軍事参議官などを歴任した人物で、昭和十四年に予備役になっていた。

碑文には次のように書かれていた。

故伊藤整一君墓碑碑文

海軍大将伊藤整一君ハ、明治二十三年七月二十六日、福岡県三池郡高田村ニ生マル。幼ニシテ俊秀ノ聞エ高ク、長ジテ開《ひらき》小学校、中学伝習館、海軍兵学校、海軍大学校ニ学ビ、常ニ抜群ノ成績ヲ以テ業ヲ卒《お》エタリ。而シテ君ガ全生涯ヲ捧ゲタル海軍ニ於ケル業績ハ、海上ニ陸上ニ、マタ軍令ニ軍政ニ燦《さん》トシテ輝クモノアリシガ、君ノ真価ハ、ソノ優レタル才幹ニ加ウルニ、誠実謙虚、一点ノ私心ナク、真ニ玲瓏《れいろう》玉ノ如キソノ大人格ニアリタルナリ。

大東亜戦争勃発当時、偶々《たまたま》君ハ軍令部次長ノ重職ニアリ。緒戦ニ於ケル我ガ海軍ノ赫々《かくかく》タル大戦果ニ就イテハ、大本営幕僚トシテノ君ノ偉功ヲ永久ニ伝エザルベカラズ。不幸ニシテ彼我《ひが》国力ノ懸隔ハ、爾後ノ戦勢ヲ日ニ非ナラシムルニ至リ、ソノ間、君ノ堅忍苦衷、マタ察スルニ余リアリ。後、第二艦隊司令長官ニ親補セラレ、麾下《きか》ヲ率イテ出撃、壮途、将《まさ》ニ成ラントスルニ先ダチ、昭和二十年四月七日、九州南方海上ニ於イテ、無限ノ恨《うらみ》ヲ呑ンデ軍艦大和トソノ運命ヲ共ニセリ噫《ああ》。高潔悲壮ナル君ノ胸中ニ思イヲ致ス時、感慨無量、真ニ悼マシキ限リナリキ。

戦死ノ報、上聞ニ達スルヤ、海軍大将ニ進メラレ、従三位ニ叙シ、功一級金鵄勲章並ビニ勲一等旭日大綬章ヲ授ケラル。

君逝キテ十有四年、ソノ高風ト偉業ヲ偲ビ、旧海軍並ビニ郷里ノ有志一同相謀リ、茲《ここ》ニ君ノ墓碑ヲ建設シ、以テ永ク君ノ偉功ヲ伝エ、併セテソノ英霊ヲ慰ムルト共ニ、郷党後進ノ士ノ教導ニ資スルトコロアランコトヲ期ス。

昭和三十三年四月七日

元海軍大将　高橋三吉　撰

落成式には発起人、世話人はもとより、福岡県知事、海上自衛隊呉地方総監ら多数が出席、海上自衛隊の音楽隊が演奏を行ない、伊藤の足跡を偲んだのであった。

戦艦「大和」は悲壮な最期を遂げたが、その艦隊の長官が伊藤整一であったことは、旧日本海軍にとっても、戦後の日本人にとっても幸いなことであった。伊藤には人間を大事にするヒューマニズムがあり、かつ清廉潔白、己の責任を明確にとる武人としての誇りがあったからである。

戦艦「大和」の最期は痛恨の極みだが、伊藤が「大和」と運命をともにしたことで、どれだけ多くの魂が救われたか。そう思えてならない。

有明の汐風が吹きつける生まれ育ったこの地で、伊藤整一は何を思っているだろうか。ささやかではあるが、いまも四月七日、「大和」が沈んだ日、地元の人々が顕彰碑に花束を捧げている。

戦後の日本はすべてが変わった。国民は屈託のない表情で平和を享受している。しかし、国家という意識は稀薄である。あの戦争の反動といえば、それまでだが、

「この国はどこへ行こうとしているのか」

そんな伊藤の声が風に乗って聞こえてくるようであった。

（完）

あとがき

太平洋戦争をどうとらえるかは、見方によって異なるし、戦艦「大和」の評価も伊藤整一の評価も、一定しているわけではない。書き終えて胸に残るのは、特攻艦隊指揮官として戦場に向かった伊藤整一の無念とかつての国家の指導者たちの無責任さであった。

開戦はやむにやまれぬ決断であったが、負けると分かったときの対処の仕方がまったくなく、勝利するあてもない本土決戦に国民を引きずり込もうとした行為は、日本人のおろかさを象徴する出来事だった。

神風特攻隊も日本人の特異性のみを強調する結果となり、アメリカに原爆投下の口実を与えてしまった。特攻をやるようになったら、もう戦争をする資格はないのだと、つぶやいたのは伊藤であった。

日本人の外交戦略や戦争戦略の欠如を、いやというほど暴露した戦争でもあった。シビリアン・コントロールが、なかったことも大きかった。

伊藤はそうしたなかで苦悶し、打開の道を模索しようとした数少ない軍人であった。戦後、伊藤が多くの人に共感をもって迎えられたのは、まさにその一点にあった。それにしても戦前と戦後の、あまりにも激しい歴史観の落差を感じる昨今である。負けるということは、そういうことなのだが、だからといって戦前の歴史をすべて否定し去るのは、誤りではなかろうか。

昭和二十年八月十五日までの日本は、戦争の時代であった。しかし今は平和の時代なのかといえば、世界のどこかでたえず戦争は行なわれており、紛争がこの世から消え去ったわけではない。

その意味で戦艦「大和」は何だったかという問いは、日本人にとって、まだまだ未解決の問題なのだ。

日本人は敗れたことで過去をすべて否定し、現代の平和を享受しているが、本当にそれでいいのだろうか。国家という存在が稀薄で、しかも無防備な姿のままの今日の日本が、未来永劫に存在していけるのであろうか。

戦艦「大和」と伊藤整一の生涯を通して、さまざまのことを考えさせられた。

執筆にあたり多くの文献を参考にした。執筆時、ご健在であった元連合艦隊航空参謀・奥宮正武氏からご指導をいただいた。深く御礼申し上げたい。なお、引用文献は当用漢字、現代かな使いに直したことも付記したい。

この本は一九九九年、ＰＨＰ研究所から出版、今回、潮書房光人社の文庫に収録されることになった。担当された坂梨誠司氏にお礼を申し上げたい。

平成二十八年三月

星　亮一

《参考・引用文献》＊『戦史叢書マリアナ沖海戦』『戦史叢書沖縄方面海軍作戦』『戦史叢書海軍軍戦備』『戦史叢書海軍航空概史』『戦史叢書大本営海軍部・連合艦隊』『戦史叢書南西方面海軍作戦』（防衛庁防衛研修所戦史室編　朝雲新聞社）＊『提督伊藤整一の生涯』（吉田満著　文藝春秋）＊『鎮魂戦艦大和』（吉田満著　講談社）＊『戦艦大和ノ最期』（吉田満著　講談社）＊『戦艦大和』（吉田満著　角川書店）＊『日本海軍艦艇写真集』（光人社）＊『散華の世代から』（吉田満著　講談社）＊『戦中派の死生観』（吉田満著　文藝春秋）＊『戦艦大和艦長有賀幸作』（生出寿著　光人社）＊『日本海軍英傑伝』（実松譲著　光人社）＊『戦士の遺書』（半藤一利著　文藝春秋）＊『米内光政』（阿川弘之著　新潮社）＊『戦艦大和の運命』（ラッセル・スパー著、左近允尚敏訳　新潮社）＊『ニミッツの太平洋海戦史』（ニミッツ、ポッター共著、実松譲・冨永謙吾訳　恒文社）＊『戦艦大和の最後』（坪井平次著　光人社）＊『戦艦「大和」檣頭下に死す』（小林昌信ほか著　光人社）＊『伝承・戦艦大和』上・下（原勝洋編　光人社）＊『島の墓標　私の「戦艦大和」』（鬼内仙次著　創元社）＊『男たちの大和』上・下（辺見じゅん著　角川書店）＊『戦艦大和』上・下（児島襄著　文藝春秋）＊『太平洋戦争』上・下（児島襄著　中央公論社）＊『海軍航空隊始末記』（源田実著　文藝春秋）＊『神風特別攻撃隊の記録』（猪口力平・中島正著　雪華社）＊『完本太平洋戦争』一〜四（文藝春秋）＊『現代史資料　太平洋戦争』（みすず書房）＊『戦藻録』（宇垣纒著　原書房）＊『大日本帝国の興亡』1〜5（ジョン・トーランド著、毎日新聞社訳　早川書房）＊『連合艦隊の最後』（伊藤正徳著　文藝春秋）＊『日本海軍の驕り症候群』『日本海軍の戦略発想』（千早正隆著　中央公論社）＊『きけわだつみのこえ』（日本戦没学生記念会編　岩波書店）＊『東京大空襲』（早乙女勝元著　岩波書店）＊『真実の太平洋戦争』（奥宮正武著　PHP研究所）＊『太平洋戦争と十人の提督』（奥宮正武著　朝日ソノラマ）＊『大東亜戦争と日本人』（奥宮正武著　PHP研究所）＊『マクナマラ回顧録――ベトナムの悲劇と教訓』（ロバート・S・マクナマラ著、仲晃訳　共同通信社）ほか

単行本　一九九九年六月『伊藤整一』改題　PHP研究所刊

NF文庫

悲劇の提督 伊藤整一

二〇一六年四月十五日 印刷
二〇一六年四月二十一日 発行

著　者 星 亮一
発行者 高城直一
発行所 株式会社 潮書房光人社
〒102-0073 東京都千代田区九段北一-九-十一
振替／〇〇一七〇-六-五四六九三
電話／〇三-三二六五-一八六四(代)
印刷所 モリモト印刷株式会社
製本所 東京美術紙工

ISBN978-4-7698-2942-3 C0195
http://www.kojinsha.co.jp

NF文庫

刊行のことば

第二次世界大戦の戦火が熄《や》んで五〇年——その間、小社は夥しい数の戦争の記録を渉猟し、発掘し、常に公正なる立場を貫いて書誌とし、大方の絶讃を博して今日に及ぶが、その源は、散華された世代への熱き思い入れであり、同時に、その記録を誌して平和の礎とし、後世に伝えんとするにある。

小社の出版物は、戦記、伝記、文学、エッセイ、写真集、その他、すでに一、〇〇〇点を越え、加えて戦後五〇年になんなんとするを契機として、「光人社NF（ノンフィクション）文庫」を創刊して、読者諸賢の熱烈要望におこたえする次第である。人生のバイブルとして、心弱きときの活性の糧《かて》として、散華の世代からの感動の肉声に、あなたもぜひ、耳を傾けて下さい。